我们
我素

马唯敖　著

中国出版集团　现代出版社

图书在版编目（CIP）数据

我行我素 / 马唯敖著. -- 北京 ：现代出版社，
2017.10

ISBN 978-7-5143-6492-7

Ⅰ．①我… Ⅱ．①马… Ⅲ．①短篇小说—小说集—中
国—当代 Ⅳ．①I247.7

中国版本图书馆CIP数据核字(2017)第248293号

我行我素

作　　者	马唯敖	
责任编辑	李　鹏	
出版发行	现代出版社	
地　　址	北京市安定门外安华里504号	
邮政编码	100011	
电　　话	010-64267325　010-64245264（兼传真）	
网　　址	www.1980xd.com	
电子邮箱	xiandai@vip.sina.com	
印　　刷	北京一鑫印务有限责任公司	
开　　本	787×1092　1/16	
印　　张	12	
字　　数	202千	
版　　次	2017年10月第1版　2022年7月第2次印刷	
书　　号	ISBN 978-7-5143-6492-7	
定　　价	39.80元	

中国当代著名书法家钟明善先生为本书题字

WO
XING
WO
SU 目 录

我

非

我

01

先来聊聊我。

我是什么玩意儿？

中国造字艺术水平博大精深，大致一瞧，仅限大致，不可较真儿。"我"是"找"字上面加一撇，想要知晓"我"，就得撇清我去找。

想想也是，自己找自己多难啊，即使练得软骨功，扭过头找到我的背、我的臀，断断找不到我的后脑勺。再说，自己找自己多尴尬啊，如同《皇帝的新装》欣赏莫须有的"衣服"，少不得逼着自己干一通睁眼说瞎话的自我深度迷失。

通过他人找自己，虽有伤身伤情伤心伤得体无完肤之后遗症，但不乏快捷省力。缔造我的两位当事人，我的双亲大人，找到我，不费吹灰之力，用王贞白赋《云居长老》的诗来说，"了然方寸内"。介绍词相当的简洁清新，超凡脱俗，有力彰显后现代风格。

老爸指着我，与人介绍：我们家怪物。

老妈指着我，与人介绍：我们家劣质产品。

此"怪物"与电视节目《爸爸去哪儿》中腻歪歪的"谢谢你光顾，我的小怪物"，不可同日而语，特指容貌、性情、思想、行为怪异之物种。"劣质产品"，质量低劣或丧失使用性能的不合格产品。

他们一本正经地演绎胡说八道，全无半点忸怩不安或矫揉造作之态。

02

外交学注重"第一印象效应"，是指最初接触到信息所形成的印象，决定以后的行为活动和评价影响。

我不懂这职场厚黑学的生存之道，呱呱坠地之初，没有笑脸抛媚，反倒变本加厉地奴役老爸老妈从事没日没夜地喂奶、把屎、止哭、哄睡等一系列无正确标准的体力、脑力双重劳役，硬生生了断他们郎情妾意的二人世界，硬生生搅得他们人仰马翻。两个高材生于是乎心烦意乱，冲着我"浑蛋""浑球""糊涂虫"的几通乱叫，全然忘了中华人民共和国新生公民是要取个充门面的姓名，用于上户占位充数。

直到三个多月后的某天深夜，他们写材料查字典，邂逅"marvel"一词。释义：奇迹；令人惊奇的事物；成就。

老爸老妈瞳孔放大，双颊绯红，鼻翼轻张，情难自禁，文思泉涌。溜着"marvel"的读音，为我正式赐名"马唯敖"。"马"是老爸的姓，其版权神圣不可侵犯。"敖"，古代粮食之称，"敖包"相会，通指在粮食仓旁边约会撩妹把汉，高度贯彻"民以食为天"的生存繁衍之根本。差点忘了报备，老妈姓"梁"，由"梁"及"粮"又及"敖"，老爸老妈玩弄文字游戏的隐晦牵强，和《纸牌屋》安德伍德玩弄政治权术的拼死一搏有过之而无不及。

此名的"官方"解释，"马、梁二人的唯一结晶"。老爸部队的计划生育工作抓得扎实，半年递交一次孕检证明，三令五申只准养娃一个，办完我的《出生证明》紧接着就草草领取《独生子女证》，高效表决积极拥护少生少育的国策。至于我是生理产物还是爱情结晶，无从考究。外人更不屑考究此名的深度扩展含义，双亲大人不知天高地厚地憧憬我能成为仅此一例的"成就之人""奇迹之才"！

事实证明，不尊重事实地憧憬只能是妄想。

随着时间的流逝，我在他们的世界里长驱直入，横冲直撞，毫无章法。能呈现的惊喜，犹如当代作家峻青在《瑞雪图》中的描述："收到手的粮食却寥寥无几。"伴生的缺点不请自来，多如牛毛。别人家、隔壁家的孩子永远是高楼大厦，富丽堂皇。自个儿眼皮底下的，钉子户危房，摇摇欲坠。

"马唯敖"三字，鲜为提及，怪物、劣质产品，取而代之。所谓冤有头债有主，从源头上追溯，制造怪物、劣质产品的罪魁祸首是两位主子，我是无辜者、受害者。我老爸，优点和缺点一样找不到。我老妈，优点和缺点一样数不清。用正负相加运算，两人一穷二白回到解放前，等于什么都没有。两个不可思议的极端分子，创造一个不可思议的怪物+劣质产品混合"杂种"，本人以为，属遗传基因无变异的正常范畴。

除了老爸老妈两位手握实权的当家人，家中还有两位休眠火山般元老级重磅人物。我外公，我尊称"老爷"；我外婆，我尊称"老嗲"。欲知称呼何以如此之奇特，在此不表，且听下回分解。

03

十二年前，我浑身披血地被妇产医师强行扯进老爷老嗲老爸老妈这个"四人帮团伙"组织。

数量，从某种意义上代表"正义"。"四人帮团伙"仗着人多势众的力量感，对我群起攻击不费吹灰之力。毛泽东寄语新生代，说："年轻人好像是早上八九点钟的太阳。"我们家五阳争辉，老爸老妈两颗骄阳日当午，热力四射；老爷老嗲两颗夕阳无限好，霞光万丈；我这颗挂着露珠儿的朝阳，朝力不足，阳气有限，被四阳夺辉，有气无力。

摸着良心说，我一不抽烟、二不喝酒、三不打牌、四不组黑社会、五不给女生写情书，对四位大人忠心耿耿，唯马首是瞻，恪守"听党指挥，能打胜仗，作风优良"的强军方针。尽管如此，我在家中的地位岌岌可危、如履薄冰，美国总统奥巴马"同学"诉苦于天下，他的家庭地位排在宠物狗之后，等于没地位。与这位名字里同带"马"字的仁兄，虽不同阶级，不同人种，远隔重洋，竟让我瞬间有了难兄难弟的患难之情，对他致以最深切的慰问。

"一入红尘终生癫"，人生大戏就此铺开。生理生存的个人戏倒是简单，吃、睡两项。可人终究是群居高等动物，人不犯我，我要犯人，难免折腾点人际交往的情感依托。随着年纪愈长，我开始思考我在家庭戏剧里扮演啥劳什子角色？

参照中国国粹之京剧角色，老爸非"净"莫属，多年军役磨砺，刚正不阿，雷厉风行，强壮粗犷，无可厚非男性正面角色。老妈非"旦"不可，企业金领，风流倜傥，意气风发，无可厚非女性正面角色。老爷老嗲自知年事已高，不喜闹腾，以替补身份隐居幕后。我急于登台，又不能抢了双亲大人的锋芒，想抢也抢不了，自动归类为"丑"，不用费事在鼻梁上抹一小块白粉，名副其实"小花脸"。

丑角"小花脸"扮演插科打诨的滑稽喜剧角色，双手一合作个揖，翻翻跟头滚滚场，不用开腔，总能逗得雅者会心一笑，俗者开怀大笑。老爸老妈走不雅不俗路线，难欢难乐，我道行太浅，演喜剧的戏，干悲剧的活。

04

麋鹿似鹿非鹿，似马非马，似牛非牛，似驴非驴，获得"四不像"绰号。"小花脸"我突破麋鹿，有六不像——不像爷爷奶奶，不像老爷老嗲，不像老爸老妈。

不像爷爷奶奶老爷老嗲，顶多是让我面对他们的宠爱时良心不安。不像老爸无所谓，因为他无所谓。

两岁之前，我无所事事，终日浪迹在老爸服役的某空军试验飞行基地。被他举着，像董存瑞举炸药包，雄赳赳气昂昂跨遍基地角角落落，在他一波波天南地北操各种版本普通话、戴大盖帽、穿蓝军装的战友面前一一亮相。

"我儿子！"老爸开门见山，将战果一举暴露。

"你儿子？我儿子吧！来，来，来，喊爸爸。"这帮操蛋的爷，完全无视江湖套路，一不作揖二不报名，欺上来冲我一招"大盖军帽压顶"，一股子汗骚味、烟臭味罩住我光滑滑的圆脑，我摇头晃脑，一秒沦落为马戏团小猴哥。我肉嘟嘟的两面小圆脸惨遭"凌辱"，各种捏拿揉擦，我尖起两片肉唇，只张不合，光冒泡水。

"老马，这小子眉毛眼睛鼻子嘴巴，没一样像你。"说完冲我两腿间正处于休眠状态的"小鸟"袭来一指弹功。我一个激灵，忍不住射出一泡白尿，洒在空军战士不事操练的"纤纤"十指上。

老爸笑得花枝乱颤："哈哈哈……只要比我强，像你都行。"

05

不像老妈，后患无穷。

黄永玉画笔下的小老鼠比我底气十足，大声宣告天下："我丑，但我妈喜欢。"十二年来，我老妈无时无刻不在遗憾，恨不能把我的小眼睛撕大，塌鼻子挤高，歪嘴巴捏正。如果接生主任医师不是她家亲戚，如果产房陪同人员不是她忠信的老妈和老妹，她指不上利用法医学、生物学和遗传学等科学技术，救助DNA亲子鉴定，寻求我和她之间形态构造和生理机能的相似特点。

我的皮肤。且听老妈遥想当年：为了让你肤色白点，怀孕期间我拼命吃了多少白肉水果，雪梨、苹果、香蕉、荔枝、桂圆、青果等，宁滥毋缺，足足一车皮的量啊。冰天雪地的冬天，你老爸托人从北京带回来的桃子，"一桃千金"。败了多少"银子"，胀了多少胃肚。作为一枚土生土长的湖南辣妹子，硬是忍住没有沾一点辣椒，就希望你能比爸爸妈妈稍微白那么一丢丢。

老妈仰天悲叹："哪晓得，生下来一瞧，整个儿一地瓜。"两只地瓜结出来的自然是地瓜，真要整出一雪梨，岂不升级为来历不明之案件，影响家庭和谐稳定。"习大大"教导我们："坚持实事求是，就必须坚持一切从实际出发。"开展批评与自我批评，老妈是重点教育和改造对象。

我不是星二代，无缘登陆电视亲子节目《爸爸回来了》，不能效仿黑妹甜馨为自个儿平反："我白着呢"。相较老妈失望加绝望的多重无望，我对自己的瓜酱紫肤色还是相当满意的，走过、路过镜子、玻璃、水面等显影处，哥总会驻足停留，细细顾盼，静静欣赏。

老妈不上权威机构撕破脸，采取原始手段。一逮住机会，就翻来覆去地扫描我身体的每一块器官、每一寸肌肤，耳朵内的耳轮、耳屏等，口腔内的牙齿形状、数量、排列结构等，我左手指甲有五个月白，右手指甲有四个月白，左手大拇指月白比右手大拇指月白长一毫米、宽零点五毫米。

老猴子拨弄小猴子毛发，其行为动机纯粹是为小猴子找出虱虫，促进亲子关系，有利双方身心健康。老妈不厌其烦地拨弄，动机也很纯粹，证明她基因有遗传功能。哪一天我不小心遗失，警察登记的受警记录和电线杆张贴的寻人启事，对我细节特征的描述绝对足够的冗长、隐私、劲爆。

🐦 06

台湾教育大伽，幸福学院创始人林玟莹教授来常德演讲，我有幸人模狗样端坐第一排。他说，女人"刚当妈"和"当够妈"，会说同一句话，"孩子真像他爸"。刚当妈是笑盈盈地说，有幸福的显耀。当够妈是恶狠狠地说，有无奈的怨恨。

老妈无缘前者，直接过渡到后者。我在一些无用的表面功夫上，越长越像老爸，皮肤粗糙如蛇龟，双掌坚硬如钢铁，肚脐硕大如茶盅，牙齿杂乱如残垣，万不该把那两瓣多余的臀，日益发育得同老爸一般有形、有肉、有翘、有凸，挺括圆润。《臀赋》为证："堆雪之臀，肥鹅之股，笑开两面之桃峰，中分一溪之波谷。"

一大一小两个男人招摇四瓣丰臀，本是魅力四射，可惜观者乃臀上无肉之人，加上近四十年的地球万有引力作用，基本已无臀可言。心生嫉妒在所难免，上至君王下至臣民，因嫉妒失态者多如离离原上草。武则天观上官婉儿之美貌，"怒甚，取甲刀札于面上，不许拔。"当今文明法制社会，老妈不敢对我动刀削臀，在我Q弹十足的肉臀上"闻鸡起舞"，苦练手扇功，八九不离十。

07

功夫不负有心人。老妈的近视眼镜发挥出放大镜功能，终于发现我的"新大陆"，这一成果堪比哥伦布发现：

我嘴唇左上方、靠近鼻子一侧不知何时冒出两粒咖啡色小雀斑，与老妈两颗小雀斑同位置同方向同形状，切下细胞化验色素应该同成分。20世纪50年代，"铁人"王进喜率领石油工人，为实现把中国贫油落后帽子甩到太平洋，喊出了一句科学与士气兼备口号："有条件要上，没有条件创造条件也要上。"为博老妈红颜一笑，生存原始渴望超越生理力量，我硬是冒出两粒猥琐小雀斑。

呜呼，天下太平！我的头，我的手，我的脚，我的五脏六腑，身体一切重要部位及器官，一概笨拙累赘，唯有两颗小雀斑，可爱至极！最合娘娘心意！

呜呼，我的小雀斑，为我成功实现"幼年得宠"。

08

老爸不计较我的表面功夫，不代表不对我搞"阴谋诡计"。

从部队转业回地方，大刀阔斧第一件事不是报效生养他的家乡，而是登门入室，反客为主，把我无情地拎出老妈的温暖睡床。理由堂而皇之，男子汉要独立。剥夺了夜晚权，连白天权一并失守，我和老妈每天N次的亲亲拥抱，被快刀斩断。每每我伺机作案，老爸就冷不丁冒出来，一把撕开我。

古装戏最虐人、最催泪的情节，不是梁山伯与祝英台有情无果，而是为娘被官兵或债主掳走，留下孤苦伶仃的儿。老爸从我身边掳走老妈，不等我喊"冤枉"，虐心加码，"这么大的男孩子，一天到晚黏妈，像个娘们儿，害不害臊！"君子动口不动手，老爸手口并用。

"士可杀不可辱"。对于一介爷们儿，最致命的侮辱就是云淡风轻地调侃他像个娘们儿。伪娘、娘炮、娘娘腔，延伸不出半点褒义。即使暂居襁褓之婴男，鸡小如蚕蛹，手无缚鸡之力，你逗他像个女娃儿，出于尊严本能都会咧嘴扯喉地抗议几声。

吾辩：讥讽我黏妈，把我排斥在外，您好肆无忌惮地独享老妈恩宠。您整天围在老妈屁股后面瞎转悠，就不娘？我和我老妈睡，您去和您老妈睡，我绝不干涉。

父驳：我和我老婆睡，天经地义。有本事，你去和你老婆睡。

戳中硬伤。我名草无主。班上雌性动物数量虽已过半，燕瘦环肥，千姿百态，对我暗送秋波者暂无一人，拳打脚踢者大有人在，落花有意，流水无情。人生第一封情书难产难销，红颜知己尚无，何来人生伴侣一说。

罢了，三十六计走为上计。卷铺盖自筑狗窝。

～～ 09

我的恋母情结源自恋乳。

家中电脑保存我婴幼儿时期的大量视频，其中一段喝奶视频，好家伙，那架势"咬定青山不放松，立根原在丰乳中"，叼住不撒嘴，猛嘬猛吸，狠拉狠扯，像饿了几个世纪才投胎。爪子不忘牢牢抓住另一只乳，尽责尽力守卫属于我的"粮食"，老妈把我爪子扯开，她一撒手，我爪子又自动回归原位。我之领地，尽责捍卫。

体重八十多斤的老妈为了供应我永不知足的奶源，每天吃掉一只鸡，三十枚鸡蛋，三顿正餐，五顿辅餐，一天二十四小时，净干些吃了再吃的白痴事儿。望着我一副拼了命的吸奶相，老妈无限感慨："你上辈子是乞丐呢，还是狼崽子托生？"我无缘窥见乞丐吃相，狼的贪婪得到验证，《狼图腾》中的小狼"一闻到奶香，一直蔫蔫装死的小狼崽，突然像大狼闻到了血腥一样，张牙舞爪，杀气腾腾。"如此这般，在对待奶的问题上，我与小狼属同类无疑。

老妈不堪其苦，在我八个月的时候伙同老爸，谋划断奶。我拼死抵抗，声嘶力竭地号了整整一天一夜，他们用牛奶、羊奶、米粉、清水等诱惑，我死咬嘴唇不留一丝缝隙，顽强抗拒除了乳头之外的任何食物。直到两眼翻白，嘴唇泛乌，气息奄奄。老爸老妈怕我活活饿死，心一软开放双乳，我一口气喝到了一岁零一个月。

多年后读到《丰乳肥臀》，我对上官金童奉若神明，肃然起敬。他一生乳的伟大，乳的光荣。明代大哲学家王阳明对着一园竹子格了七天七夜，格不出什么玩意儿。上官金童生下来吸第一口奶，就格出乳房的妙处，"一股伟大的瑰丽液体"，不依不饶，一口气喝到成年，形成"把一切归结到乳房上，用乳头把整个物质世界串联起来"的乳房精神瑰丽。

我格不出震古烁今的理论，唯有埋头苦干。在乳汁滋润下，我虎头虎脑，十一个月能走会跑，渴了饿了，一手掀开老妈的衣服，叼住奶头就吸，吸足就跑场子撒欢儿。乳汁温暖干净，香甜可口，是居家旅行必备饮品。和我同龄的小屁孩们尽管连路都不会走，却早早断了奶，可见不是每位母亲的乳汁都能让人上瘾。如同餐厅厨师炒菜，卖相雷同，食之另有乾坤。

我独恋乳汁，傲首江湖，被街坊邻里大肆笑话。老妈颜面扫地，携夫君毅然离家蜜月旅行一周，交代老爷老嗲对我实行强制断奶。我故伎重演，鬼哭狼嚎玩绝食。最毒不过妇人心，女人一旦狠心，如同哥德巴赫猜想，费解。老妈电话遥控指挥："古今中外，没有断奶还能断死人的，随他闹足。"不过比我早生三十载而已，最远跑跑中国北京皇城，用得上搬出"古今中外"来断我"口粮"吗？

我没有上官金童的好福气，家中不养供应热奶的山羊，为了"苟且偷生"，我的嘴被迫填塞五谷杂粮。

毛泽东说："吃水不忘挖井人。"我吃奶不忘供奶人。睡觉的夜晚摸一摸，不睡觉的白天抱一抱，故地重游，人之常情。

🐦 10

吃奶要断，吃饭要管。

老爸老妈谬论：吃饭不是吃饭，是礼仪和教养地展示。就算吃根白菜，也要优雅地坐着，优雅地吃着，把"将就"过活成"讲究"。

他们党同伐异，餐复一餐，顿复一顿，乐此不疲地管理我的吃饭问题。规定坐姿端正，左手执碗右手握筷，嚼食、喝汤、吞咽一律不得发出声响，不得张嘴嚼食。单就握筷夹菜，动作标准，握筷中上方，拇指和食指握上筷，用于调整筷子幅度，食指与无名指夹下筷，保持不动。不得用筷在菜盘里挑菜、搅菜，不得吸筷吮筷，夹菜时筷子不得沾有食物，筷子不得架于饭碗上，不得用筷敲打碗盘，等等。

迫于"淫威"，我细嚼慢咽，做斯文状。一旦他们离桌，我迅速展开"野兽攻势"：狼吞虎咽、饿猪拱食、虎口夺食、囫囵吞枣、风卷残云，秋风扫落叶，张口不剩残羹，碗净不留粒饭……一眨眼工夫，盆光钵净。猪八戒吃人参果，一口一个，那才叫爽快。

我无肉不欢，猪肉、牛肉、羊肉、狗肉、兔肉、鱼肉、鸡肉、鸭肉、鹅肉等，多多益善。"四人帮团伙"管制我的方法很简单，专挑我不喜欢的对着干，顿顿逼我吃青菜。说辞五花八门。

老爷说："青菜含有草纤维，有利于排便，不会引起便秘。"本人肠子粗，肛门大，精通打屁功，排便无障碍。

老嗲说："大力水手吃菠菜，吃了长劲，力大无穷，打架不输。"动画片都是骗人的，哄三岁小孩儿啊。

老爸说："青菜含有丰富维生素，补充人体所需。"动物吃草，其肉所含营养更全面。

老妈说："吃植物是对动物的放生。"喜食人肉的猪八戒迫于职业身份不得已吃斋，我没有取经束缚，吃斋就是刻意玩矫情。辩证思维，吃动物又何尝不是对植物的放生，我算功德圆满。

"四人帮团伙"为什么不挑食，因为老嗲专挑他们喜欢的食材来购。

拜《悯农》所赐，"四人帮团伙"牢记"谁知盘中餐，粒粒皆辛苦"，要求吃多少盛多少，盛多少吃多少。不准浪费食物，不得剩菜剩饭，掉在餐桌上的饭粒要夹起来吃掉，碗中饭粒要舔干刮净。

带我参加宴会，怕我犯畜生病，故意把场面弄得紧张兮兮，餐前耳提面命一番，餐中眨眼提示一番，餐后批评教育一番，片刻不得安宁。力求将我锻造成知书达理。著名礼仪专家金正昆来常德演讲，半天下来我算明白了礼仪的核心："让对方感觉舒服就是礼仪。"我时时刻刻可以让自己舒服，但要让老爸老妈舒服，那简直是"公鸡下蛋、母鸡打鸣——异想天开"。

有人说，只有真正饿过的人，才懂得食物的香气。小康社会，饿饭的机会如同中彩票，一辈子难中几回，家中大把零食吃不完，大人们一个接一个、一顿连一顿地追着吃这吃那，补这补那，痛苦不堪，吃什么都味同嚼蜡。

老爸老妈辛苦培养多年，我对吃饭的记忆基因仍滞留在北京周口店山洞的原始阶段，填饱肚皮，别无他用。

🌿 11

吃饭是仪式，那穿衣就是仪仗。

老爸老妈对衣服的分门别类，比李时珍《本草纲目》对草药的分类还要细化。具体到不同天气穿什么，不同场合穿什么，不同搭配，不同造型，不同风格，等等。

同为人类，差别为何如此悬殊。面对一柜子琳琅满目的衣服和配饰，我一个头两个大，每天发出撕心裂肺的求救声：今天穿什么？睡衣在哪里？T恤衫在哪里？只有一只袜子？……

翻箱倒柜，挨风缉缝，怎么找都找不到需要的衣物？以小人之心度君子之腹，我深度怀疑他们对衣物施了魔咒，让衣物在不停地变换位置，明明找得抓狂，他们一来就在眼皮底下好端端待着。

找到衣服没完，还有搭配环节！何谓搭配？在我看来，挥舞双肩扭动身躯千辛万苦把衣服套进身子里，就算履行搭配。双亲大人的搭配严格苛刻，衬衣配西装，T恤配牛仔，背心配短裤……我的审美观被禁锢在一隅之地，任其摆布。

为了让我这匹"野马"混成人样，他们重金购置了大量衣物配饰，绅士系列，休闲系列，运动系列，嘻哈系列，等等。大人们一天到晚郑重其事的行为举止，在我看来像是荒诞无稽、画蛇添足的闹剧，刻意维护不过是害苦我，最无用两字：面子。

稍有不从，双亲大人就搞等级歧视，"等下出门不要和我们套近乎，离远点，就你这熊样，不想让人知道我们关系近亲。""长得一熊样，不打扮掩饰，还以为熊二来了。""长得丑是我们生你的错，穿错跑出来吓人就是你的错。"来势汹汹的单方面撕毁我们之间的近亲关系，一般人伤不起，我浸毒多年，弱小心灵铸起一道铜墙铁壁，刀枪不入。

欣赏美国好莱坞大片《疯狂原始人》，我乐不可支，从情感上爆发浓厚的野蛮倾向。克鲁德一家的服装搭配那才叫范儿，原生态，时髦，简洁，性感，是我梦寐以求的Style。身披豹皮，头顶野兽，项挂贝壳，腰缠活物，脚踩海星，大师级纯手工私人定制的完美诠释。

最重要，材料俯拾即是，不用花钱。

🐦 12

我对钱财的喜爱不亚于老葛朗台，双眼不舍移开，双手不舍撒开。资本积累不容易啊。我有限的收入除了过年过节七大姨八大姑九大叔十大舅红包压岁钱，剩下的皆是跑场子赚吆喝搞主持挣来的辛苦钱。大型开支，基本靠蹭，比如购衣、吃饭、营养品、保险、学费等，幸好这年月流行"啃老"。

用在刀刃上的花费，是在学校附近商店购置点小玩具、小零食，玩点小游戏。买玩具是为积木武器库增添装备；买零食是为了过嘴瘾解馋，在同学面前，尤其是女同学面前不至于太寒碜；玩游戏是为了英雄气概，在同学面前，尤其是混黑帮的男同学面前不至于太懦弱。"四人帮团伙"不解我"心似双丝网，中有千千结"，以迅雷不及掩耳之势召开临时家庭会议，盖棺定论如下：

一心二用。读书就得好好读书，一律不得把精力花在与读书无关事情上，考试不考玩玩具、打游戏和吃零食。玩物丧志，正是学习的好时节，不得虚度光阴。

助纣为虐。零食包装袋上无生产日期、无质量合格证、无卫生许可证。"没有买卖就没有杀害"，对待"三无"产品同理，没有买卖就没有制造。购买者罪同"制假造假"。

"偷拿"嫌疑。即使是以"马唯教"名字开户的银行账户，任何一项支出，均须报备监护人获批。擅自花费，"偷拿"之嫌，有待商榷。

肯尼迪总统说："不要问国家为你做了什么，而要问你为国家做了什么。"我对家庭的贡献像空气一样虚无。所以，针对以上三点，无力驳辩，保持缄默。

投诉无门，搞示威游行，喊口号反抗，有可能罪加一等，冲撞权威的低级错误，我不犯。识时务者为俊杰。随便他们轮流坐庄，来一场几小时，或持续几天、几周、几月的政治思想整风运动吧。我是飞翔的海燕，让暴风雨来得更猛烈些吧。

对我经济封锁，依法论处，铁面无私。"四人帮团伙"自个儿的消费莺歌燕舞，可以任性到底，可以挥霍如金，一切no problem。老爸老妈三天两头逛商场下馆子，收淘宝件收到手软，刷信用卡刷到爆单。老爷几十年如一日雷打不动的抽烟喝酒，貌似党员交党费，学生交学费。老嗲自个儿没啥消费，可武侠剧里真正的高手往往不显山不露水，她是家中财政大臣，掌管全家经济命脉。一切与钱财有关的证件、证券、银行卡、存折、现金等，统统归她管理，在支配钱财方面享有绝对自由权，可以趾高气扬地出入各大银行、邮电局、电力局、水利局、电信局、超市、商场等花钱、烧钱的场所，随心所欲地缴费纳税和购置一切生活用品、家庭用品等，永远不用担心被审计。

金钱是把双头枪，枪枪伤人。可怜我常常为了0.5元和1.0元的0.5元之差，无数次地纠结、徘徊在"三无"小商品之间，落下"选择恐惧症"的终身病根。反观"四人帮团伙"的奢侈糜烂之风，我又怀疑自己患上了"强迫性物品价格横向对比换算症"，盯着他们消费卖单，我脑子不由自主地开启换算模式，阿尔卑斯棒棒糖一元一支，十元能购十支，百元百支，千元千支……简单一顿饭，足够我的舌头滋润幸福好几年。

老爸老妈"狼狈为奸"，只准"州官放火不准百姓点灯"，与明朝内阁首辅张居正对付万历皇帝的阴招如出一辙。张居正乘坐三十二人抬"客室+卧室+观景走廊"轿子，招摇过市；家中悬挂黄金对联，明目张胆。可怜万历"同学"摆几桌酒席热闹热闹，搞点儿仪仗显摆显摆，一概没门，各种被教育、被弹劾。搞得万历兄垂头丧气，心灰意冷。

读史明鉴，知道点历史还真不赖，起码晓得在被钱财压迫路上，我并不孤单。

13

中国人取名，缺什么取什么，镶金带贝者，大多五行缺金，命里差钱。我之姓名大镶其"口"，不擅说道是命中注定。

正常交流对话，我勉强维持正常，看不出过多病态。可一旦开启问答模式，我就目光游离，口干舌燥，手脚无措……行为举止等同"星星的孩子"——自闭症患者。

被问之囧态如同压阵审判庭。君不见电视上各类智力答题节目，其真实意图脱离答对答错，而是答者千姿百态，可供广大观众朋友恣意娱乐。答题思考之时，闭眼，沉思，甚至抓耳挠腮。答题之后各种焦急、忐忑，逃不掉主持人、特邀嘉宾轮番拷问：为什么会选择此答案？再给一次机会是否坚持此答案？认为自己答对把握有多大？如果答错马上离开现场是否有遗憾？有什么想和现场观众分享？等等。各种心智摧残，答题者防不胜防。答案千呼万唤始出来，几家欢喜几家愁，答对者欣喜若狂，答错者抱憾懊恼。

我的双亲大人，无须参考电视节目的运作模式，玩弄我这个答题者，瓮中捉鳖。

学习一天，身心俱疲，甫进家门。他们履行关怀之责，劈头连环炮："今天在学校开心不？学了新知识没？和同学发生有趣事儿没？在小卖部买零食吃没？……怎么感觉你垂头丧气？"

在学校每天八小时，每周五天，每月二十二天一百陆拾多小时，时时开心，心脏负担不住，小心暴毙身亡。

不学新知识，跑到学校干什么？至于学了什么，礼尚往来，大部分及时还给老师。

和男同学有基情，怕您担心有断臂之嫌，永久抱不上孙。和女同学有暧昧，怕您担心有滥交之嫌，不久抱上孙。同学之间的恩怨情仇，第三者少知为妙。

不支持学校小卖部生意，会导致小卖部老板娘失业，"三无"产品零食工厂倒闭，和谐稳定社会将产生一系列动荡不安。国家兴旺，匹夫有责。在闲资许可情况下有必要支持学校小卖部的健康发展。

……（此处省略百转千回、错综复杂的五篇五百字小学生内心独白作文。）
被审讯者，难不成兴高采烈？除非精神异常，思维变态。

以上内心独白，又称"腹语"，藏匿腹腔，不得曝光，曝光即死。

言多必失。我的回答，寥寥数语，杜撰几桩子虚乌有的破事儿，哄双亲大人龙颜大悦，相安无事。

读书之人，难逃课堂提问。答对了，是上课认真听讲应尽的责任；答错了，是上课没认真听讲处罚的铁证。所以，主动举手答题这类公开找难堪的事我几乎不干。老师的心思很难揣摩，偏不宠幸积极举手的好战分子，偏要标新立异，采取随机点名问答制。越不想答题者，越答不出题者，被点中的概率高达百分之百。我恨不能学楚人以叶自障，师不见我。

多年下来，我总结两条风格迥然不同的作答战术。

一律"正能量"作答。伤心说成开心，讨厌说成喜欢。"读书开心吗？""开心！""喜欢上学吗？""喜欢！"全力塑造"阳光"形象。

一律以"不"作答。不知道，不明白，不晓得。"本文中心思想是什么？""不知道。""作者借物抒情，表达了什么情怀？""不明白。""为什么考试成绩比上期有所下滑？""不晓得。"不知者不罪，破罐子破摔，死猪不怕开水烫。

老爸老妈谋划通过后期训练强化我的说道能力。我主张：天命不可违。

🐦 14

我随遇而安。除了玩点废寝忘食的电游、读点乱七八糟的杂书、写点狗屁不通的小说满足私欲外，不逐名趋势。受教育多年，在我身上嗅不到半缕班干部的"官腥味儿"，连个小组长都懒得当。

"你是没得当吧。"老爸老妈话外音补充。

是的，没得当。

曾经有那么一次光宗耀祖的机缘，被几名死党推选为小组长。我饱读圣贤书，深受老子"无为而治"的治国思想洗礼，一介小组长，还不是手到擒来。我矢志开创一个民主自由的理想国度：我无为，而民自化；我好静，而民自正；我无事，而民自富；我无欲，而民自朴。

一个月试用期不到，我惨遭罢免。

班主任虽没有发布正式的书面公告，全班同学心知肚明。我犯了"玩忽职守罪"，履职期间严重不负责任，不认真履行小组长工作职责，不按时收交课堂作业本，不检查家庭作业，不抽查必背课文，不制止不文明行为，任其自流。小组月积分严重滞后，影响班级总评分，使班级集体荣誉蒙羞。

在此申明，我被罢免，不涉及任何财物经济问题，没有受贿组员一滴水一粒糖，两袖清风。撤职事小，名节事大，君子爱财有道，我坚守经济道德底线，不能给我后期升学求职结婚生子制造任何政治污点。

人生第一次从政，草草收场，不得善终。好在我卷入名利场不深，没有被虚荣的潘多拉魔盒所迷惑，欲望来不及膨胀，亦没有失却的恐惧感，全身而退，洒洒脱脱。我总算明白，要想把责任扛在肩上，没有两把刷子是搞不成事的。

🦎 15

我开始老牛反刍般细细打量周遭的治理之事。

全班七十多枚"妖魔鬼怪"，各大"帮派"纵横捭阖，从一年级到六年级，除开周末、寒暑假，相安无事一千多个日子，没有发生一例大型"武装冲突"或"流血事件"，治理业绩堪称"太平盛世"。集团首领，我们伟大的班主任功不可没。那种藐视一切的酷，从骨子里弥漫开来，不怒自威，众生唯有俯首听命。

物以类聚人以群分。以张班长为首的"女人帮团伙"，成员大多身高体宽，成绩上等。在执法名义的庇佑下狐假虎威，"你违反了……""老师说……""告诉老师去……"台词相当经典，相当威力，相当娱乐。

以左同学为首的"黑帮团伙"，成员特征一致，成绩低等。要是成绩优等，谁愿意落草为寇，水泊梁山一百单八将，入帮者均有说不出的痛楚。"左黑帮"基本没有章法可言，随性而动，看着爽与不爽都有可能引发一场战事纷争。战争武器则是两手、两脚，随身生长携带，伸缩自如，乃短距离自卫与进攻之必备。武器纯天然，打法纯天然，无战术，无技巧，在桌椅阻碍的有限空间里，一通猛追猛赶，一通乱扯乱拉，无皮肉之伤，供观战之乐。

"黑帮文化"每班皆有，总有那么几个不怕死的，披荆斩棘，鲜蹦活跳，通过虚张声势的小公鸡式胡作非为，力图挑衅弱者，穿透群众，统治江湖地位。如同"鲶鱼效应"，搅动我们这群小鱼的安逸环境，激发我们的生存斗志。

几帮"文艺屌丝团伙"，有玩电游的，有搞漫画的，有打篮球的，等等。小规模，小范围，低气候，低智商。人为什么热衷建帮组团？我在古斯塔夫·勒庞《乌合之众》找到答案，这是一本解析群体心理的经典名著，书中说："人一到群体中，智商就严重降低，为了获得认同，个体愿意抛弃是非，用智商去换取那份让人倍感安全的归属感。"

我不喜欢降低智商换取安全感，平日里搞点标新立异，人云不云，宁愿退两步，不愿进一步，待字闺中，没有惊艳到谁，未被任何帮派组织吸纳降伏，像碎片一样游离在班级主流生活之外，过得随心所欲，没有什么群众基础，故"官爵"不保。

层层管控的班级干部制，以我读杂书得来的一点历史皮毛知识，类似相互依存相互制约的"分权制衡"。班主任将其革新为"替代制"，在处理"帮派"杂七杂八、无关风月的事情上，找了张班长替代她管理班级，张班长安排副班长、学习委员等一批副"官"代为监督，副"官"指挥课代表、小组长下基层执行具体事项，各尽所能，各司所职。

再加上诸如"小学生守则"、"安全细则"等制度，含义清晰明确，措施简单直接，没有多少钻空子、打擦边球的余地，唯其细，唯其严，唯其威。我们班的各大"帮派"风生水起，各唱各调，各演各戏，精彩纷呈，班级组织体系得以良性循环。

🐦 16

一说到张班长，我心里堵得慌。

这个女人哪。套用刁德一唱阿庆嫂的经典台词："不寻常。"

从小学一年级到六年级，连任六年班长，岿然不倒，独立于天地。学生界"三好"，农民界"劳模"，工人界"能手"，职场界"精英"，明星界"大腕"。没有答不上的问、背不了的书、默不了的字、解不开的题。运动会得奖有她，演讲比赛得奖有她，作文比赛得奖有她，书法比赛得奖有她。每每老爸老妈关心我们班级的学习和活动情况，我嘴里离不开她，"班长第一"、"班长得奖""班长领队""班长带头"……

老爸恨铁不成钢，搬出激将法："你甘心一直落在女生后面啊？难道不想挑战她，哪怕超越一次，也是胜利！"

一次！哼哼，站着说话不腰疼。好男不跟女斗，再说斗也斗不过，有什么必要浪费智力、体力去斗。最好的榜样力量是言传身教，老爸您什么时候斗赢老妈，给俺做个示范。

俗话说有钱能使鬼推磨。连花钱摆平的事我们都拼不过她，好不容易逮到一次爱心捐款，我们捐二十，她捐五十，我们捐五十，她捐一百，我们捐一百，她捐一百一。过招千式，热血耗尽，小生我甘拜下风，释怀放下。

安抚老爸脆弱的心灵，我劝道："挑战什么。这年代，竞争激烈，我没有被留级，没有被赶回幼儿园，没有浪费补习的钱，还能在班上有得混，成绩混得还算可以，科科平均九十五分以上，知足了！"

"儿啊，你娘喊了一天一夜生你，你老嗲一把屎一把尿的把你拉扯大，我辛苦赚钱保你衣食无忧。你四肢健全，不蠢不笨，自信心和奋斗精神，被狗叼走了！"老爸痛心疾首。

我的自信心和奋斗精神不是被狗叼走了，是压根儿没有，压根儿不需要有。

张班长发育迅猛，牛高马大，是我们班七十多名同学六年来集体无法攀越的"珠穆朗玛峰"，作为她"腋"下败将，仰视久了都嫌脖子酸。枪打出头鸟，我去逞能挑战权威，胜算概率等于万分之一，被她一巴掌拍死在沙滩上，快速晒成鱼干？这种自取其辱、自掘坟墓的危险活儿，只有傻蛋才干。你们诱拐我通读四书五经之类的古圣贤书，我深受儒家思想熏陶，誓要明哲保身，立身安命。奋斗之路还长着呢，只要哥愿意，未来哪里都是起跑线，等我喝足墨水吃饱经书，胳膊粗了腿子壮了，再战不迟。一山更比一山高，强中更有强中手，何须仰望他人，自己就是风景。当下，读读杂书，玩玩电游，好好享受现代版"采菊东篱下，悠然见南山"。乱世岁月聪明绝顶的诸葛亮"同学"，一生斗尽天下可斗之才，五十天命之际书写《诫子书》告诫其儿：非淡泊无以明志，非宁静无以致远。您倒好，搅局揽事，推亲儿跳火坑，想想全班只有一个第一名，我要是蓄意摘取了，其他人怎么办？表面很风光，骨子很风凉。每个家长都效仿您激进奋起，同学们岂不是天天钩心斗角，刀刃相见，和谐不复存？任凭您三寸不烂之舌，我绝不为五斗米折腰，我不能暗地里勾结您这个异党，"谋朝篡位"，背叛生活在水深火热中的七十多名同班难兄难妹……

17

平心而论。小学六年来，老师对我倾注了无私的良苦用心。

满满一教室学生，加上时不时转入生，课桌椅紧靠黑板，只差挤出教室挤进走道。除开上课公用时间，每天课间休息不足六十分钟，如果老师与七十多位同学一对一建立密切互动，粗略估算一下，每位同学平均下来，每天轮不到一分钟，寒暄寒暄，连开场白都不够。

我"无耻"地霸占了老师有限而又宝贵的时间。出入老师办公室次数频繁到仅有一人能与我抗衡，班主任得力爱将张班长，我们的目的存在本质区别，她汇报工作，我接受教育。

A老师教育完毕礼让B老师，B老师教育完毕恭请C老师，"三堂会审"结束，邀请同办公室非本班级老师发表评价。教育说辞，普天之下大致雷同，不痛不痒，泛泛而谈，有让人左耳朵进右耳朵出的神奇功效。我肉体禁锢于室，灵魂飘荡出窍，与室外同学们的笑声闹声玩乐声声声融合。

每学期结束，除了带回一堆无回天之力的考卷"尸体"，还有一本"小学生素质评估手册"，记载学生德行。六年十二期，班主任对我的评语大同小异。表扬话有自满之嫌不便公布，批评话每期必提如下两点：

不认真听讲，上课搞小动作。

我承认，老师总结得对。我上课忍不住玩书、玩笔、玩橡皮擦、玩一切可玩之物，画漫画，写小说，设计游戏，绘制作战地图，热烈邀请前后左右的同学讲小白话、传纸条，聊聊游戏"谈谈人生"，"昨天晚上你玩《王者荣耀》没？""这个周末出不出来玩？""下课一起去WC。"多年偷鸡摸狗的习性，我练就双拳快速"击打"前后左右的特异功能，一对"小粉拳"攻速频率高达3拳／秒，出神入化。我上课捣蛋，坐立不安，想凭一己之力扰乱全班秩序。我下课安分守己，发呆犯傻，"举世皆浊我独清，众人皆醉我独醒"，于纷杂喧闹之中修行悟道。

学习不积极主动，态度不端正。

我承认，老师总结得对。我几乎不向老师提问，不是骄傲自满到所有题目弄懂了，而是我根本不知道什么才叫弄懂，什么又叫没弄懂。到目前为止，我始终不明白学习的真正意义。家塌了，有"四人帮团伙"顶着；班级塌了，有班主任和班长顶着；国家塌了，有党和党的领导班子顶着。年满三岁那年我找不到同龄玩伴，不得已入园求伴，"侯门一入深似海"，从此自由为陌路。

对我十二期如一的顽疾，老师们深感惋惜，双亲大人无力吐槽。我自己呢，"成绩，我所欲；自由，亦我所欲；二者不可得兼，舍成绩取自由者。"我渴望"道法自然"，不强人所难。

🐦 18

大凡成功人士，不舍昼夜，逼迫自己一天只眯几小时，最终成就一番伟业。

我日均睡眠亦不足五小时，中午不休，半夜不眠，天亮睁眼。如同老鼠、蝙蝠、猫头鹰一类夜行动物，我越夜越亢奋。宋代孙应时《不寐》，用来感叹"年华一俯仰，人事几炎凉"。没有闲情为赋新词强说愁，我要搞点实际的，谋划升天之道。

清朝皇帝顺治，中国第一神童宁铂，纷纷投身此道，联动效应"一人得道，鸡犬升天"。对照老爷的《八卦图解》、老妈的《瑜伽体位法》，我身披薄毯，盘腿全莲花，手掌智慧印，端坐床中，面向东方。腹式呼吸法调控不成，反倒练就一招收放自如"打屁功"。腹肌用力向下腹收紧至极限，再迅速挺腹向外扩张，屁眼随之紧成菊花，或开成鼠洞，"噗噗"屁声媲美RAP秀。

某夜，我正撅臀趴于床端，"噗噗"自嗨，老妈夜巡闯入卧室，被我的蛤蟆造型吓得花容失色。为了安抚娘心，我将"升天大计"和盘托出。

事实证明，我，很傻很天真。

老妈迅速将事件报告给她的双亲及夫君大人，"四人帮团伙"召开紧急会议，达成一致，送我就医。

天亮押进本区小有名气的中医世家"左寀堂"，貌似晚清政治家左宗棠名号，不同于琵琶女"门前冷落鞍马稀"，堂前车如流水人如巨龙，枯等两个多小时，方才被传召。传说中的左大爷红光满面，两鬓斑白，头顶圆秃发光形同不明飞行物，笑眯眯一弥勒。问诊简直就一狗仔队挖八卦，全耗在"女朋友"事件上，"小伙子，想女朋友睡不着啊？""有几个女朋友啊？""长得漂不漂亮？"我矢口否认。可左大爷，挂号排队的人群，以及我的双亲大人，竟无人相信，一个个以过来人姿态，笑得高深莫测。

左大爷打发我三个疗程的三十服中药，良药苦口利于病，要人命的苦劲儿，比喜儿卖给黄世仁还苦。"无眠症"在中药的滋润下，催发出新境界，由半夜不睡升级到整夜无眠。

我揣测自己患有不治之症，和薛宝钗从娘胎里带来的热毒一样，"若吃寻常药，是不中用。"花钱找秃头左大爷配药无效，又不见秃头和尚上门调配"冷香丸"，是否要自配"热臭丸"，乞丐身上刮三斤泥垢，舞女头上剪三尺青丝，非洲沙漠寻三样毒物，六月毒日下烤晒三年。磨碎成粉，调火山温泉制成大小三钱药丸，发病时，取一丸用高热量咖啡煎汤，分三口服下。

19

我胡思乱想，是顺势而为。

焦灼现实里容不得半点孩子气，"四人帮团伙"对我诟病最多的是"你太小"。为了藏匿那点幼稚，我把自己武装成大人，玩起思考和忧郁。此忧与范仲淹大格局的"先天下之忧而忧"无关，忧我个人日常琐事。罗丹的思考者雕塑，肌肉线条饱满，目光深邃，神态庄严。思考中的我两眼呆滞，精神恍惚，反应迟钝，形同弱智。

上课忧郁：下课上大号厕所蹲坑被占满，侥幸占到蹲坑手纸却掉进下水道，屁眼无纸可擦。

下课忧郁：接下来体育课围着操场跑八圈，跑第一圈就扭伤脚，会影响全班进度。

考试忧郁：钢笔没水，或老师临时改变策略提前收卷，分数退步不好向双亲大人交差。

某男同学示好某女同学遭当众拒绝，忧郁此等惨剧未来在我身上重演。

半夜忧郁新购置的山地自行车停在小区露天车棚，会被小偷扛走。

凌晨四点猛然惊醒，忧郁睡过头，上学迟到，罚扫厕所。

过马路忧郁司机不理会红绿灯冲行人飞驰，躲闪不及，险象环生。

此刻正在编辑此段文字，忧郁突然停电，文档来不及保存，心血白费。

《汉书》曰："安不忘危，盛必虑衰。"居安思危是历代统治者治国紧箍咒儿，前车之覆，后车之鉴。

流芳百世的经典文学著作哪一部过程不是轰轰烈烈，结局不是凄凄惨惨。

《西游记》，师徒四人取经过程九死一生，取经成功分家散伙。

《红楼梦》，繁荣时骄奢淫逸，没落后离析分崩。

《水浒传》，走投无路逼上山，高官厚禄诱下山，演一场鸟尽弓藏、兔死狗烹的闹剧。

《三国演义》，以刘、曹、孙为首的三大集团，绞尽脑汁，机关算尽，"纷纷世事无穷尽，天数茫茫不可逃"。

新中国《国歌》提醒我们时刻牢记，"中华民族到了最危险时候"。

我时刻忧郁，当忧郁真正来临，忧郁就不那么忧郁了。

🐦 20

忧郁的我，身体闲置，思想忙碌，每天产生一堆忧郁垃圾，违背地球人倡导的环保理念。

女同学们通过星座占卜论证我非地球人。她们精通此术，上厕所找伴都要寻求匹配星座，以求诸事顺畅。义务为我分析，惊呼：

My God！水瓶座！十二星座最诡异最怪诞之人。

出生于一年之中气温最低的非正常时段，喜怒哀乐异于寻常。追求独一无二，睥睨一切，无遮无拦。语言尖锐刻薄，神秘难以捉摸，不喜束缚，不重纪律，我行我素。对一切事物都有想去一探究竟的冲动，尤喜致力于学科以外的东西，不务正业，爱好大自然。不按常理出牌，倒行逆施，乌托邦式空想，矛盾心理登峰造极。

贬大于褒，损大于夸。

班级"朝野"上下一片哗然，同学们对我自傲与自闭之间频繁切换的怪诞深表同情。我坦然，坚信有那么一天，水瓶星座宇宙壹号专碟缓缓降落，停在我面前，仓门开启，银光倾泻，星音天籁：LET'S GO HOME！

21

狼藉地球，得遵循"我"的游戏规则。

人生第一次英语单元测试，选择题，（　）am a boy。我在答案"I"和"i"之间徘徊不定，纠缠不休，最终弃"I"投"i"。试卷下发，血红大叉豁然跃于纸上，英语老师以此为案全班通批讲解。经过这起弃明投暗的刺激，我大彻大悟到"I"的牛叉，众人皆小，"我"自独大。

老外历来崇尚"我"的个人英雄主义，唯"我"独尊。好莱坞电影大片，《敢死队》《终结者》《碟中谍》《分歧者》等，淋漓尽致演绎孤军奋战的大获全胜，收割全球狂热粉。国人讲究团队协作，集体荣誉，个人"我"之锋芒不得毕露，内敛、含蓄、低调、谦虚乃生存之道。

天大误解！老祖宗造字"我"，智慧如斯，呕心镂骨，野心勃勃！《辞海》造字解说"我"：超级戊，无人可敌的威猛战器。造字本义：手持大戉，呐喊示威。

佛曰：我为我而非汝，汝为我而非我，我生于物而非物，物与我同而非，我生物未生，我觉世万千。

真我好，假我罢，我本武器，不攻何用？我怪我随心所欲，我劣我怡然自乐。

阿弥陀佛。善哉！善哉！

我
为
作
狂

01

写！写！写！写成小说家！小说家！！小说家！！！

我浑身细胞为写小说呐喊！叫嚣！

不就码几个东倒西歪的字吗？有必要嚷嚷得"冲天香阵透长安，满城尽带黄金甲"，兴师动众之阵式，揭竿起义似。满屏网络写手，简单一鸟事，见怪不怪，和吃饭拉屎寻常。

可"四人帮团伙"不支持，联合搞"镇压"，坚决不能被反对恶势力打倒，我竖起写作大旗，气贯长虹，为自己呐喊助威："大丈夫生于盛世，当带三寸笔立不世之功。"一代武将太史慈，生平志未愿，功未成，不甘，临死遗言："大丈夫生于乱世，当带三尺剑立不世之功；今所志未遂，奈何死乎！"我生于太平盛世，细胳膊小腿儿，弱不禁风，上不了战场，杀不了敌寇，立志带笔闯荡文界，威武不屈。

02

一根筋走上写作不归路，与老爸老妈扔给我满柜子文学名著毫无瓜葛，是QQ阅读挑逗了我的写作春心。

四年级下期，我无意中点击QQ阅读功能，各类言情、玄幻、仙侠、科幻、灵异、动漫扑面而来，打开人生阅读的第一部网络小说《遇上道士之后》，主人翁六天时间从社会垫底等级一跃社会金字塔塔尖，遇上道士，展开美女、名车、宴会、武者、孤岛、密林、血剑、仙草等天马行空的极乐世界，情节狗血至极，语风无厘头至极。与《小学生作文》、老师要求的五百字命题作文、文学名著，大相径庭，看得小生我瞠目结舌，惊为天作。

如果这就是小说，那我想写。

作者名叫"雨天下雨"，按此节奏，首先名字得旗鼓相当。雨天下雨，那晴天当然要挂个红红火火的大太阳。我为自个儿赐笔名——晴天出阳，马不停蹄撰写创作誓言：

只有被天坑，才知道什么是命；

只有被人揍，才知道自己的实力；

只有用心去写，总能成为小说家。

有什么特殊意义吗？没有，纯属胡编滥造。

择日不如撞日。我的写作营生，省略敲锣打鼓、剪彩鸣炮等一切繁文缛节之事，一屁股坐于桌前，提笔开张。

老子《道德经》有曰：道生一，一生二，二生三，三生万物。第一个很重要。只要写下开篇第一个字，接着就有第二字，然后第三字，最后百千万字，枝繁叶茂，欣欣向荣。

03

雄心勃勃创作人生第一部小说，《武修玄道》。

顾名思义，走"武侠"路线，刮"玄幻"大风。主人公罗寒天，一位十岁少年（与我同岁），无意中捡到一本《太古混沌诀》，苦心修炼"帝灵古混丹"，打造"不屈刀"，驯服神兽"白虎"，与各路高手比武论功，遭遇刺杀，袭击兵团，最终在鲜花满坡的流云谷升为"武者十层"，逆转成功。少不了读者熟悉的玄气、丹药、灵器、口诀、派别、奇兽坐骑、钢笔插画等，为了突出罗寒天武修之路走得荡气回肠，我计划设制一系列修炼、比武、决斗、刺杀，亲情、友情，甚至爱情。

摘选第四章"帝灵古混丹"：

罗寒天来到草地，取出一个三方袋，拿出一瓶水和二十颗冲玄丹。但是，在即将吞丹时，却犹豫了，怕出现不可控后遗症。但一想到罗广那小子的嚣张样，罗寒天咬咬牙关，含了口水，将二十颗冲玄丹一股脑儿全吞了进去。

冲玄丹入喉即化，分散到玄脉、经脉、丹田之中。舒适才十秒钟，瞬间，玄气在体内乱窜。

罗寒天用武力将玄气逼到丹田，运起丹田之火，玄气抵抗不住丹田之火，化为一汪清水。

约莫过了一个时辰，终于可以呼吸，便灭了丹田之火。突然，丹田内浮出一颗丹药，飞出体外。罗寒天大叫一声"嘿哟！"一把抓住丹药，放出左眼神识，扫了扫，识辨这个小丹药就是传说中的"帝灵古混丹"。

罗寒天喜出望外，不假思索抛入嘴中，重新吞下了肚。顿时，金光四射，身上浮现道道光痕，那天被揍的地方，更是伤口上撒盐，疼痛万分。

罗寒天运起玄气，减轻了一部分疼痛，但却没什么实际效用，感觉自己的玄脉要被扭成麻花了，只好咬紧牙关，硬扛死忍。"砰"的一声，正在换牙的左门牙崩脱，来不及吐出，滑进喉咙，和着血水流进腹中。真可谓"打落牙齿和血吞"。

牙疼加脉疼，罗寒天"哦哇哇哇"地叫个不停，一边叫，一边淌下几滴男儿泪。

好半天，疼痛才彻底消失。罗寒天冲到了武者一层，再也不是当年那个废柴了，也不可能是那个废柴了，不可能被罗广、罗全，甚至下人欺负了，终于可以扬眉吐气了！

想到这，罗寒天诅咒了几声罗广，挥了几下拳头，冲到家门口的烧烤摊，一口气吃掉十几串最爱的羊肉串烧。

世间美食纵有千万种，可偏偏有那么几样不入流的让人无法割舍。就像路边烧烤，被我双亲大人纳入家庭饮食"十八禁"产品，禁止沾染。吃不到，就向往，我借机让书中人物大快朵颐享用一番。作品是作者的意淫，陶渊明虚构一座人间仙境"桃花源"，芳草鲜美，落英缤纷，怡然自乐，反推魏晋时代的真实生活何等民不聊生。

《武修玄道》写到二十二章，二万多字，写不下去了，好像写家庭作业时尿频跑厕数趟，进医院验尿时死活不尿一滴。

🐦 04

不成功，便成仁。

我不成功的"仁"远达不到孔子所提倡的道德境界，可作为敢写的勇气，还是值得小兴奋一下。"独乐乐不如众乐乐"，知音难求，是灵魂深处的寂寞，我与谁乐？

综观"四人帮团伙"。老爷，虽饱读杂书，可专事易经八卦，与我屌丝情怀风马牛不相及。老嗲，萝卜白菜酱盐醋油，怎懂我少年骚动心。老爸，沉浮官场，溜须拍马，无暇与书为伍。老妈，偶尔投投专稿写写专栏，文风隽永，辞藻华丽，理应不排斥写小说搞创作。

锁定老妈乐一乐。神神秘秘拉她进房，耳语："老妈，我在写小说。"

"小说？哈，这么酷！什么风格？能不能让我拜读一下。"成功勾起老妈的兴致。

我打开书桌抽屉，小心翼翼捧出书稿，庄严地递给她。老妈接过书稿，一目十行，快速扫描检验完毕。"不错啊，写得很好。"纯敷衍腔调，筛不出半个对我写作有实质性指导意义的词儿。

老妈随手拍照发往微信圈，一时间点赞点评者络绎不绝，"想象之丰富，逻辑之缜密，思路之清晰，初见端倪。""写作技巧和文字处理能力虽然稚嫩，但不失天真。"感觉身体的每一寸皮肤都在欢欣踊跃。

05

不要以为，我就此化羽成仙。

灰姑娘的水晶鞋过了深夜十二点就失去魔法，怪物史瑞克离开沼泽地就失去灵魂住所。小说的昙花一现并不能割除我身上的"毒瘤"，数不尽的小毛病涛声依旧，如影随形。上课做小动作、不认真听讲，不主动举手发言，语言表达能力严重欠缺，不积极争取集体活动，四肢协调性差，忘东忘西，愣头愣脑。和甫跃辉《朝着雪山去》的主人公关良一个德行，走一趟西藏，看一眼雪山，朝一次神灵，就能圆满？做梦吧！

尤其是老师要求每篇不少于五百字的课堂作文，我如履薄冰。把大部分的精力倾注在了计算字数上，自创多种数字法。三行一数，或一自然段一数，或每百字一标注。可以非常自傲地夸下海口，我的作文字数绝对准确控制在500±1，合格率高达百分之百。

凑字数的作文内容自然是前言不搭后语，狗屁不通；啰里啰唆，裹脚布一般又长又臭；跑题千里，不知所云。周末，老师布置写日记一篇，我千篇一律的流水账日子没法写，干脆一不做，二不休，将小说情节直接搬进。日记《梦回三国》，我以马超身份穿越回三国，与韩遂合兵密谋，冲杀曹操军营，成功拿下长安城。

老师评语：你穿越啦？奋斗了这么久，终于达成所愿了。恭喜你，穿越成功！

品不出黑色幽默柔情与残忍并存的艺术魅力，我变本加厉，得寸进尺的胡侃神侃，获得当众朗诵作文的特权。此篇作文描述了我打开电脑，进入游戏界面，添置武器装备，与敌军左一刀右一拳血拼到底，最后一败涂地，切肤之痛，无以复加。

老师表示自己觉悟尚浅，品不懂我累赘五百字究竟想要表达什么意思，游戏教程？游戏攻略？特恭请我通读全篇，邀全班同学共同赏析。

胡侃行不通，那就学"诗圣"杜甫琢磨"为人性僻耽佳句，语不惊人死不休"。描写《美丽的校园》，形容学校樟树落叶之迅猛犀利，我大言不惭地写道：

像狮子抓狼一样的从树上扑下来，惨不忍睹。

老妈阅毕，建议："你爬上树，从高处扑一个给我们观赏观赏！"

她强调要研究和借鉴名著名家的写作技巧，要叙议结合、情景交融、承上启下、首尾呼应。我连什么是"写作技巧"都厘不清，谈何研究？百度搜索，出来的篇幅，吓我一滚，特点之显明，种类之繁多，明目之宏伟，口诀之冗长，以我的智商，无从消化。一句"'写作技巧'受限于作者的世界观、艺术观。"如同最后一根稻草，压得我不复堪命。

曾试图在家庭或社会事件上表达我的世界观，"四人帮团伙"一贯以来一个鼻孔出气，不屑我对人、对事、对物的"伟大"见解，侃多了侃深了，认定我是放狗屁，脑子进水，精神病要犯了，心理医院要进了。他们批判我的世界观过于非主流，予以强烈反驳、抵制，作四字评论：坐井观天。我懒得辩驳，不屑收敛。

知足常乐。相较古人，我幸福的像花儿一般。

古人作"八股文"，分破题、承题、起讲、入题、起股、中股、后股、束股，后四股须使用排比对偶句，多写一字少写一字都不行，讲究一反一正，一虚一实，一浅一深，出题和答题都不能脱离四书五经。四书五经是什么，是圣贤书啊，一个字可以布上三天三夜的道，朱熹注的释，王阳明不服气，曾国藩接着咀嚼，连韩国奶奶朴槿惠都趋之若鹜，可见其翻云覆雨之威力非同小可。

🐦 06

写作的第一好处就是可以随心所欲地表达我的世界观，第一部小说半路夭折，我马上着手创作第二部小说《盗墓奇传》。写作激情如同急待产卵的大鲑鱼，寻死觅活向前冲。

牺牲了几个月高风黑的夜晚，我眍眼窝在被子里缜密构思小说主线。本人常年被双亲大人诟病智商下线，势必塑造一位智商六百七的天才少年，名卫岚，课余时间喜欢研究点历史知识，最近手头拮据，听说盗墓是发横财的好门道，伙同智商同为六百七的兄弟卫言，干起盗墓勾当。各种诡异、玄乎的事儿轮番上演，两兄弟死里逃生，对钱财有了新的领悟：活人的钱不能赚，死人的钱不好赚。

摘选第二章"第一次盗墓"：

两名少年肩并肩地飞驰在小路上，自行车的轮子转得飞快，一股股如幽灵般的寒风掠过脸颊，如刀割钻心的痛；一粒粒沙尘如子弹般打在少年的身上，沙沙的声音不绝于耳。

三更天拂晓。卫岚和卫言停放好自行车，越过守墓人，看到一片无边无际的黑色墓区，一声声奇怪诡异恐怖如同幽灵呻吟的声音环绕在耳畔。

卫岚和卫言悄无声息地越过一片杂草，站在了一座雄伟但充满诡异的墓前。似乎从墓底传来隐隐约约的嘲笑讽刺声，两名少年不禁倒吸一口凉气。

迟缓半晌。卫岚走到碑前，抽出一把激光剑，吞了吞口水，鼓起勇气，按下剑端的隐藏按钮，射出一根一米多长的激光。

砰！！！墓、墓碑、围栏，以及墓周的水泥，四分五裂。卫岚一惊，拉上卫言就向外奔跑。

只听"轰"的一声巨响，墓——炸开了！浑浑浊浊的泥石，伴随夜空星星点点，直泻而下。

尘埃落定，卫家两名少年重新走过去，看见一个乌亮巨大的如同钢盔般的铁坟墓！

卫岚不禁啐一句："可恶，又一个拿金子当糖吃的人，有钱啊！"卫言没有理会他的喧闹，抢起激光锤，冲着铁坟墓猛砸了起来。

一口气砸了两个多小时，直到天亮。坟墓的铁外衣才被一层层砸落，露出一副闪闪发光的水晶棺，金子底座，奢华雄伟。

卫言问："这下你满足了吧？"

卫岚冷笑几声，命令道："快搬！"两人将棺盖掀开一尺隙缝，瞥见棺内一具干尸。

面孔，狰狞、丑陋而恐怖。

对金子的渴望瞬间掩盖了恐惧，两人合力将棺盖抬到十米开外，疾步返回坟墓。

棺材、干尸、金底座，不翼而飞！留下一个幽幽的地下通道……

欲知后事如何，且听下回分解。没有下回，第二部小说在第二章就窒息身亡。盗墓是个技术活，不懂工程，没有专业经验，光凭想象手段解决不了根本问题。我闭门造车，期间全然不晓南派大叔早已写就中国近代出版界的传奇著作《盗墓笔记》，现在想想，揽这么个话题来写，胆大妄为。

07

写作是件耗时耗力的苦差事儿。愚公为了移山叩石垦壤，精卫为了填海衔石叼枝，写作如同搬运工。

学业繁重，议程满档，空余时间有限得如同挤过水的海绵。只能利用课间休息及午休时间，见缝插针。写得正精彩，上课铃响，"拉屎拉一半比憋着更难受"，上课继续写，遮遮掩掩。明知不可为而为之，被语文老师抓了个现行，当场收缴书稿，罚站听讲。

秦始皇为建立大一统的专制政治体系，焚书坑儒。老师会不会撕毁我稿，以儆效尤，以绝后患？虽可惜一腔心血，但我已做好厄运难逃的心理准备。谁知两个工作日后，老师归还书稿，抛下一句话："你这个孩子啊，以后肯定是写网络小说的。"

肯定是。这样的字眼，对于正处在写作"热恋期"的我，意味着宣布结婚领证成为合法夫妻。我把老师的话解读为鼓励！一厢情愿的，厚颜无耻的。

半夜三更灵感迸发，我像潜入农家偷鸡的黄鼠狼，躲进被窝，支一手电，奋笔疾书。常在河边走哪能不湿鞋，被应酬晚归的老爸逮了个正着，对我勃然大怒。如果不是孟子大人"不孝有三，无后为大"的枷锁横在他面前，差不多要对我实行大义灭亲，赶尽杀绝。恨之深，责之切。借助烈性十足的酒劲，开展了一场救苦救难救儿于水深火热的长篇演讲，旁征博引，狂轰乱炸。

我不能打哈欠，不能中途请假跑卫生间，要表现得洗耳恭听、受益匪浅之惶恐状。这一过程漫长煎熬如同凌迟，如同檀香刑。可怜我两眼迷迷，两耳嗡嗡，两脑糊糊（大脑和小脑）。老爸酒一上喉，血一上涌，命我回顾演讲精华。哪天我不写小说，转行搞起教育洗脑工作，水到渠成的事儿，双亲大人劳苦功高，军功章有他们的一半。

第二天一早，对于我不务正业倒腾写小说一事，"四人帮团伙"召开家庭会议。真理只能掌握在多数人手中，他们热衷于发声，各抒己见，轮番的百般调侃，千般嘲讽，万般打击，对我小小心灵造成的大大伤害，可谓惨无人道。

"四人帮团伙"一旦被某一舆论牵引，情绪发泄"无边落木萧萧下"。我的耳朵被各种大道理霸占、蹂躏，过程太嘈杂，不堪回首。概括当日会议结论：允许写，但是，不得占用课堂时间和休息时间，不得影响学习成绩。

中国语言老谋深算，"但是"二字，扭转乾坤，前半句的"允许写"可以忽略不计，中心思想全落在后半句：让你写？没那么容易，看我玩死你！

🐦 08

写作之路，岂容如此践踏！

我要学竹石"千磨万击还坚劲，任尔东西南北风。"任凭"四人帮团伙"打击摧残，坚持到底！

我要学古老非洲大草原的狮子和羚羊，早早奔跑。当新一轮的太阳冉冉升起，狮子醒来，望着太阳对自己说："今天我要不停地跑，追上跑得最慢的羚羊，把它吃掉。"同一时间，羚羊醒来，望着升起的太阳对自己说："今天我要不停地跑，成为跑得最快的羚羊，只有这样才不会落在后面，才不被狮子吃掉。"辽阔的大草原上，狮子在不停地向前奔跑，羚羊在不停地向前奔跑……不到终点谁也不知道自己是输是赢。奔跑了，问心无愧。即使失败，过程灿烂，痛苦也痛快。

曾经读过一段文字，大抵是说有的人很早就活完一生，有的人一生都没活过。有的人一天是一生，有的人一生只有一天。虽不能完全理解其蕴含的人生哲学，但我隐约明白：早努力，才能早欣赏风景；早努力，才能早见识世界；早努力，才能早实现价值。不枉过活。

早起的鸟儿有虫吃。

张爱玲说："出名要趁早，来得太晚的话，快乐也不那么痛快。"

发了狂的想写小说，不为吃虫，不为出名，是要趁早！早早为梦想努力奔跑。

09

同学们的捧场就让我很痛快。追着找我要稿，虽无美誉，常挑错字，常指毛病，有市场，有读者，于我而言，这已足够。他们堪称完美读者！

小说传阅期间，吸引了两枚小说狂热粉，共同组建写小说团伙——"白日梦"工作室。我们仨好读杂书，好想杂事，好写杂文，志同道合，一拍即合。当然，从老爸老妈这类"俗人"嘴里吐出来的词，就没我等"文人"那般高雅了，说我们臭味相投，不务正业。

其中一位李同学，父母为其取名与我一样，随便找了个英文名打发，David。大卫一表人才，风度翩翩，满腹经纶，自叹"儒"雅。成日里出口成章，妙语连珠，招蜂引蝶，散文式幽默段子信手拈来，恭维我老妈："阿姨，您好可爱！"一张巧嘴貌似嚼了"炫迈"彩虹口香糖，根本停不下来。他老爸老妈没事找事给他制造出一弟弟，害得他周末既当爹又当妈地侍候小屁孩儿，耽误不少创作正事。

另一位肖同学，深藏不露，绝于常人。第一绝，把常人的两根眉毛长成一长条，天生奇异。第二绝，背诵杂书经典对白，记忆力强出天际，整集整段倒背如流，却记不住寥如晨星的二十七字《敕勒歌》。自誉"忢"男、"聳"男，拆字理解：心、耳皆于众生之下。现实版暴走漫画主编王尼玛，正常人难懂他的"why are you so diao？"孤芳自赏自嗨型。

一个好汉三个帮，我们仨效仿"桃园三结义"，设址肖同学父母餐馆二楼的麻将室角落，拟定组织架构，设立规章制度，制订写作计划，备下纸笔，握拳立誓：结为联盟，同心协力；读尽杂书，写尽杂事；上报国家，下安黎庶。

作为组团者，为了让自己的"政治方阵"稳住脚，就必须成功地挑起组员们异想天开的激情，我亲自操刀创作"室"歌两首，鼓舞士气，提升战斗力。

《写小说》：还记得那个寂寞的寒假，那时的我被爸妈囚在家，没有自由没money，没有传说中神奇的笔。可那时的我是那么简单，虽然只有一本破小说书，在学校在老宅在狗窝里，写着那自己主持的小说。如果有一天，我小说遗失，请给我时间，从头再写；如果有一天，我永远被禁，请召集大家，都来劫场！

《天意小说》：我没有money，但非穷蛋；我失去自由，但非永远；我没有神笔，但总会有笔；我不是天才，但绝非蠢材。我考试不好，但有信心；我暂时弱小，但会发毛；我不是神兵，但谁是神兵？我不是老大，但谁是老大？千里囚禁很悲哀，红颜知己谁来当？青梅竹马一生命，满腹小说我来写！

组团写书，无论自嗨，还是嗨他，最重要的是嗨出小说。

为了确保小说产量，"白日梦工作室"制订了"写小说计划明细表"，锁定了每天的写作计划，周一至周日，上午、下午利用课间休息时间在学校奋笔，中午、晚上利用午休和家庭作业完工后时间在家中疾书，明确分配到哪段时间写哪部由谁写，除开吃饭睡觉，拉屎拉尿，剩下的时间一律写小说。

🕊 10

注入了团队力量，小说的路子愈加千奇百怪，冲击着我脆弱的大脑神经元胞体，滋生一连串匪夷所思的穿越、妄想。

我的第三部小说《猎魔者》冥思苦想故事概要：就读"猎魂联盟"学校的冈鬼，在获得武魂"关羽"之后，为了增加实力，寻找升级之道，决定游荡江湖，用尽一切手段捕杀"食尸鬼"，在武魂之神"鬼谷子"的启示之下，最终成就一方霸业。

开章华美大气：

秋风瑟瑟，寒窗落落，死气沉沉，狼声阵阵。

依山傍水而立，因魂乱魔而建。这个学校，叫"猎魂联盟"。学员加上两名老师，猎1、猎2，共计十人，分成两队，单数一队，双数一队。在猎魂联盟，真名叫什么不重要，重要的是代称和武魂。

代称数越小，实力越强。武魂呢，是一种很玄的东西，如影随形，无声又无息。简单说明来加深了解：猎魂联盟通过一种秘密的历史穿越通道，成功在每位学员身上植入一名武士之魂，都是赫赫有名的历史名将、文学家、哲学家、军事家等。学员在紧急关头，大喊"魂斗罗"召唤武魂，当身体笼罩一圈光环，说明召唤成功，灵魂互交，拥有武魂的全部智力、武力，攻击力直线飙升。

天生拥有武魂的，很稀少。能自己猎到武魂的，更稀少。能同时具备两个武魂的，祖上烧了八辈子高香。那个幸运的家伙，猎6，同时具备两个武魂，三国名将甘宁、凌统，是本书主角的死磕对手，此乃后话，暂且按下不表。

话说猎魂联盟除了"环境天然"，不是一般的烂，断壁残垣、破窗烂瓦。整座学校最好的地方——太平间！呵呵，没错，就是太平间。石台中间安放一顶硕大的玻璃罩，罩内端坐一人，代称猎0，试想还有比0更小的数吗？猎0人称鬼谷子，武魂吕布吕奉先，三国"第一猛将"！鬼谷子托他的福，混成武魂者中的神，战斗力天下第一邪气。

阳光温和地照在猎魂学员冈鬼的脸上，冈鬼年方十二，代称猎3，武魂关羽，三国"武圣"，与牛叉的"文圣"孔子齐名。冈鬼实力仅次于鬼谷子，老师猎1颇为赏识他颖悟绝伦，特地为他打造了一把盗版关公刀，唤作"银龙斩月刀"，耍起来威风阵阵。被鬼谷子注入二成邪气之后，阴森凛冽。

不要以为有了"银龙斩月刀"伴身就万事大吉，这才是万里长征第一步。武魂实力由等级来定，从第一级到二十级，每升一级如同登天，如同追月。升级的唯一途径，杀掉同级的食尸鬼，杀一个升十分之一级，杀十个升一级。冈鬼杀了一百六十只，目前在猎魂联盟学员档案资料如下：

代称：猎3

姓名：冈鬼

武魂：关羽

等级：十六级

该干嘛干嘛，冈鬼在家吃完午餐，立于客厅，握紧右拳，伸出左手中指和食指，指向胸前，大喝一声"魂斗罗！瞬移！"瞬间消失，出现在猎魂联盟学校，直接省了的士费。

自我感觉《猎魔者》相较前两部附庸风雅不少。

✿ 11

我负责创作《三国笑传》《少年三国志》《玄》《十年》《关传》等多部小

说，时间几乎排到了小学毕业。

在学校我采取爬格子的原始方式，一笔一画码豆腐块，浪费时间不说，写错了修改起来更是费事。在家里借助电脑，老爸读军校时主修计算机自动化，组装一台电脑如同老爷打一局麻将轻松，我很早就有自己的笔记本电脑，能熟练使用office办公软件，Excel记账，Word写日记，PowerPoint制作贺卡。天作孽犹可恕，自作孽不可活，本人因拼音掌握不扎实，拼音输入不过关，打字速度上不去，恨不得生出两排蜈蚣指。

时间就是金钱，学好拼音提升打字速度也是当代作家必备技能之一。

构思故事情节，如同君子好逑，"求之不得，寤寐思服。悠哉悠哉，辗转反侧。"天蒙蒙亮，翻身起床码字。尽管夜以继日，勤奋如《悯农》，然而小说"餐"多像蹩脚的小丑，猥猥琐琐，多则上万字，少字几十字，写写停停，停停写写，成型的没有一部。

写不下去我学易中天开起了讲，大师讲中国文学巅峰之作《三国演义》，我讲《海贼王》，这一命题对蛋蛋后的吸引力，如同蚂蟥对血的渴望。

每集二十多分钟，六百多集，我一集不落，一万二千多分钟的洗礼，我脑子里存了一堆鬼话，哭你七娃（你好）、东西大（怎么啦）、八嘎（笨蛋）、刚把你（加油）……要是被军人老爸洞悉个中乾坤，一枪"撒油拉拉"我。省吃俭用，购置大量海贼王系列物品，如草帽、套头衫、拖鞋、手链、公仔、笔袋、橡皮擦等。想千方设百计让自己彻底海贼化。

言归正传，听我开讲：

哈喽，大家好，先自我介绍一下，我是《海贼王》主讲小马，没错，"不死鸟"马尔科也叫小马，谢谢。本人性别非雌，十岁新手宅男，宅龄三个月，QQ号9481694816，相当好记，"就是不要脸"重复两遍，请多多关照。

这期内容很劲爆，介绍海贼团的乌合之众，有必要做笔记，允许录音、摄影或多角度偷拍。

船长，众所周知的路飞，未来海贼王，智商不高，吃了吃不得的恶魔果实，实力超群，像极三国孙权的哥哥孙策，少年成才，风光无限。有位四皇红发老师，何愁大业不成？

副船长索隆，实力爆表，作为三刀流战斗员，小时候就大胆踢馆，未成，蒙上了一层巨大的心理阴影。哈哈，和我一样，穷鬼一枚。

娜美，用身体感受天气变化，是海贼团最出色的航海士、大功臣。权大遮天，动不动开骂路飞，令小马我很是不爽。大脸妹这样骂阿衰，老妈这样骂我，唉！千古悠悠何叹亦！

山治，暴力血腥好色厨师，靠手吃饭，靠脚打架，山治大补饭很好吃。

吹牛大王乌索普，唯一的狙击手，武器特别特别弱——弹弓！干掉一些小BOSS还有脸津津乐道，无语至极。

乔巴，作为一只驯鹿变成的人，本身就是呆萌的存在。

罗宾，一名不正常的考古学家，原来的老大被路飞一拳打到见了白胡子，遂从了路飞。原来的老大叫老沙，嚣张至极，小马我第一次见他莫名厌烦，吊儿郎当，自视清高，竟不把海军七员大将放在眼里，自创巴洛克工作室，想单独创业搞革命？下场印证了一句话：装逼遭雷劈。

布鲁克，骨头人，号称"灵魂之王"，闲着没事拿把装逼的吉他投了海贼团，头发茂盛，畸形杀马特。

压轴出场的是弗兰奇，修船工，梳着蓝色飞机头型，下巴甚是奇怪，一身花色衣服，走不伦不类路线，肌肉多多，力气大大，头发怪怪，墨镜酷酷，哈哈。

总之，草帽海贼团实力单薄逊色，有待补充提升！

好了，这期就华丽丽地结束了，小马要烤鱼丸去了。下期不见不散，拜拜！

🕊 12

老妈偶尔来了兴致，读一读我的小说，读了等于没读，她不哼不哈、不凉不酸，搞得我不清不楚。

老爸不屑一顾，从未正眼瞧过我小说的只言片语。不过我倒庆幸他的不理不睬，毕竟被他口无遮拦地镇压可不是什么体面事儿。

老爷老嗲出乎意料，回忆起一些我早已遗忘的往事。"住在乡下那会儿，你三岁就会作诗，现在写点东西，应该不是难事。"方仲永五岁"自是指物作诗立就，其文理皆有可观者。邑人奇之。"我较之提前两岁，岂不"奇"更甚。我不信，他们吟诗为证。

牵我进菜园，观满园生机，赋诗一首：

叶儿绿，

果儿红，

炒给狗狗恰。（老嗲唤我"狗狗"；恰，湖南常德俚语，吃的意思。）

夜晚赏月，我卖弄风骚：

月粑粑，

跟我走。

走到家，

恰粑粑。（粑粑，湖南常德俚语，通指圆状如月的饼干。）

方同学的诗立意颇高，"其诗以养父母、收族为意。"我专攻吃喝，跟随老爷前往湖边采摘野生菱果，此果与两只角的大菱果不同，个头小，满身生尖刺。我被菱果扎伤脚趾，不哭不闹，吟诗如下：

走又走得潇，

星星亲我脚。（潇，湖南常德俚语，形容走得急、走得凶。）

把长刺的菱果比喻成"星星"，把痛苦之"扎"化为甜蜜之"亲"，才情非同小可。大自然无限的生命乐趣，激发我创作七行长诗，且看：

小猫猫，喵喵喵；

小狗狗，汪汪汪；

小鸡鸡，叽叽叽；

小鸭鸭，嘎嘎嘎；

小猪猪，哼哼哼；

小羊羊，咩咩咩；

扯一把胯间自带的橡皮筋玩意儿，完美结尾：

小虫虫，嘘嘘嘘。

方同学因"不使学"，二十岁时落得"泯然众人矣"下场。我三岁进城接受文明先进教育，几年工夫折腾下来，下场没见得高明多少。

⚘ 13

会写点东西，能写点东西，好处总是有的。虽不能像郭敬明、韩寒成就一番事业，通过文字谋点小私小利绰绰有余。

小资情调泛滥成灾的老妈，每年都要过一些在我看来毫无意义的节日，特殊日子还规定必须以礼相赠，明目张胆地搜刮"民脂民膏"，比如情人节、三八节、母亲节、七夕节、结婚纪念日、她的生日、我的生日她的苦难日等。美人如蛇，呜呼！熟知赋敛之毒有甚是蛇者乎！老爸和我愁眉苦脸，好不容易攒下一点私房钱，莫名其妙又丰富了老妈轻歌曼舞的好日子。

现在，不费一分一毫，母亲节深情赋诗一首：

五月十号母亲节，万人感恩送祝福。
祝愿老妈工作好，年轻漂亮永长存。

老嗲生日，我如法炮制：

老嗲老嗲您好乖，就像花儿开得欢。
生日快乐祝福您，活到一千九百九。（乖，湖南常德俚语，漂亮的意思。）

顺带为自己带个盐：马唯敖打油诗，哪里不会写哪里，So easy，你会写吗？老爸再也不用担心我送礼。

无聊的时候写写东西打发时间。银行排队存钱，微信好友：

行内行外人沸腾，我领小票十六号。

等来等去等不到，只能发下微信息。

🐦 14

我玩写作，写作玩我。

五年级暑假，我寄居姑父姑姑家，备考长沙南雅中学。命运往往令人啼笑皆非，从未接触过奥数，仅受姑父数天恶补，数学竟然摘得亭亭玉立的A；历来引以为傲的语文，以丰满圆润的B，惨遭滑铁卢，一举粉碎我的南雅梦。老爸老妈通过对我的反复审讯，最后得出结论：作文太过负能量、消极，心态不健康、不阳光，人格不健全。老师没有打C，手下留情。

我写了什么。写了老爸老妈逼着我背井离乡，跟随姑姑行走在繁华陆离的长沙街头，赤手空拳挑战省府学霸，挤南雅小升初晋级名额，心慌慌，意乱乱。

满纸荒唐言，一把辛酸泪。都云作者痴，谁解其中味？刘老老进大观园是被请进去的，是有便宜可占的，是有好处可捞的。我是被逼的，是带着双A指标任务的，是立了军令状的，喝了壮行酒的。恰同学少年，风华正茂。伫立在流光溢彩、漫江碧透的橘子洲头，没有书生意气，没有挥斥方遒。我耳边荡漾的只有"动力火车"的彷徨：我从日走到夜，心从灰跳到黑，我多想跳上车子离开伤心的长沙……

"你平日里玩怪招，我们认了！关键时刻，发什么疯！"双亲大人丢了银子和面子，自然凶相毕露。"你永远失去了进南雅的机会！"

我用满腔真诚为自己判了个死刑，没有缓期，拉出去即刻斩首。套用一段周星驰《大话西游》的经典台词，纪念我失却千载难逢的好学缘，纪念我郁郁不得志的小情怀：

曾经有一份真诚的考试摆在我的面前，但是我没有珍惜。
等到了失去的时候才后悔莫及，尘世间最痛苦的事莫过于此。
如果上天可以给我一个机会再考一次的话，
我会跟那张作文卷说"我作假"。
如果非要把这份假加上一个期限，我希望是一万年！

15

败走华容道，不代表一败涂地，我依仗子虚乌有的"小说家"头衔，大胆染指老妈的大作。

2015年中秋节常德市举办"大世界吉尼斯最大诗词月饼品鉴盛会"，老妈在家构思VCR宣传片解说词，要将刘禹锡的《秋词》与常德旅游宣传定位语"亲亲常德"相融合，冥思苦想不得要领。

我瞅一眼，脱口而出：大学之道，在明明德，在亲民，在止于至善。

瞎猫碰上死耗子，整篇《大学》，就会第一句。老妈听罢，豁然开朗，一气呵成。

刘禹锡与常德有着不解之缘，九年旅居，寻古城遗迹，听洞庭渔歌。丰润流翠的常德山水，滋养了他文字的荡气回肠，名垂千古。在他的笔下，中秋不再只是悲寂的相思，更可以是"乐山乐水"的豁达，一如1200多年后的"亲亲常德"：明明德，亲亲民，止于至善。

……

愿倾中秋佳饼，以飨四海乡友；更办品鉴盛会，以迎五湖湘亲。

文学搭配常德名胜古迹的动感画面，VCR磅礴大气，浑然天成，全城热议，腾讯热播。

百余来字，老妈大量使用成语，让我窥见个中妙处，豁然打通我的任督二脉。少少四字成语，足抵千言万语，作者只消抛出诱饵，任读者直译本义或延伸喻义，成语如何生出万千风情，全凭读者造化。

《记学校运动会》，我好一个妙笔生花。

今天，是个阳光明媚风和日丽的好日子，我们名扬四方威震八方的学校，召开了声势浩大兴师动众的运动会。

呕心沥血的班主任和马首是瞻的体育委员珠联璧合，激动万分地赶着喜上眉梢的全班同学，在造价不菲的操场上连蹦带跳地溜了一圈。全校师生倾巢而出，参赛选手蠢蠢欲动如箭在弦，巍然屹立操场，听高视阔步的体育老师宣读不可逾越的比赛规则，听斗志昂扬的运动代表发表语惊四座的参赛宣言，压轴出场的校长发表声情并茂的开赛动员，最后，气势如虹地宣布运动会正式开始。

比赛选手饥不择食慌不择路你追我赶，啦啦队成员热情洋溢摇旗呐喊声嘶力竭，观战同学幸灾乐祸虚情假意装模作样。参与裁判的老师敛容屏气冷若冰霜，不参与裁判的老师无所事事东逛西溜。

比赛现场生机盎然，跑步的风驰电掣，跳高的腾空而起，跳远的一跃千丈，打球的出神入化。锣鼓喧天的运动会，成功吸引了接踵而至的围观群众，发出如雷贯耳响彻云霄的喝彩声，让运动健儿精神抖擞豪情壮志，让老师们得意忘形喜出望外。

经过一天紧张激烈公正公平地角逐，运动会取得了硕果累累的好成绩，满面春风的校长为汗如雨下的获奖选手颁发了至高无上的荣誉证书，全校响起了经久不息的掌声。

啊！多么厚德载物刻骨铭心的运动会！

五百字，一字不多一字不少，立意新颖，写实华丽。

我为自己的才情摇头晃脑，速速上呈老妈检阅，阅毕，为娘表示刺激过度，精神凌乱。管她凌乱不凌乱，如同小狗伴杆撒尿，我依仗成语这枚省事的杆，每逢写作脑子里不由自主地闪烁出大量成语，争先恐后地翻滚着。曾有大家批评最无创性的写作就是寻章摘句，堆砌成语。可我不能强迫自己患上"阻塞性尿道结石"，强忍不尿，非养生者所为。

🐦 16

小说写不出，作文写不对，杂文写不来。

创作瓶颈蜂拥而至，我辗转反侧。老爸老妈摆出一副理所当然之态，搬出"我过的桥比你走的路长，我尝的盐比你吃的饭多，我写的字比你看的书多"诸如此类的老资格套路，轮番对我炮轰开讲。

知道为什么没有一部写成的吗？还记得漫画《这下面没有水，再换个地方挖》吧，画中人拿着铁锹挖了好几处，第四口井已接近地下水了，他却不再继续，想另换他处。你写小说犯同样的错误，浅尝辄止，遍地撒网，一遇到坚硬的土层，情节受阻，就放弃。琢磨另起一部，可能运气更好更轻松。写作不是小猫钓鱼，一门心思专攻一部，坚持挖掘，持之以恒，就能挖出源源不断的泉水。

世界上最离奇的神话就是不用付出却能收获花果满山。侥幸蒙混是写不出一部小说的，乔佩特诺说："不光荣的成功好像一道不加佐料的菜，可以填饱肚子，但没有好味道。"武侠小说里获得绝世武功的情节，掉进悬崖深洞、偶遇高人、获得武林秘诀、吞下千年仙丹、打通任督二脉等，读来很过瘾，可始终不现实，不真实，接不了地气。

知道为什么你写不下去了吗？脑子里没东西，没有知识的容量和质量，当然撑不起你作品的长度和厚度了。

你现在还小，根本不需要着急开写，写来写去也是些没营养的活儿。真正的作家绝不仅仅局限在狭隘的领域内，要脱离只写作的桎梏，延伸到社会的方方面面，看到更高远的多层结构，面向更广阔的世界。利用一切时间博览群书，"读书破万卷，下笔如有神"，文学名著、唐诗宋词、历史地理、哲学、百科知识、脑筋急转弯、笑话都可以。

要成为一个杂家，像清朝纪昀所言："杂之广义，无所不包。"好的作家必须是个杂家，要有广博的学识，天文地理，格物致知，社会生活等，全知全能。只有这样，你围绕作品主题、主线所贯穿展开的内容、素材才足够清晰。你塑造的人物个性才会丰满，故事情节才不会破绽百出。如果写到游泳，你连起码的姿势和动作都颠倒混淆；如果写到某处典故，你连出处和作者都张冠李戴。那不单单是贻笑大方，那是文学的虚传谬误，害人害己。

不杂，不足以博；不博，不足以丰。你不是喜欢看鲁迅写的杂文吗。他的文字纵横捭阖，学贯中西。就是因为他广阔的阅读面，诗话、杂著、画谱、杂记、尺牍、史书、汇刊、碑帖，等等；佛经、墓志、壁画，等等；社会史、文学史、美术史，等等。所以论古道今，中外并蓄。

我忍不住打断他们："不一定非要读书，古人还说'读万卷书不如行万里路'。"

看吧，看吧。你现在犯的错误就是"没文化真可怕"，原句是"读万卷书，行万里路"，指参加皇考，金榜题名，走入仕途。后来引申为努力读书，将知识灵活运用到实践中。

"读万卷书不如行万里路"，是不想读书反教育体制的人给自己找借口。好吧，就依你从字面意思来理解，主张"行万里路"。现在评估一下，你觉得自己有办法像徐霞客、李白一样的游山玩水吗？对付风餐露宿，你的自理能力和应变能力够吗？你个小学都没读毕业，遇到生僻汉字或英文标注的指路牌，能认清路吗？很现实的话题，你有多余的银子游山玩水吗？

不否认，曲折或丰富的生活经历的确是可以诱发创作激情，可你除了上学回家、吃饭拉屎，没什么事儿可以折腾。目前你是没办法像于成龙一样清廉为官，没办法像戚继光一样奋战沙场，当个小组长也是朝夕不保的。

要想写作时才思泉涌，你只有一条路，拼命阅读。读他个百本千本的，再考虑写书。

"百本，千本。"我心里嘀咕，"你们以为阅读是数豆豆啊。用舌头舔上千根我爱的棒棒糖，都要好几年吧。"

韩寒在高一的时候出版了小说《三重门》，你知道他是借鉴了哪部名著吗？钱锺书的《围城》。林雨翔的原型来源于方鸿渐，韩寒字里行间的幽默、反抗，都印染了钱锺书的影子。

你觉得郭敬明牛吧，文风唯美吧。你知道他上初中的时候拼了命的阅读量吗？名家的小说、散文，包括古龙、金庸、梁羽生的武侠小说，甚至杂志、报纸等，来者不拒。

风靡网络的《盗墓笔记》，堪称现代出版界神作，盗墓时代的"红学"。作者南派三叔，只有一个爱好——看书。什么书都看，在地上捡张小纸片都看，字典都能一个字一个字看完。他可没像你，一天到晚嚷嚷着写小说，干的工作没一样与文字搭边的，可人家要么不写，一写就写成传奇，无人超越。

还有一个人，我一定要介绍，李教。我们给你的名字里取个"教"，也是存了幻想的，希望你能沾点大师的才气。李教集作家、学者、历史学家、时事批评家等于一身，文笔犀利，批判色彩浓厚，嬉笑怒骂皆成文章，自诩中国白话文第一人，随便一件小事都可以旁征博引、出口成章，著书百余本。他阅读的书籍跨越历史上下五千年，他的大脑就是一座国家级图书馆，一部百科全书，一台百度自动搜索器。

阅读是世界上门槛最低的高贵举动，只要付出几包方便面的价格，付出玩一局电游的时间，便可以得到一位作者在很长一段岁月里所有的经验、心思和智慧，没有比这更划算的买卖了。何乐而不为呢？

17

双亲大人的"讲座"堪称一场绝对反击的"搏击赛"，句句拷问，字字真灼，我一心只写的奋斗观轰然倒地，其震撼不亚于原子弹核爆发。辛苦双亲大人口干舌燥，我总算搞明白成为小说家的逻辑程序：先阅读，再写作。

我犯了"倒行逆施"的错误。难怪，除开第一部小说《武修玄道》整出二十多章，其余的多则七八章，少则一二章。有的一出世就夭折，有的中途被拍死沙滩，没一篇"寿终正寝"。门槛都没摸着，就闯大殿。写小说如同建造房子，墙根还没砌好，我就急着盖瓦，想拎包袱住成大家。渴望写成的小说成了空中楼阁，海市蜃楼。梦里寻他千百度，蓦然回首，那小说窝在梦里头不肯起床啊。

没有捷径可走，来不得半点投机取巧，我一头扎进文学名著的海洋里。规定自己每天阅读五十页，一个月不得少于五本书。

美国人鼓励孩子："相信自己通过努力可以改变世界。"精诚所至，金石为开。我不达目的紧贴不放、不依不饶的牛皮糖写作精神，改变了老妈的态度，得到她的怜悯。

18

2016年小学毕业的暑假即将结束，老妈为我整理六年来的课本、作业本，随处可见的写作稿，东一张西一页，蝇头小字密密麻麻。

捧着一堆形同废纸的书稿，老妈首度对我进行了表扬，"你的思维虽然幼稚粗糙，然其真实。你敢写，是难能奢华的勇气。妈妈以大人的姿态，瞻前顾后，从不相信你能写小说，你排除万难坚持下来，值得妈妈尊重！"关注询问："写了十几部，没有一部写成，还想不想写？想不想真的写成一本书？"

"当然要写！当然要写成！"有了表扬做铺垫，我顺藤而上，答得斩钉截铁。

"协助你一起写，好不好？"老妈征询我意见。

我不动声色地问："怎么写？"

"武侠玄幻太虚构，没有现实支撑，你很难找到丰富的素材。有一类题材是你熟悉的、感兴趣的，你平日里大肆谈论过的，身边的人，读过的书，干过的事。无论对错，都可以在书里畅所欲言，我们绝不阻碍，因为这才是你心底最真实的声音。坚持写够十万字，我们就帮助你出版。给一个学期时间，成功了，不再对你写小说指手画脚；没有成功，你务必把精力用在学习上。怎么样？"老妈明显不是一时冲动，而是蓄谋已久。

抓住机会不试一下，怎么知道结局有多美好。没什么好损失的。能写成，明目张胆地放肆嘚瑟。写不成，卧薪尝胆，再接再厉。机不可失，时不再来，我火速开出合作条款：

1.我负责口述，你负责输入电脑。

老妈具备打字速度快的优势，所谓合作，资源互补。要不然啊，任凭她才高八斗学富五车，我不为所动。

2.必须使用"我"的第一人称。

写我的事，自然是"我"来讲述。余华的《活着》，由老福贵"我"来回忆死亡的撕扯，温情的粉碎，苦难的无际。读者的共鸣感尤其强烈。

3.保留日常称呼习惯，如老爷、老嗲、老爸、老妈，不能矫情地变更为"外公、外婆、爸爸、妈妈"，充分尊重原创。

写什么？学韩寒搞个三重门，把中国教育界搅得动荡不安，争议不断。可我没有低分不及格的"学校门"苦恼，没有网络口水骂战的"社会门"操练。韩寒浑身是胆，动不动整出个赛车冠军玩玩，我见车飞驰，两股战战，几欲先逃。能说道的仅剩几番欢喜几番忧愁的"家庭之门"，毒舌自家人最大的好处就是无须受官司或牢狱之灾，顶多领受几顿"竹笋炒臀肉"的切肤之痛。我领衔主演，倾情奉献《无卒马氏内心360度无死角真人秀》，少不了揭发"四人帮团伙"的本来面目，首先从称呼上就得还原现实。

4.不得以此为由头，借机打探个人隐私，尤其是"喜欢班上哪个女生"之类的幼稚话题。

各花入各眼，顺不顺眼？眼缘！我入眼的，"四人帮团伙"瞧不上；"四人帮团伙"过目不忘的，我又过眼云烟。感情之事，"各人自扫门前雪，莫管他人瓦上霜。"再说谋划写作大事，不便夹杂儿女情长，搅我凡心，扰我大业。

5.坚决不搞打击，不搞压迫，不搞讽刺，不搞阴谋，遵守承诺，允许一吐为快。

按我自己的套路来，那就不限风格，不局立意，有气尽情泄，有屁肆意放，不能动不动插入"政审"工作。

6.售书所得款项不奢求五五开，三七开即可，本人绝不狮子大开口。允许我捐助一名失学儿童，添置一堆杂书。若有余资，攒点私房钱，以备"拉帮结派"之用。

人为财死，鸟为食亡，无利可图的事干起来不痛快，我辛苦一场好歹要捞点好处。亲兄弟明算账，涉及钱财的敏感话题，与其秋后算账，不如丑话说在前头。

跟随老爸老妈参加多场"常德市微善风爱心联盟"助学寒门的慈善活动，担当志愿小义工，亲眼目睹很多家庭破裂、生活困难的失学孩童。"慈善"两字，拆开来理解，用仁慈的心去善良地帮助他人，我梦想能用自己的力量去帮助失学孩子。

7.其他暂时没想好，视合作状况，允许持保留意见。

史无前例。老妈答应了，不假思索地爽快。

娘要嫁人啦？天要下红雨啦？太阳要从西边出来啦？湖南屋脊要断裂啦？太平洋要海啸啦？地球要毁灭啦？宇宙要爆炸啦？！

幸福来得太突然。请原谅我反应如此之强烈。

19

名正言顺介入我的写作，打着塑造"小说家"的幌子，双亲大人各种教育格言、人生哲理排山倒海而来。

为了节约纸张，我习惯写蝇头小体，将字尽量压缩再压缩。教育格言："写大点，写大点。写个字小里小气，男子汉大丈夫，顶天立地，挥毫泼墨。懂不懂？"

写字以来，我一向握笔较低，他们熟视无睹，现在好了，教育格言："笔握高，笔握高。笔杆摆动幅度大，手腕劳损小，将来一不小心真成了小说家，售书签名才不会签断手啊。懂不懂？"

历来对我的走路姿势不敢苟同，现在教育起来更加理直气壮。教育格言："背挺直，背挺直。你崇拜的郭敬明不到一米六，都能挺出一米八的姿态。懂不懂？"

经他们这么一折腾，我在现实与虚拟中来回穿越、切换，迷糊混淆中，梦里不知身是客。

20

初生牛犊不怕虎。

对于写作，我不只做牛犊，更是死缠乱打一无赖，一副不到黄河心不死、不见棺材不落泪的疯癫样儿。不过，能与中国最美丽的文字沾点亲带点故，做无赖也无妨。

满罐子不响，半罐子晃荡。我清楚自己半罐子笔下创作出来的人事物，漏洞百出，经不起推敲，难登大雅之堂，然实实在在构架了我的真实世界。曾经不完美，现在不完美，将来注定不完美，在追求完美的写作之路上砥砺前行，勿忘初心，我行我素。

此"行"此"素"，只为写作叛逆、愤青、狂妄、难搞、鸡毛……《中庸》所曰"我行我素"："君子素其位而行，不愿乎其外。素富贵，行乎富贵；素贫贱，行乎贫贱；素夷狄，行乎夷狄；素患难，行乎患难；君子无入而不自得焉。"我自知非君子也，富贵、贫贱、夷狄一概置身度外，旁若无人，任劳任怨，素写作而行。无论寂寥艰辛，勇往直前，永不停歇。

写作如斯，芸芸众生的每一位"我"，唯有努力行进，方可真实素净。

书
卷
多
情

01

曾国藩在写给儿子曾纪泽、纪鸿的家书中说："人之气质，由于天生，本难改变，惟读书则可变化气质。古之精相法者，并言读书可以变换骨相。"让无方可教抑或不屑去教的老爸老妈，为削减我的怪我的劣，找到一处省事的好途径，索性扔给我一柜子的书，随了我自个儿的造化去疯长。

02

被动接受阅读的我并不觉半点好处，闲着也是闲着，打发时间。

上幼儿园之前，属文盲性质，只配拨弄无字绘本，对着图画自己编故事哄自己乐活。同一幅画面今天和昨天编的不一样，一千天里有一千个哈姆雷特。

上幼儿园学拼音扫了盲，读本升级为注音版。本宝宝拼音功底不扎实，猜一半，蒙一半，对一半，错一半。好在作者体贴这一层次的读者，读本一律童话性质，幼稚简短。

升级小学生，老爸老妈看似无意扔给我的书，其实套路很深。经过乐百氏纯净水27层过滤，纯洁无瑕。清一色《玛蒂尔达》《小狗钱钱》《苏菲的世界》《窗边的小豆豆》《夏洛的网》等系列。再后来中外名著一箩筐。

邓小平在中国的南海边画了一个经济圈，迈开气壮山河的新步伐。老爸老妈在我身边画了一个书圈，我对圈内的书单兴致索然，展开不了什么新画卷，迈腿向圈外寻求新刺激。

03

新刺激的火花需要外界氧气和新材料的助燃才有可能燎原。我随老爷淘地摊书，他在一摊旧书里拨弄易经算命八卦，我专挑幽默搞笑漫画，《父与子》《豌豆笑传》《阿衰1—999续全集》等。

后来，老爷发现一处书摊竟然可以论斤卖书，我们俩激动地缴回一麻袋。每一本都厚重扎实，《世界上下五千年大全集》《世界经典神话大全集》《犹太人教子枕边书大全集》《一本书读通中外经典》《青少年课外知识全知道》《孙子兵法三十六计大全集》等，我读得昏天黑地。

宋真宗赵恒告诉读书人："书中自有千钟粟，书中自有黄金屋，书中车马多如簇，书中自有颜如玉。"读书的我虽是一贫如洗，倒是见识到书的能耐，岂止千钟粟、黄金屋、车马多、颜如玉？书无所不能，包罗万象。

再后来，我独立门户，去了批发书店，专攻网络写手，言情、恐怖、玄幻、暴力，只要是便宜，眉毛胡子一把抓，《长恨宫》《刹那寄存处》《河伯之书》《半面妆》《寻迹师》《天之炽》《哑舍》等。厚厚两本《闲妻萌夫》，店家大甩卖，只要十二元，我宝贝似地捧回来，被老爸老妈好一通嘲讽。

谁规定言情只能是雌性读本。知己知彼，百战百胜，雄性读点言情有利于成功捕获一只高匹配的雌性。以"灰太狼"的智商，如果不是懂点甜言蜜情，怎能搞定飞扬跋扈的"红太狼"？如何贡献一只促进青青草原和谐团结的"小灰灰"？

作为雄性动物，我当然读武侠。读就读武侠最高境界《鹿鼎记》，金庸大侠的顶点之作。韦小宝那厮，千般坏处，一无所长，人生却一路开挂飙升。皆因无所顾忌，自由自在，至情至性，敢为人所不为，全身皆成本事。我不求那般得意，读点杂书足矣！

🐦 04

阅读开始由着性子瞎蹦乱跳。

囫囵吞枣，自然没什么思考可言，不能像富斯德那样分开糠和麦子。杂乱无章，如同三毛流浪上海滩，捡到什么吃什么，饥一顿饱一顿。读得营养不良，小说自然写得面黄肌瘦，写一部死一部，死一部写一部，直到半个字写不出来。

为了能再写出点东西来，双亲大人用"习大大"谈改革之路的发言激励我苦攻阅读："惟其艰难，才更显勇毅；惟其笃行，才弥足珍贵。"路漫漫其修远兮，吾将上下而求索。穷途末路的我听从双亲大人的劝诫，痛定思痛、正襟危坐的，读起文学经典名著来。

一读不可收拾，国内的《三国演义》《水浒传》《西游记》《红楼梦》《平凡的世界》《白鹿原》《三体》《狼图腾》《围城》《三重门》《活着》《家》《文化苦旅》《曾国藩家书全集》《莫言精选集》《沈从文精选集》等，国外的

《双城记》《悲惨世界》《荆棘鸟》《雾都孤儿》《巴黎圣母院》《牛虻》《三个火枪手》《偷影子的人》《纸牌屋》《海底两万里》《呼啸山庄》《基督山伯爵》《复活》《战争与和平》《羊脂球》《变形记》《高尔基选集》等。

我一鼓作气读了百来本，当阅读的著作越多，对文字的饥渴感愈加强烈。正如高尔基所言："我扑在书上，就像饥饿的人扑在面包上。"全然忘了我阅读的企图是要窥取他人之长，补己之短。

被作者一把扯进书里，一个瞬间，一段文字，打动我，沦陷我，浸润我。"书卷多情似故人，晨昏忧乐每相亲。"愁苦与共，乐在其中。这是最好的阅读，在爱慕之时，顺便打磨出一枚喜悦的灵魂。毛泽东闹市读书，泰然自若，必定是悟到了阅读的无穷妙处。

🌿 05

阅读能有什么妙处。说点实际的。

🐦 06

不阅读，说话短；阅读，说话长。

每顿端坐餐桌前，老嗲必问："老嗲做的菜好不好吃？"我思考半晌，最终憋出两字，"好吃。"每逢化妆换装完毕，老妈必问："妈妈是不是好美？"我思考半晌，最终憋出一字，"是。"

赫尔普斯说："读书是一种巧妙地避开思考的方法。"阅读多了，受艺术熏陶了，我在面对诸如"好不好""是不是""行不行""对不对"这类审时度势的问题上，尽可能地拉大话语长度，将左右逢源支撑得更加立体。

老嗲的菜不只是"好吃"，而是舌尖上的盛宴。肉，丰腴滑润；鱼，鲜嫩肥美；蔬，清新爽脆；汤，浓郁甘醇。冷热之间，聚散之中，衍生万千风情，舌尖相遇，心灵相触。

老妈的美一字打发，岂不辜负"南国有佳人，容华若桃李"？如何的若桃李，且听我唱武平一的女妖：瓠犀发皓齿，双蛾翚翠眉；红脸如开莲，素肤若凝脂。

华盛顿说："读书而不能运用，则所读的书等于废纸。"能将所读之书运用得炉火纯青，在主持界，我只认汪涵。中国大型娱乐脱口秀节目众多，诋毁、撕逼、狗血……低俗段子满屏飞。说话滴水不漏，集儒雅风趣于一身，唯有汪涵。风流才子唐伯虎说："人家不必论富贵，惟有读书声最佳。"汪涵好读书，博览全书，岁月既积，卷帙自富。他称得上中国真正意义上的富豪，拥有一间以他父亲名字命名的私人书屋"培荣书屋"，活出"高大的低调"。

07

不阅读，只过一种人生，自己的；阅读，感同身受书中人物，可历经万千人生。

日子两点一线，从家到学校是五百米，从学校到家还是五百米，如同伏契克《绞刑架下的报告》中的囚徒，狗屁人生无处遁逃。

我极度羡慕过活成别样。过活成一头猪，吃罢睡，睡罢吃，膘肥体壮；过活成一头牛，吃的是草，挤的是奶，克己奉公；过活成一只鸡，踱踱步，打打鸣，昂首挺胸；过活成一只鸭，游泳洗澡，嘎嘎唱歌，逍遥自在；过活成一条鱼，睡觉不闭眼；过活成一只鸟，云游四海省机票。

不阅读，我尽想些畜生的过活。阅读，和不同时代、不同层次的人结缘，建构万千人生，在无边无际的想象中滋生过活人的念想。

读《鲁滨孙漂流记》，我有幸被遗弃。生活在荒岛，自由自在，无人约束无人打扰，挖山洞，制家具，猎野味，种粮食，做陶器，建别墅，办养殖，想吃肉就吃肉，想睡觉就睡觉，想溜圈就溜圈。捕获一只"星期五"，把日子过得有声有色。

读《海底两万里》，我有幸被俘虏。不用是显赫的博物学家阿龙纳斯，当个康塞尔角色的仆人心满意足。借机畅游险象环生的奇幻海底，狩猎，参观森林，采集珍珠，探访废墟，打捞沉船，目睹葬礼……不打逃跑主意，船在人在，船亡人亡。

读《麦田的守望者》，我有幸被开除。无法阻止老师的非干不可，五门功课四门不及格，室友变态，逃离一切。文化程度不高，看书倒是不少。当个"麦田的守望者"，在那混账的悬崖边守护几千几万个小孩子，整天就干这样的事儿。

读《堂吉诃德》，我有幸被骑士。买一头小毛驴，拉上我的好基友，行侠仗义，游走天下，潇潇洒洒。

读《变形记》，我有幸被变形。某天醒来，变成一只巨大的跳蚤，身披铠甲硬壳。我才懒得像格里高那样搞心情忧郁，我要大摇大摆上街，招蜂引蝶。

读《拔萝卜》（契诃夫300字仿童话），我有幸被拽。拽进上流社会，做个五品文官。不过老爸老妈没有高瞻远瞩的洞察力，没能事先给我制造一位能嫁富商的姐姐，美人计落空。

读《丰乳肥臀》，我有幸被精神。体会到精神病人的莫大乐趣。想说什么就说什么，胡言乱语，别人一笑置之。想干什么就干什么，摸摸大奶子在女生空前矜持的现今可能遭遇暴打之外，行满地打滚撒泼之低能事的可操作性还是蛮强的。

心理学家说精神病都是羡慕嫉妒恨出来的，我于阅读中妄想饰演千万角色，说不定真要得了精神病反倒会精神起来。"塞翁失马，焉知非福"就是好例子。

🐦 08

不阅读，身体出门，思想困顿；阅读，足不出户，畅游世界。

不阅读，看花是花，看草是草；阅读，花草衍生万物。

能这样佛曰、禅语般的总结阅读妙处，算是阅读带来的意外好处。

自五岁起的每年暑假，老爸老妈都会毫不留情地将我强行踢出家门，在亲朋好友家寄居半月，不管不顾不闻不问。他们的目的性非常明确，学孔子"见贤思齐焉"。说辞冠冕堂皇："我们不会当爸爸妈妈，你去学习优秀家庭的文化。""早适应如何在陌生的环境里生存下去。""没有观世界，哪有世界观。"

看似天衣无缝的完备理由，掩盖不了残酷的事实，我被他们扫地出门。多年来，乘坐的士、公交、大巴、高铁、飞机，浪迹了不少地方，常德各县市，湖南省各地级市，全国各大城市，浏览了诸多名胜古迹，岳阳楼、毛泽东故居、岳麓书院、黄鹤楼、西柏坡、黄埔军校、天安门等，受到众多伯舅姑姨哥姐的热情款待。"桃花潭水深千尺"不及亲友们对我付出的无限情义。

我身体出了门，双眸见多识广，却思想迟钝，感慨不出只言片语，看花是花，看草是草，看溪是溪，看海是海，看楼是楼，看宅是宅，走马观花，忙着比剪刀手拗造型拍照，留下"到此一游"的有力证据。

阅读之后，我的思想逐渐蓬勃旺盛，游记有了惊天地泣鬼神的魔力。

一座城市的大，不再是面积和跨度的概念，而是兼容包并、气象万千的风度，可以容纳世间最极端的贵贫、美丑与奇形怪状。

　　一盏小油灯，忆苦思甜革命时代，我誓要发挥主人翁精神，奋发图强，实现社会主义现代化和中华民族的伟大复兴，把自己的小心脏感动得如小宇宙爆发。

　　一颗小树苗，是生命的顽强，是信念的坚守，是人类赖以生存的绿色资源，是日月星辰之精华，把自己一双小贼眼感动得热泪盈眶。

　　阅读的魅力就在于文字可以铺展双眸无法窥见的惊艳。

　　读《追风筝的人》之前看中央新闻联播国际部分对阿富汗的报道，背景无一例外的难民式悲调，黄土飞扬，断壁残垣，人们穿一大胡子在胸前，挂一大袍子在身上，夹一大人字拖在脚底，玩一把破机枪，日子过得愁眉苦脸。

　　原籍阿富汗的作者卡勒德·胡赛尼，希望此书"立志拂去蒙在阿富汗普通民众面孔的尘灰，将背后灵魂的悸动展示给世人。"他做到了。文字为我们徐徐铺展一个惊艳的阿富汗，温暖阳光的午后，鲜花盛放的庭园，热闹喧哗的集市，温馨忠诚的亲情……这个遭受战火蹂躏的古老国度，拥有丰富的令人敬重的灵魂。懵懵懂懂的我，开始认知到，残忍和美丽并存，国家如此，人性亦如此。

　　文字赋予风筝更广阔地腾升，是自由的生活，是纯洁的友谊，是心灵的救赎。"愿你们的风筝飞得又远又高。"卡勒德·胡赛尼说。

✿ 09

　　"腹有诗书气自华。"双亲大人为了让我看起来华光溢彩，逼我深入国学腹地，背诵过上千首唐诗宋词、上百首文言文、《弟子规》《三字经》等，通读四书五经之大学、中庸、论语、孟子、易经、尚书、诗经、礼记、春秋左传。

　　我愚不可及，仅徘徊在国学边缘，从门缝中窥见国语之简洁凝练，抑扬顿错，平仄韵律，一字一意，一字一境。偏爱起古典文学原著来，原著韵味充沛，无与伦比。举例《三国演义》，开篇词"滚滚长江东逝水"，气势磅礴，放荡不羁。翻译成白话文，"长江的水翻腾着向东流"，索然无味。翻译成网络流行语，"卧槽，水TMD巨大"，蓝瘦！香菇！

　　火烧赤壁，曹寨大乱，厄败惨状，罗贯中用词不足一百，"火趁风威，风助火势，船如箭发，烟焰涨天。二十只火船，撞入水寨，曹寨中船只一时尽着；又被铁环锁住，无处逃避。隔江炮响，四下火船齐到，但见三江面上，火逐风飞，一派通红，漫天彻地。"同为火烧，中国诺贝尔文学奖第一人莫言，名篇《红高梁》，九儿酒烧高粱大战鬼子，白话文的震撼力略逊一筹。吴宇森不信邪，改拍电影版《赤壁》，文字的魅力，图画鞭长莫及，屏幕装不下长江的溟溟漠漠，浩浩漫漫；装不下满江火滚的惨烈雄壮。观者如浪，差评如潮。

读古典书，说古典话。我中毒至深，孔乙己再世，满嘴跑之乎者也。

放学时间已到，老师稳立三尺讲台，滔滔不绝于耳，吾腹语："不知夫者所言何事？平生无仇，如何令尔等枯坐于此，有家难归。""口似悬河，舌如利刃，安能动我归心哉？"

面对老师布置的一摊子家庭作业，吾心戚然："上命不可违矣！"

对身边的人，不由自主重新审视一番，"吾观此人容貌魁梧，必有勇力。""公仪表非俗，何故失身于贼？""一勇之夫，岂有诈谋！""观其人，单眉细眼，貌白神清。"

听闻敲门声，吾大喝："来者何人？"好兄弟报上名来，吾开门迎接："故人别来无恙，因何到此？"

老爷建议今晚大肆喝酒宵夜，吾惊叹："老爷真神人也！早悉我心！此乃良策也！"

老嗲抱怨我房间弄得太乱，吾回禀："若有疏失，非汝等故意所为。"向老嗲索要学校缴费，吾禀报："末将有言相告。"

老爸指导我数学作业，吾感激："足释吾疑。在此谢过！"

老妈一天到晚染指我的生活琐事，吾心烦大怒："我意已决，休得再议！""干汝何事，敢来诳语！""再勿多言，言则必反！"举一反三。终惹怒老妈，令："如此疯疯癫癫的不好好说话，老娘必将劳你筋骨，饿你体肤，空乏你身，行拂乱你所为。如若累教不改，拉出去五马分尸！"和女人作对，赢亦是输，输亦是赢。说个话就被拉出去命丧黄泉，得不偿失，吾方渐渐了断复兴古语之念头。

🐦 10

《塔木德》说："只要把一本书念100遍，你就有能力读懂世界上的任何一本书。"在中国，把一本厚书读100遍的只有三人，巴金读《古文观止》，茅盾读《红楼梦》，苏步青读残缺不全的《三国》。我决心当第四人，读100遍一百二十回完整版《三国演义》。

中国自古流传："少不读水浒，老不读三国。"怕年轻人斗殴造反，怕老年人权谋算计。换个角度推理，年轻人读三国利于权谋附会，老年人读水浒利于精神抖擞。毛泽东曾向全党发出号召："做干部工作的同志，要看《三国演义》。"我对当干部没兴趣，没兴趣的关键因素是"班党"内高手如云，随手拎一个出来都是琴棋书画吹拉唱弹的蛟龙，我等平庸之辈靠边等位，其下场如同每月三十二日，月月不来，岁岁等空。

对《三国演义》保持高度的兴趣盎然。其因有三，一是经典！没有随时间的流逝而褪色，反而被岁月打磨得越发引人瞩目。通卷读下来，激发读者调动全部思维，梳理多方线索，贮存巨大信息，跟上情节推进。分合之道，忠义伪善，纵贯古今，横跨中外，是智慧的晶体，是智者的箴言，是文化的图腾，魂魄永生，凤凰涅槃。

二是人多。我倾注大量心血，对436名武将、451名文官一一列明打印成册，通宵背诵玩味。各路英雄豪杰轶事壮举脍炙人口。无论社会如何进步，科技如何发达，文明如何先进，人性永恒，坏的坏到骨子里，好的好到血液里，坏中有好，好中藏坏，不是黑白分明，而是五光十色。

同类相吸，我一怪人，自然只对怪人情有独钟，客串跑场的左慈、管辂惊为天人。左慈，眇一目，跛一足，于无形之中摄佳果，十年不食亦不妨，日食千羊亦能尽，画龙提肝，水喷牡丹，把竿钓鲈，掷杯化鸠，其行如飞。管辂，容貌粗丑，好酒疏狂，神卜覆射，洞悉天机。常人干能干之事，这两人为人所不为，奇术至极。

三是事多。三国既是一个战事纷争的悲惨时代，又是一个大智大勇的壮观时代。每一章回独成经典，流传千古，破关兵三英战吕布，曹操煮酒论英雄，赵子龙单骑救主，用奇谋孔明借箭，曹阿瞒割须弃袍，关云长单刀赴会，兄逼弟曹植赋诗，孔明挥泪斩马谡……一波接一波，好戏连台，引人入胜。

双亲大人观我沉迷三国，欲与我切磋论道，问最痛快哪一章回？我如实禀报，第一百四回，陨大星汉丞相归天。诸葛亮终于死翘翘了，大伙不用被他玩弄于股掌之间，长舒一口气。双亲大人听完我独树一帜的喜好差点气绝身亡。

遍布全球的三国研究组织，成千上万的三国专著，无一例外，对诸葛亮赞不绝口，祈祷他死而复生，福泽中华。从汉末三国，到两晋南北朝，到隋唐两宋，至元明清现代，赋予他奇人、英雄、仁士、豪杰等各类美誉。马允刚定论："两汉以来无双士，三代而后第一人。"

我高度认可孔明先生的聪明绝顶，可正因为洞悉凡事，神机妙算，不给观者留任何悬念，敌方对手存在的价值似乎就是陪着他耍耍。就如同我狗嘴一张，双亲大人就知道我吐不出象牙；我屁股一翘，双亲大人就知道我拉什么颜色的屎。日子过成傀儡，能有什么盼头，充分理解周瑜同学忧郁"既生瑜何生亮"。

诸葛亮的闷骚，二次元广告语"傲娇的品牌，呆萌的价格"最佳代言人。刘玄德三顾草庐，历经司马徽、崔州平、石广元、孟公威、诸葛均、黄承彦等人才的铺垫、烘托，拱立阶下，静候孔明朝壁高卧多时。孔明悠悠醒来反问童子"何不早报！"称自个儿"南阳野人，疏懒性成"。"年幼才疏，有误下问"。"乃一耕夫，安敢谈天下事"？好一番欲拒还迎，最终以"非聘大贤之礼"搞定。

这类装逼的情节复制到我等俗夫身上，结局不再呆萌。班主任只是象征性地喊了一句："有信心当好班长，请举手自荐。"话音刚落，齐刷刷的举手率高达百分之九十九，成绩多年垫底专事打架斗殴的"黑帮帮主"，连课桌底下的两只脚蹄都按捺不住兴奋，跃跃欲试恨不能举上桌以表雄心壮志。剩下百分之一的我生性迟钝没来得及反应，惨遭班主任教育口水淹没，同学们怨恨眼神射杀，险些小命不保。

别人笑我太疯癫，我笑他人看不穿。扪心而问，有多少人是为了班级社稷的繁荣昌盛甘为班主任效犬马之劳呢？班级排序和家庭地位荣辱与共，当了班长，可最大限度地满足父母沽名钓誉的攀比心态。家长们的面子工程问题，造就我们对"官职"名利如同母鸡对蛋的渴望。小鸡问母鸡今天能不能不下蛋，带它出去玩。母鸡说："不行，我要工作。"小鸡不解，问："可你已经下了很多蛋了。"母鸡意味深长地对小鸡说："一天一个蛋，刀斧靠边站。"我不下蛋，靠着刀斧，舔着刀口，惊弓之鸟难安。

诸葛亮临死也要玩一把玄乎，著书二十四篇，画"连弩"之法，授锦囊一个，嘱坐龛丧事，断百年大事者，手书《出师表》，略曰："臣亮赋性愚拙……未获成功……饮恨无穷！"如此这般嚣张的才华竟自曰"愚拙"，天下岂不遍地白痴？剥离了叠加在身的光环，还不是一平常人，妻之夫，儿之父。

11

我不读童话好多年。

　　曾经有过那么一段天真无邪的日子，安徒生童话，格林童话，"三只小猪""丑小鸭""灰姑娘""小红帽"等，闪烁着肥皂泡泡的五彩缤纷，为我编织了一个比玄幻更玄幻的世界。人本雅物，天真烂漫，不可逆转的是，泡进世俗社会，染得几分江湖气、铜臭气、脂粉气、市侩气和小家子气，熏得烟火，焉能不俗气，童话的肥皂泡，戳了个支离破碎。

　　俗气的我立志读大作。立志读大作的我，被老妈推荐读《小王子》，她说："这是男人一生必读的书，是男孩儿和男人共同的童话书。"

　　的确算得上一本神奇的童话书。同是天涯沦落人，相逢何必曾相识。我与"小王子"惺惺相惜。

　　我的星球和小王子同样小，一桌一椅一柜书，居住的城市就是我的宇宙，陌生的场所，陌生的人群，是我感知和探索世界的启蒙。

　　经历相同，在大人的世界里踽踽独行，郁郁寡欢。他们一个个装模作样的，行色匆匆，忙忙碌碌，像一群群上紧发条的闹钟、充足电源的机器，喧闹着，躁动着，做着正经事，舍不得浪费时间停下来对话孩子。他们很难发现我，当然，这不怪他们，谁叫我总在他们眼睛以下的位置乱窜呢。锲而不舍是老祖宗教给我们最好的生存法则。没有时间玩小王子忧郁，没有机会换个星球碰运气，我拼命仰头、摇尾，冲大人汪汪讨好，祈求他们低下头、弯下腰，把双眸温柔地压低到我的高度。

　　小王子有狐狸陪伴。我渴望待在狐狸身边，大人会展开怎样的教育呢？

　　不行，狐狸太狡猾太危险。属不法分子，要打入十八层地狱，永世不得翻身。你看，带"狐"的词统统都不入流，狐臭、狐疑、狐媚等，狐假虎威、豺狐之心、狐朋狗党等。有关狐狸的身体器官都是邪恶的，狐狸尾巴，坏人面目，是迷惑、欺骗人的罪证；狐狸精更惨，过街老鼠人人喊打，是奶奶、妈妈、阿姨、姐姐们的公敌；老狐狸手段阴险狠毒，混职场、官场要严防其落井下石……

　　狐狸对小王子说："如果你驯服了我，我们就互相不可缺少了——对我来说，你就是世界上唯一的了；对你来说，我就是世界上唯一的了。"老爸老妈不屑于驯服我，认为我不需要他们。我可以摔了不痛，痛了不流泪，无欲无求，从容搞定一切。才女老妈说，要是生活在古代，我这个年龄就该把头发分成两半，扎成两只羊角，赋予"总角"称谓，准备找娘子下聘礼订亲了。

　　"四人帮团伙"没时间和我建立"驯服"关系。早上起床，在洗手间走道相遇，一嘴牙膏泡泡,连冒出来的音符都含糊不清。早餐时间,老爸老妈表示单位有安排,老爷表示太早没胃口,老嗲表示牛仔很忙,洗衣、铺床、拖地、抹尘一箩筐的事儿。唯一表示没安排、有胃口的我,坐在空荡荡的早餐桌旁,机械履行进食职责。

双亲大人上班我上学。在小区门口分道扬镳,他们一踩汽车油门绝尘而去,我无论刮风下雨,双腿自运行四面观景的敞篷11路,不耗油不耗电无噪音无污染。学校门口每天上学放学门庭若市,川流不息,挤满了自行车、摩托车、小汽车,与我半毛钱关系没有。受教育以来,有幸乘坐我们家雪佛莱上学的次数平均每学期一次,非专程,蹭双亲大人开会、办事的顺风车。从公车私用这一角度来讲,我清正廉洁,政治作风过硬。白天各不相干,晚上两不相欠。他们有加不完的班,聚不完的会,出不完的差。

小王子找不到与大人能彼此驯服的联系,最终回到他只有花儿、猴面包树和火山的小星球,生活怎样,无人知晓。"四人帮团伙"天生就是当大人的料,全然忘了自己曾经也是孩子,我茕茕子立,只能被文字"驯服",对我来说,文字就是世界上唯一的了。

12

年少写小说,自然少不了借鉴成功经验,郭敬明是标杆,读《幻城》是必然。

读的过程,像品一盅顶级木瓜雪蛤鱼翅汤,精雕细琢,色泽光鲜,入口生香!美丽、美好、美妙、美艳、美润、俊美……雅美、典美、惊美、尽美、纯美、娇美……美轮美奂、精美绝伦、美不胜收、溢美之词……美语,美景,美貌,美局,美翻!美炸!美爆!我有限的脑容量里库存的所有关于"美"的词组,在这本书里如拾草芥。

之前读朱自清的散文《荷塘月色》,田田荷叶、袅娜白花、稀疏树影,只当是美文典范。郭敬明的《幻城》,通过更换语素构成的美丽词组,营造一幅幅唯美精致的意象。每字每词,每句每段,皆可剥离成经典。

我沾沾自满的自创小说,是什么?!一盘路边夜宵摊的酱油炒饭,乌七抹黑,又硬又咸。

《幻城》火了之后,郭敬明伙同五位成员创立"岛"工作室,开创文字创作的商业模式,实乃资源整合之大侠。我忽悠了一年半载,"白日梦"工作室含本人在内，三位不郎不秀的成员，产品上市遥遥无期，盈利创收遥遥无期。如果此书出版能吸引几位志同道合的入伙者，倒算一笔意外之财。

我写书期间，《幻城》已改编成大型电视连续剧，在湖南卫视播放，收视率长虹。很好奇导演会选择去哪儿取景，人世间怎会有一尘不染的雪，到处都是我这种捣蛋污染的熊孩子啊。就算有，怎么通过冰冷的摄像机呈现出来？

老爸说，你傻了，科技如此发达，后期处理啊。《阿凡达》只应天上有的哈利路亚悬浮山真的存在吗，是张家界南山一柱的3D处理，好莱坞影像处理技术只有想不到，没有做不到。糊弄观众，雕虫小技。

始终懒得去看电视版《幻城》。作者和导演，两个不同肉体，怎会灵魂共同。我上过偷梁换柱的当，读过《狼图腾》之后，满脑子充斥小狼宁死不屈的傲气和不被驯服的野性。电影上院，第一时间买票观看，银屏上的小狼摇身一变，成为人类温情的宠物，让我如鲠在喉。

13

我写小说，是癞蛤蟆想吃天鹅肉，是罪大恶极。自从阅读了《明朝那些事儿》，我愿意相信有奇迹，更加坚定写小说，誓要斗争到底。

正值假期，我起早贪黑，披星戴月，全程蜗居在我不叠被不铺床的狗窝里，硬是一口气把七部书读了个精光。每每观望老爷仰脖，眯眼，一口干尽杯中酒，酒杯顺手反扣在桌，一股子江湖豪迈做派，羡慕油然而生。读完《明朝那些事儿》，合书掩卷，我品味到了江湖味，通体舒畅！

朱元璋，赤手空拳，用执着的信念和无畏的决心，颠覆一切设限，打破一切规则，开创帝国，光耀后代！为了拉近彼此的距离，我亲切称呼他朱重八。

朱重八以一种近似于戏剧化的极端登场，无父无母无背景无后台的小乞丐、小和尚，大无畏的揭竿而起，掀起大明帝国的鸿篇巨制。我想把写小说搞成功，特别关注成功人士小时候的事，《和天才比小时候》几近翻烂，从而得出一个结论，所谓成功人士，小时候与我、与我那帮同学没什么两样，该生病的生病，该结巴的结巴，该挨打的挨打，该上学的上学，该留级的留级，该弱智的弱智。

老嗲指挥我一介才子放下架子干扫地抹桌的家务活儿，总会念叨她的至理名言："没有做不了的乞丐，没有当不了的皇帝。"老嗲说得轻巧，我听得也轻巧，真正成功完成乞丐到皇帝的高难度跨越，唯有朱重八"小朋友"。纯文盲级别，没有读一天书；纯寡人背景，不要说李刚他爹的牛逼，连个爹都没有。可望而不可及的困难度，以当代的航天技术，比登陆太阳还难。

朱重八做到了。开国战事，好好的和尚不念经，造反杀人；如同我发动写小说，好好的学生不读书，造文骗人。我们是活该被痛打落水狗的一方，各种被攻杀、被歼灭、被铲除，绵绵不绝，一个个对手粉墨登场，轮番上阵，根本不给中场休息的空隙。前有堵截，后有追兵，前后夹击，左右开弓，望不到胜利的曙光。"四人帮团伙"像元朝官兵剿灭朱重八，对我的写小说实行灭门绝户。群体抱团后是没有智商可言的，只有情绪宣泄。他们从不思量我写小说的真正乐处，一门心思只想掀倒我，把我整成他们的模样。

战争较量无处不在。一是环境严峻，不是大风大雨，就是冰天雪地。二是形势严峻，不是困在深山，喊天天不灵，喊地地不应；就是深锁水域，上天无路入地无门。三是力量悬殊，大多数情况下对方精兵强将，装备精良，我方老弱病残，武器东拼西凑。以少胜多，以弱胜强。

我的写小说之战何尝不是四面楚歌，以卵击石。一是环境严峻，不是上课，就是补习；上有课堂作业，下有家庭作业。风和日丽的写小说环境难能可贵。二是形势严峻，一周一测试，一月一小考，半期一大考，一期一统考。写小说只能见缝插针。三是力量悬殊，悬殊到我没有对手可言，老爸老妈、老师等老作家。比我早研究语言的统称"老作家"，个个比我站得高看得远，我想做他们对手不够格，孤立无援。

朱重八逆袭成功的胜利激励我：坚持！付出多一秒的忍耐，付出多一秒的坚守。不放弃不抛弃，咬紧牙关坚持。Anything is possible，一切皆有可能！

🕊 14

读点历史，面对满电视满网络轰炸的社会新闻、政治事件，少犯大惊小怪、人云亦云的蠢事，生出几分陈继儒的悠闲，"宠辱不惊，看庭前花开花落；去留无意，望天上云卷云舒。"

"习大大"执政，出台"八规六禁"，朝野内外，一片哗然。我读过明朝、清朝的历史，知晓朱元璋和雍正的反贪力度，以为"习大大"的反贪政策有礼有节。

官吏贪污赈灾粮食，导致朱元璋一家老小活活饿死。当了皇帝，天下都是他说了算，不共戴天之仇，此时不报更待何时？他要创造一个真正纯净的王朝，制定颁行《明大诰》，主张"刑乱世用重典"，开展雷厉风行的肃贪运动，历时之久、措施之严、手段之狠、刑罚之重、杀人之多，历史罕见。杀贪官的手段毛骨悚然，凌迟，鞭尸，抽肠，挖膝盖……死了还要剥皮做成稻草人，示众。老爸老妈治我顽疾，惯用的扇耳光、揪耳朵、抽屁股、罚站、写检讨……简直是"柔情似水"。贪官越杀越多，贪额越杀越大，一群群贪污腐败者前"腐"后继，活像敢死队，活像《植物大战僵尸》手游里杀不绝的僵尸。

清朝雍正帝接了一个国库亏空的"虚"摊子，忧心如焚，只能在反贪事业上不遗余力。满门抄斩，诛灭九族，杀官儆官。儿子乾隆帝一上任，台风突变，大赦天下。这么看来，叛逆不是什么当代亲子教育问题，古人也喜欢和老子反着干。侍候出"中华第一贪"的宝贝人物和坤。乾隆儿子，嘉庆帝，又一叛逆青年，抄家和坤，仅物品清单册子就让官员们念得口干舌燥。听说还入选《亚洲华尔街日报》世界级富翁行列，为中国人民争了一"光"！

如何定义贪，欲物也，形容通过不正当方法，获得不正当所得，从"贝"，所得与财物有关。受三年幼儿园、六年小学教育的我，以为"贪"，不能以额、以物定义。从学校捡回一节粉笔是贪，从企业带回一张告示贴是贪，从公园扯下一片树叶是贪。起了"想要"的心，亦是贪。家中几部苹果智能手机，我垂涎已久，虽没有能力据为己有，但时刻惦记里面的新款游戏，是为"贪"。

没有坚定不移和绝对高尚的道德，一切标准都有底线和前提。有的人离底线远，有的人离底线近，有的人干脆跨过底线。假设双亲大人禁止我一年不闻方便面，看到他们吃，我岂止是贪，抢的可能都有。假设有同学愿意行贿苹果手机，让我组织团伙为他竞选班干部摇旗呐喊，我很可能就此踏上贪婪的康庄大道。好在，我在班上没什么影响力，两耳不闻窗外事，一心只把小说写。

15

如耶稣神灵般降临在我的世界，成为我快乐的终极源泉，在我的阅读排行榜地位与《三国演义》同等显赫的，是猫小乐创造的漫画大伽《阿衰》！我便秘如厕最佳读本，我止痛疗伤奇效药物，是拯救我脆弱灵魂的诺亚方舟，与我的心零距离重叠、交织。

我个人以为，不看《阿衰》的学生，不算三好学生；不看《阿衰》的人生，不算完整人生。

从幼儿园至今，学校组织过多次捐书运动，老爸老妈强烈主张将《阿衰》这一绝世"昭君"送出塞。我护花心切，抵死不从，发誓将此书作为我的人生瑰宝传承给子孙后代。

没有对比，就没有伤害。有阿衰这样千载难逢的旷世奇葩垫底，人生何惧？为人父母者还有什么不能满足？阿衰呆头呆脑，胡思乱想，上课睡觉，下课捣蛋，成绩倒数，不讲卫生，吃臭豆腐放臭屁，糗事连连，倒霉悲剧，雷衰摔吓。

我与阿衰，如同散文之特征"形散神聚"，我们有共同爱好，上网冲浪，写离谱作文；我们梦想一致，花不完的钱，玩不完的游戏；我们喜欢同样的食物，方便面；我们的亲人，"四人帮团伙"管辖；我们的苦恼，脾气暴躁、学习优秀的雌性同桌；我们的心脏，自我安慰和修复功能强大。

何必对优秀完美者艳羡妒忌，做个张扬浮夸的阿衰多么惬意自在。

🐦 16

阅读，无须变换我的骨相，劣根依然，秉承"六不像"，不像爷爷、老爸粗壮健硕的体魄，不像老爷、老妈聪颖灵敏的智慧，不像老嗲、奶奶善良维谦的柔情。

《百年孤独》的结尾，人们吹捧第七代布恩迪亚："一个真正的布恩迪亚，如同所有的何塞·阿尔卡蒂奥一般粗壮任性，如同所有的奥雷里亚诺一般大睁着洞察一切的双眼，注定要从头更新家族的血脉，涤除其中顽固的恶习和孤独的天性。"弯腰翻过身检查，身后赫然拖着一条猪尾巴。

我摸摸脊柱末端，尾巴的残留隐约还在，半人半兽，即使学人读书亦免不了生出几分畜生的贱情。

「老爷」说

01

老爷。

此"老爷"非彼"姥爷"，此"老爷"乃彼"姥爷"。我老妈的老爸，我老爸的岳父。北方称"姥爷"，南方称"外公"，西方称"grandfather"，直译"重要的父亲"。"父亲"是其特定的家庭功能性，至于"重要"，则因人而异，各有千秋，不能一概而论。

"老爷"，不伦不类的称呼。很多人不解，问我："好好的外公不叫，叫什么老爷？"

老头子养尊处优，饭来张口，衣来伸手；抽烟喝酒，串门遛狗。扫帚倒了懒得扶，鞋带散了懒得系。老婆子整日絮叨："上辈子造了什么孽，这辈子专职侍候你这个老爷！""老爷"二字说得咬牙切齿。

牙牙学语的我，蹒跚在老头子后面，亦步亦趋，"老爷，老爷"一通乱吠。

02

我家"四人帮团伙"元老之一，老爷，闪亮登场。

韩国动画短剧《倒霉熊》，是我的大爱，剧中的蜥蜴先生，是我老爷活灵活现的形象写真。身材干瘦，皮肤黝黑，脖子前伸，走一步伸一脑，敲门访友，像是贼爷探路。干瘦的鼻梁上架一副老花镜，与人对话要先埋首低头，低头不是为了要刻意表现谦恭卑微，而是好让两颗核桃眼冒出来。冒出核桃眼，不是为了真的能看清什么，而是加强装神弄鬼的威力。

老爷六十甲子，大摆寿宴，亲朋好友举杯共庆。我撰文一篇，登台祝贺：

我的老爷，头发很酷，像乌鸦乱哄哄的鸟窝。

走路摇头晃脑，贼眉鼠眼，老爷说自己演汉奸不用化装，我认为他说得很对。

老爷喜欢吃猪肝，以毒攻毒，百毒不侵。

老爷喜欢喝酒，喝了就醉，醉了也喝。

老爷喜欢抽烟，烟把他的手指熏成了腊香肠，油光发亮。

老爷不讲究卫生，烟灰到处乱弹，天天被老嗲（他老婆，我外婆）骂得死去活来，他竟不知悔改，实在胆大包天。幸好他不属班主任管辖，不然天天罚扫男厕。

老爷喜欢看报，上通天文下知地理，人称"书爷"。因喜打牌，只输不赢，又称"输爷"……

满场亲朋好友，个个捧腹大笑。

老爸老妈不笑，故作深沉，走文艺路线，为老爷深情赋联一副：

从善如流闲耕夫
杰为卓荦醉渔翁

藏头联，联首字，从杰，老爷的名字。虽然不对仗不押韵，算是高度概括了老爷优哉游哉的生活。

03

从善如流，是指能像流水那样快速自然地接受正确意见及善意的规劝。

老爷貌似如此。任何人可以对他提出任何直接性的、间接性的、抨击性的、委婉性的意见和建议。老爷说，"是的！是的！""没错！没错！""对的！对的！"不愠不恼，不怒不惊，可屈可伸，可行可藏，微笑点头哈腰，百分之百附和。让提议者受宠若惊，高度满足。

事后，老爷，安然如故。牌场装大款，酒场充英雄，吹牛嗨皮子，对女献殷勤……雄性动物的毛病，老爷集于一身。

杰为卓荦，是指某方面超绝出众的杰出人才。

老爷貌似如此。喝酒，抽烟，占卜，麻将，嫁接，捕鱼，狩猎，等等。老爷样样精通，行行出色。

04

曾国藩一生周旋官场，战事纷扰，身不由己，近千封家书聊以慰藉一颗骚动的田园耕读心，感叹："历观古来世家久长者，男子须讲求耕读二事。"

老爷比曾国藩幸运。"文化大革命期间"担任工作队组长，统领一批下乡知青，玩枪打靶，被首长前首长后地恭维着，专割资本主义尾巴，着实风光无限了一阵，为他后期的酒桌谈资增光添彩不少。改革开放，调往渔场，大胆开创活水养殖，产量一举突破历史纪录。有一种政治手腕老爸老妈经常用在我身，"欲加之罪，何患无辞"，老爷没有迎来理想中的官运亨通，反被割净了资本主义尾巴的政治随便找了个莫须有的由头不明不白地贬为一介耕夫。

行到水穷处，坐看云起时。换作他人，面对迥然不同的人生际遇，早就呼天抢地了。老爷云淡风轻开启"耕读"人生。我曾好奇地打开阁楼里的几口大木箱，里面堆满发黄的旧书籍，棉花养殖、水稻种植、庄稼病害防治、果树嫁接、钓鱼技巧、酿酒技术、本草纲目等，无所不含。

鲁迅说："农夫在柳下捧一本书，装作'深柳读书图'之类，就要令人肉麻。"老爷目空四海的肉麻了好些年，肉麻得花样百出、无边无际。

别人埋粪施肥，他结网捕鱼；别人播种生芽，他养猫喂狗；别人捉虫打药，他扛枪狩猎；别人浇水种菜，他种植草药。大喇叭里宣传三月播种，他另辟蹊径，延至四月；别人栽种间距三十厘米，他标新立异，扩至八十厘米。集体学习袁隆平增产增量的杂交水稻栽培方法，他漫山遍野研究果树嫁接。

一年到头，虽不至颗粒无收，基本符合"草盛豆稀"。老嗲急得团团转。老爷说，急什么，饿不死就行。

饿不死的"闲耕夫"老爷，家中果树独一无二，柚子树上结橘子，梨子树上长桃子，枇杷树上挂李子。我打架干不过隔壁胖子，回家哭着喊着要老爷给我头上嫁接一对牛角，能顶胖子个四脚朝天。

05

古老的梁氏家族世代狩猎捕鱼，男子成年分得一只木船、一把猎枪、一堆渔网，需像公狮子一般自寻地盘，自给自足，自力更生。游牧生活用居无定所，竞争激烈，风险巨大，环境险恶的代价，换取"海阔凭鱼跃，天高任鸟飞"的自由。历史变迁，新中国开创了温良敦厚的农耕文明，梁氏家族逐渐软化驯服。

老爷保留了游牧男子的好身手。李敖自称："五十年来和五百年内，中国人写白话文的前三名是李敖、李敖、李敖。嘴巴上骂我吹牛的人，心里早就立好了我的牌位。"不用自大吹擂，老爷超绝出众的捕鱼技术，方圆几十里，早就立好了他的牌位，他自称第二，没人敢说第一。

站在杂草丛生、凹凸不平的河岸，手抛式撒网捕鱼，如履平地。能自如地将渔网撒出好几丈远，渔网伸展圆如大饼，荡漾的水波像是我用圆规在河面画了个大圆。《马语者》的牛仔汤姆能听懂马语，我坚信大自然赋予了老爷能听懂鱼语的特异功能，百发百中，从不失手，每网下去必有收获。老爷说自己能从水流变化和水质颜色判断水下鱼况，这不仅仅是懂鱼语了，是透视眼。

老爷捕鱼恪守"二不"原则。一不贪多，以能吃一顿为准，多则分给附近干农活的乡亲，见者有份，或打赏围着转的野猫野狗，或干脆放生；二不贪小，鱼苗或正值生长期的鱼，一律放生。老爷说，鱼有灵性，放了它，它懂得感恩，会保你网网不落空。

一年三百六十五天，饭桌上少不了一盘鱼。老嗲准备做饭，老爷提网出门。待老嗲洗完锅生好火，老爷已将剖好洗净的鱼提上了灶。有一则电视广告，打开冰箱鱼依然活蹦乱跳，这种超现实的夸张手法，可信度不高。老爷家屋前屋后的大湖泊才是超级无敌天然大冰箱，新鲜河鱼，取之不尽用之不竭。

无鱼不欢的"四人帮团伙"，吃鱼技能出神入化，舌头两卷，鱼刺出口，鱼肉进肚，嘴巴就像一台自动吐刺机。我的舌头分不开鱼肉和鱼刺，不想被"四人帮团伙"诟病，干脆一起吞，一起吞的副作用就是鱼刺卡喉。隔壁家老王的孩子鱼刺卡喉，全家如临大敌，簇拥送院急诊。"四人帮团伙"观我鱼刺卡喉，咬文嚼字地饶起"鱼刺"口令："吃鱼不吐刺，不吃鱼倒吐刺，若要不吃鱼非吐刺，就得先吃鱼不吐刺。"传闻吃鱼能提升智商，就我这弱智级别，要想抗衡"四人帮团伙"，那得吃下盘在中国的两条巨龙，长江与黄河。

老爷捕甲鱼的功夫同样令人津津乐道。夏天使用弹子枪，适合远距离捕获，当甲鱼浮出水面呼吸时，抛出弹子枪，丝线的前端有一颗锥形小铅球，夏威夷果大小，带着若干排锋利的挂钩飞行几十米，击中捕获范围后迅速转动线盘收线，铁钩成功挂进甲鱼身体。几十米远的水面，波光粼粼，谨慎的甲鱼只冒出一点小鼻尖，要求捕者精神高度集中，眼力敏锐，反应迅速，所有动作电光火石，一气呵成。很多捕甲鱼爱好者向老爷询问技巧所在，老爷搬出"卖油翁"的"无他，但手熟尔"之论，说："熟能生巧，练多了闭着眼睛都会玩。"

　　我想模仿老爷的射捕英姿，偷偷取下悬挂在墙的弹子枪，耀武扬威，到处捕挂家中的鸡。大鸡见我像躲避瘟神一般的远远逃开，小鸡初出茅庐，浑然不知躲闪，被弹子枪的铁钩钩个倒挂金钩，鸡翅鸡爪四下扑腾。

　　因果报应有现报一说，挂完小鸡我就挂自己，收线不慎锋利的铁钩扎进小腿。到医院取钩缝针，我自始至终没有哭一声，医生护士纷纷表扬我坚强勇敢，并非刻意效仿关羽刮骨疗毒，而是吓得魂不附体，来不及回魂。

　　冬天甲鱼藏匿河底淤泥，老爷需用排叉捕获。排叉由一根长约五六米、粗约七八厘米的大竹竿连接重约十多斤的十齿钢叉。老爷跨坐在双排小舟上，垂直抢起排叉，在水底上下叉动。要求臂力过人，手感判断精准，排叉所叉之物是否为甲鱼，全凭运气和鬼都讲不出所以然的慧根。老爷慧根尚浅，叉过鞋子、轮胎皮等各样垃圾。

　　趁人不备，我偷偷爬上停靠在河边的双排小舟，划出不到两米，一个趔趄，整个人翻出船舱，扎进寒冷的河水里，好在水浅不足半米，求生的欲望促使我四肢并用，拼命爬上岸。

　　我出生的前两天，老爷在河底一处洞穴叉获了百来斤大鲑鱼，每条都是罕见的十多斤，在湖泊的生长期长达数十年。老爷对老妈肚子里的我说："平生第一次捕到这么多大鲑鱼，你小子是有福之人啊。"大鲑鱼统统塞进了老妈的嘴，化作汹涌的奶水，源源不断地灌注我永不满足的胃，我满嘴满身一股子鱼腥味。老妈说大家被我的鱼腥味熏得直反胃，都不愿意抱我。看来，奶孩子的我就有君子仪态，可远观而不可亵玩焉。

🐦 06

　　酒酣耳热的老爷缅怀起他的祖辈猎杀老虎的英雄壮举。

　　话说那年长江流域洪水泛滥，漂来一只吊睛白额大虫，落户乡野林中，时常泅河外出觅食，伤害畜生，滋扰乡民，四里八方深受其害。老爷某位混青帮老大的祖父，血气方刚，行侠仗义，大概又知晓点武松打虎的野史，没有犯"不入虎穴焉得虎子"面对面掐架的蛮干错误，而是摇了一叶小舟，手持火铳猎枪，死守湖面。不出数日，大虫出林下河，祖老爷远远看得大虫游至湖心，进退两难之时，果断扣动枪板，枪声震耳欲聋，无数铁弹射中虎头，水面瞬间血红一片。大虫来不及霹雳一声吼，来不及铁棒虎尾倒竖，挣扎片刻即一命呜呼。

武松打虎惹来艳遇斗杀奸夫，颠沛流离。可见人类逞能打虎没什么好下场，老爷的青帮祖父因打虎名声大振，引得奸人嫉妒挑起帮派斗争，青帮祖老爷惨遭殴打致残。虎落平阳被犬欺，过了一段屈辱的日子后在一次狩猎中猎枪走火，自个儿解决了自个儿。

老爷自制单管火铳猎枪数架。别人忙着侍候庄稼，老爷忙着在田头练习打耙，瞄准、射击，上蹿下跳的检验和统计他卓越的打耙成绩。秋收之后的整个冬季，老爷和他的猎狗搭档，手持猎枪，云游深山不知处。

老爸老妈经常开车到处找寻野味餐馆，好不容易找到，又抱怨野味不正宗，流着口水回忆儿时家中老爷捕猎的野兔、野鸡、野鸭、斑鸠等野物，腌制成风味飘香的腊货，挂满厨房，或蒸或炖或炸或煸，其味"绕舌三日"余味不绝。

玩枪有风险，上道须谨慎。老爷说每把猎枪都有不同的性情。如同有血有肉的生命体，一不留神，后座走火，把自个儿的脸面炸得皮开肉绽、血肉模糊。现在，老爷即使想学他的青帮祖父用枪解决自个儿，已是凤愿难遂。一是枪支管制森严；二是环境污染，生态破坏，方圆几里鸟毛都找不到一根。

老爷的猎枪没了用武之地，束之高阁，失灵的失灵，生锈的生锈，报废的报废。有一天老爷心血来潮，翻出一杆猎枪，擦了擦灰尘，朝天放了一记空响。莫言《红高粱》里的"我"，在爷爷、奶奶和父亲创造的辉煌历史面前羞愧难当、无地自容。老爷扣动猎枪，枪声响彻山谷，我吓得两腿打战，险些尿了裤子。

07

老爷对烟酒的依赖如同我断奶前对奶水的依赖，如同熊猫对竹子的依赖，如同鱼儿对水的依赖，其恒心如磐石之坚，其毅力如铜墙之牢，时长跨越五十多载。老嗲盘算过："把你抽的烟一根根连起来可以绕地球好几圈；把你喝的酒倒在一起，可以积成一池酒塘；把你这辈子抽烟喝酒的钱省下来，可以给孙子买栋别墅楼结婚。"我对结婚不感兴趣，倒是感叹老爷海纳百川的肚量，地球、池塘、别墅均能无声无息置于口腹，非寻常之辈，佩服佩服！

脑筋急转弯："早晨醒来，每个人都会去做的第一件事是什么？"标准答案："睁开眼睛。"这是寻常人。非寻常人，诸如我老爷，早晨醒来睁开眼之前的第一件事，是摸支烟抽抽，每一个希望的、美好的早晨从冉冉升起的烟气开始。长年累月的烟熏火燎，老爷夹烟的食指和中指熏成焦铜色，活像两只熏烤合格的腊肠。

文化大行其道的当代，街头擦皮鞋的都立起文化牌坊"姐擦亮的不只是你的皮鞋，还有你的前程。"抽烟人自然有自己的文化宣传标语，"饭后一支烟，赛过活神仙！"老爷饭前饭后、厕前厕后、有事没事、有意无意，一支烟的过活，做神仙五十多载，一圈圈的烟雾早就把他塑成了一尊神。

隔壁孩子受爷爷熏陶两岁能拨算盘，三岁能打太极，传承中国古典文化，我受老爷操练，幼儿期间专事敬烟点火的堕落事儿。

全员禁烟，人人有责。近年来，高档酒店、景点等公共场所，都有带红袖章的劝烟员。面对老爷这一资深老烟民，老嗲懒得禁，早在多年前就草草败下阵来，没有必要再费口舌。老爸不禁反为虎作伥，时不时孝敬几条高档烟，让老爷子换换口味。我不禁，一则没资格；二则不想为此等闲事离间我和老爷一直以来维持的和谐关系。禁烟大旗由老妈一人扛。

"老爸，吸烟有害健康！"老妈直入主题。

老爷充分肯定老妈的观点，"你说的对！科学家都说烟丝里的尼古丁能致癌。但是，抽烟并非一无是处，能起到恢复体力和提神的作用，还能给我思考带来灵感。"

"那依您高见，马唯敖家庭作业写不来，考试题目做不来，不用努力，抽上一支烟，就会茅塞顿开，文思畅通，下笔如有神。"老妈搬出我。

老爷一时语塞，抽口烟，接着说："等成年了，可以尝试尝试嘛。他不是要当小说家吗，小说家大部分都抽烟的，不抽烟思路不开阔嘛。"老爷一杆子打翻全球小说家，树敌无数。

老妈不死心，继续押上我，晓之以理动之以情，劝道："老爸，您不为自己身体想，也要为孩子健康想。专家说吸二手烟比吸一手烟的危害更大，加上现在的食品不安全，不能让孩子肺部出问题。"

"专家砖家，专干搬砖砸脚的事。"老爷不受专家威胁，说："我不抽，也不能避免周边其他人抽。还不如让他早点适应有污染的环境，增强抵抗免疫能力。"非常荣幸，我能担当老爷二手烟的"小白鼠"。

老爷兵来将挡，水来土掩。三番五次对阵，老妈好似拳头打在棉花包上，只好听之任之。

08

酒仙李白"两人对酌山花开，一杯一杯再一杯"。老爷在家找不到对酌人，老嗲滴酒不沾；老爸老妈只在外陪领导，喝酒像喝毒药；我想陪不够格。老爷自酌自饮，依然不失"一杯一杯再一杯"的好兴致，早、中、晚，外加夜宵，每餐必饮。下酒菜不限，大鱼大肉自然好，没有不强求，粉丝、馒头、白菜、萝卜、黄豆、花生……均可。

我自小侍候老爷喝酒像训练有素的杂技团小狗，只要老嗲擦桌摆碗，我就屁颠屁颠的转开了，摆酒杯、提酒瓶、拧瓶盖、斟酒，忙完把两只"爪子"搭在餐桌沿上，仰头张嘴向老爷讨赏，只差没伸舌条，流哈喇子了。老爷仰脖子咪一口酒，自己夹一筷子菜，给我嘴里扔上一筷子。稍大之后随老爸老妈出席大小宴会数场，他们席间也干着端杯斟酒这类我穿开裆裤就干的琐事儿嘛。

大人的套路，没什么新奇。

判断女儿孝不孝顺，老爷有酒故事要讲，且听：

从前，有一老农，有三个女儿，大女儿嫁给了地主，二女儿嫁给了秀才，幺女儿嫁给了穷人。农忙结束，老农抽空去看望她们，女儿们都非常高兴，大女儿摆出山珍海味，二女儿杀猪宰羊，老农没扒拉几口就起身走了。摸黑赶到幺女儿家，幺女儿忙前忙后，从菜园里摘来一碗黄豆，炒得贼香贼香。吃饭的桌子没有，饭菜放在石磨架上，转身从墙角摸出一壶自酿的高粱酒，飘香飘香。老农双眼贼亮，炯炯有神，黄豆嚼得嘎巴嘎巴，酒儿喝得咂吧咂吧，作打油诗一首，流传千载。

黄豆豆儿，
磨架架儿，
酒酒儿。

酒酒儿，
幺女女儿，
孝顺顺儿。

老农喝酒作打油诗，李白喝酒赋千古绝句。老爷喝好了，阐述马列主义毛泽东思想，分析国际经济纠纷战事布局，无所不通，无所不晓。像是一位风流倜傥的贤士，纵横捭阖，谈古论今，思维丰富多彩；又像是一位羽扇纶巾的智者，洞悉风云，紧贴时代脉搏，能量慷慨激昂。

中央电视台"新闻联播"与我家晚餐时间同步，老爷端坐于餐桌前，喝着小酒，涮着火锅，瞟着"习大大"满世界飞，醉言醉语："当代史都是历史的不断重复，换朝换代，换汤换药，其目的性和宗旨性不变，都是为了国家统一、民族团结、生产发展、生活改善、技术提高、教育先进等。乱世用重典，'八规'禁得好啊，改革就要一针见血。"

话风一变，感慨道："不过呢，国家领导还真不是一般人能担当的，一年三百六十五天，一天到晚行程都安排得满满当当。不能瞌睡，不能生病，禁止喷嚏，禁止鼻涕。亮相要神采奕奕，领带不能系歪，头发不能吹散，身体不能站偏。君无戏言，开口说话就是圣旨，要仔细斟酌，反复权衡，说者无意听者有心，搞不好就是舆论铺天盖地，引起国际纷争。老天爷也喜欢凑热闹，动不动来个地震、洪水、火灾、交通事故之类的，还有那些虎视眈眈的政治宿敌，还有人民群众的各种小斗争、小刁难，还有……"

老爷呷一口小酒，做总结性结论："还不如我喝点小酒，来得快活！"

喝了一辈子酒，理论上老爷应该海量，可酒胆如鼠，从不与人叫板挑战。酒量微薄，少则二三两，多则半斤八两。老爸老妈喝酒风格迥然不同，军人军嫂，一雄一雌，双剑合璧，所向无敌。一口一杯，三口一斤，喝酒不是喝酒，是灌酒，速战速决，放倒对手。老爷是耗时间，磨光阴，一盅二两的酒，喝上几小时，每顿饭吃在人前人后，第一个上桌，最后一个下桌。湖南常德家庭流传一句分工洗碗的俚语："先吃完的不管，慢吃完的洗碗。"等老爷洗碗，碗早已自个儿风干。

老爷生病，医生叮嘱禁烟禁酒，他点头如捣蒜："好滴，好滴。"医生欣慰这小老头的配合。老爷回到家，我行我素，开瓶倒酒，抽烟吐雾，不亦乐乎，只差吆喝老嗲这个终身免费丫环："翠花，上酸菜。"

唐伯虎诗曰："半醉半醒日复日，花落花开年复年"。老爸老妈所作"杰为卓荦醉渔翁"，老爷之"醉"，最为自在。

09

　　老爷年轻时自觉文艺青年一枚，读了许多杂书，尤其是苏联文学作品，《钢铁是怎样炼成的》《战争与和平》《童年》《在人间》《我的大学》等。"四人帮团伙"在我写小说这件事上，一个个痛打落水狗。老爷充分发扬"蝙蝠"精神，家庭会议上与"四人帮团伙"捆成一伙发动反对浪潮，私下里为我树起保尔和高尔基的旗帜。

　　"保尔全身瘫痪、双目失明，没有丝毫写作经验开始文学创作，最后完成《暴风雨所诞生的》，诚心做一件事，老天都会可怜。你比保尔有优势，身体健康，双目有神，有小学作文写作基础，在不影响学习的情况下写一写小说还是可以的。"

　　"高尔基四岁丧父，童年苦难，当过学徒、搬运工、看门人、面包工人等，自学成才，列宁称赞他是无产阶级艺术最伟大的代表者。你比高尔基幸运，有吃有穿，不用为生计奔波，安心读书，还怕写不出东西来？"

　　是的，我写小说的梦想不能如此轻易就被他人粉碎，任何人都无法阻挡，我要奋斗到底。

　　文艺老爷，上知天文下通地理，引用典故张冠李戴，说起道理自相矛盾，认起字来偷工减料。

　　谈及一天的工作成果，老爷说："今天小区来了好多'百'生人，没有来访登记我是坚决不能放进来的，要保障大家的安全。""百"生，一百个"陌"生人吗。

　　碰到一位"庹"姓人士，老爷回家感慨："中国百家姓，还有姓'度'的，今天算是见识了。"生僻字"庹"与常用字"度"，形体相似。查阅百度，一说"庹"姓出自古代掌管度量衡的官员，原为度氏，后改庹氏。老爷歪打正着。

　　聊起孩子们沉迷游戏的现状，老爷叮嘱我："放学后不要跟大孩子进网吧，到处都充满了'秀'惑，容易上瘾。""秀"一把游戏通关技艺从而起到"诱"惑作用吗，千古奇解。

　　我写家庭作业，像小猫钓鱼，一会儿吃零食，一会儿上厕所。老爷说："一心一意写作业，不要心不在'马'。"我的心的确不在我这匹马身上，怪不得"焉"字复杂，老爷索性拆为"马"来激励我。

　　这些自知不自知犯下的常识性低级错误，自然逃不过老爸老妈的火眼金睛，直接导致老爷的言论没有任何实质性分量，说了等于没说，仅博听者一乐。现凭年岁已高，其家庭地位侥幸靠前，虚有其名，徒有其表。

🐦 10

大丈夫视钱财如粪土。在对待钱财问题上，老爷称得上真正大丈夫。买东西从不讨价还价，干脆利落，老爷在小区市场的受欢迎程度，像萌妹子们迎接男神吴亦凡。商家一高兴，良心就蒙纱，老爷搬回家的东西不是缺斤少两，就是缺胳膊少腿，或者牛头不对马嘴。

他老婆我老嗲生日，买了条裤子作为生日礼物，老嗲心花怒放，穿上身一瞅，一条裤管长一条裤管短。老爷懒得找商家换，说："不对称有不对称的美。"

自己买了双运动鞋，回家一穿，一只40码一只41码。老爷乐了，说："一只脚随娘，一只脚随爹，一小一大，正好。"

老嗲吩咐他去菜市场买土鸡蛋，老爷带回来一篮价值不菲的饲料鸡蛋，老嗲指责他被商家坑了，老爷说："散养鸡，饲料鸡，都是鸡下的蛋，是蛋都一样。"

有一天，老爷兴冲冲雇人搬回来十多箱白酒，神神秘秘叮嘱我们不要四处张扬，说这不是普通酒，是五十年代秘藏中华茅台，通过有手段的人从特殊途径获取。老爸老妈第一反应是他上当受骗了，打开箱，瓶子里灌装的果然是清水。老爷一年的酒钱打了水漂，嘿嘿一笑，说："幸好是我受骗，要是哪个想不开的，说不定会气出一场病来。"

有一年家中失窃，老爸老妈主张报案，被老爷阻止，提倡不报案不喊冤。反为偷者开脱，说："算了。没有人愿意当小偷，心里都明白偷窃行为可耻，肯定是有困难有需要，被逼走投无路才偷。偷东西不尽然是坏人，古代很多历史名人小时候因为饿肚子偷过食物呢。我们条件还算过得去，就当是做善事积德帮了人。"依老爷之理论，孔乙己偷书实不算偷，读书人的事，能算偷么？

"四人帮团伙"对我实行经济制裁，如同美国制裁伊朗、朝鲜，唯恐我会发展核武器似的。我的一切正常开支找财务部长老嗲报销，每一笔都罗列仔细，修正贴一元，本子三元，钢笔五元，捐款五十元，校服一百元，等等。国家巡视组、审计组的审查待遇，我早就享受到。

非正常开支，见不得光的地下活动，比如添置"三无"零食、带博彩性质的大富翁赌具等，找老爷发展。老爷表面上对制裁政策俯首贴耳，实为我坚强的后盾力量，是我充裕的"小金库"，经济援助从不问缘由，我要一元他给五元，我要五元他给十元，翻倍的节奏。喝酒尽兴或发工资的日子，硬塞给我大额面值。我不敢"受贿"巨款：一则无功不受禄，二则不能确定老爷是否为"四人帮团伙"放出的诱饵。

久行夜路必撞鬼。秘密交易被老爸老妈识破，一老一少，两个现行犯被狠狠教训。"君子爱财，取之有道。不劳而获，不义之财均不可取，人不能成为金钱的奴隶，不能做贪欲的傀儡。""您的溺爱是在害孩子，蒙蔽他的眼睛，影响他的德行，让他分不清获取金钱的正义之道，是促使他犯罪啊。"老爷嬉皮笑脸，嘿嘿道："钱是人的胆，多放几个在身上底气都足些。你小时候偷偷找我要钱，我不是常给，你不是没变坏嘛。"光鲜亮丽的老妈被曝出"黑"历史，顿时缄口不言。

～ 11

老爷本不愿随我们进城，不愿搬离"欢然酌春酒，摘我园中蔬"的乡村。无奈我年满三岁到了受文明教育的阶段，老爸老妈不能再容忍我野孩子的疯闹了。

黄鼠狼给鸡拜年，为了说服老爷，老妈不安好心地打起感情牌、耍起威胁论。"您不搬来与我们同住，不照顾孩子，我就得辞职待在家中。意味着终日围绕三尺灶台打转，眼里只容得下柴米油盐，目光短浅，沦落为家庭煮妇、黄脸婆，与孩子他爸的世界越拉越远，价值观不相匹配，没有共同话题，没有共同追求，说不定被打道回府，落得个离婚下场，人老珠黄了还得由您养着。"

老爷不想销出去的产品被中途退货，更不想养着花钱如流水的老妈，只好进城，五人捆作一团。

"50后"+"70后"+"00后"的三代同堂组合，貌似无懈可击，实则同屋异梦多载。老爷老嗲为代表的农业革命守旧遗风，对抗老爸老妈为代表的工业革命小资情怀，农、工两业联手，镇压我这个孤掌难鸣的网络革命屌丝。

就拿吃饭这点破事儿来说，老爷老嗲喜欢大费周折，顿顿燃起常德传统钵子火锅，重油腻重口味；老爸老妈偏爱西式冷餐，随便一凉拌，或微波炉简单一叮；我呢，吃饭是负担，能不吃最好，方便面、火腿肠打发即可。在养育我的重大事件上，他们更是"国、共两党"，背道而驰，老爷老嗲主张皇帝式供养，老爸老妈提倡奴隶式压榨。

年代造就的代沟，滚滚银河，无从逾越。是委曲求全？还是转身而去？

老爸说，有难同当，有福共享，有架一起吵，有乐一起笑。您们可以看着孩子一天天长大，我们可以看着您们一天天老去，"树欲静而风不止，子欲养而亲不待"，在一起才没有遗憾。

老妈说，牙齿和舌头都要打架，何况是人呢，在一起就会有不同意见，有矛盾。所谓生活，不是一辈子无分歧，而是有了分歧还能一辈子。为了共融共荣，必须共享共生。

老嗲说，孩子在哪里，我就在哪里，我要照顾孩子。

老爷说，家庭结构就是一根绳上的蚂蚱，"合"则百事兴，"分"则万事衰。要努力维持"合"，防止"分"，舍小义，取大义，大一统。

思想的立体和多维，在畅所欲言的交锋中，自动浮现。结论就是：

"四人帮团伙"押着我继续捆绑前行。

🕊 12

进城的老爷很快觅得新工作，小区门岗保安，负责登记进出人员和车辆牌号，收发管理快递件，查看监控系统等。收发快件、查看监控经过简单培训，老爷很快掌握要领，轻松上手。登记车牌号出现难度，老爷从未接触过英语，熟悉二十六个英文字母，很有挑战性。

老爷历来自由，随性而动，我们以为他会甩手不干。谁知他壮心未与年俱老，热情高涨，吩咐我们把二十六个英文字母放大，标注中文读法，A嗯、B鼻、C随、D弟、E衣……打印过塑，制成小抄，随身携带。老爷戴着老花镜，佝偻着背，一遍一遍执笔临摹，口中念念有词，连蹲马桶的空隙都充分利用，手不释卷，口不停"背"。为了确保学习成果，老爷像谦虚的小学生找我们反复背诵验收。

几天之后，老爷走马上任了。

人靠衣装马靠鞍。老爷着一套藏青色保安制服，肩佩银领章，国徽大檐帽，腰束宽军带，手持执勤棒，巡逻小区，昂首阔步，意气风发。

老爷上了道，对我多年来不上道的英语成绩，理直气壮地鞭策道："学英语就这么难吗？不就二十六个字母组合来组合去吗。学好二十六个字母不就行了。"老爸老妈教育我，不再搬出什么越王勾践的"卧薪尝胆"、东汉政治家孙敬的"悬梁刺股"、西汉匡衡的"凿壁偷光"、我老家常德津市名人东晋车胤的"映雪囊萤"，而是抬出老爷学英文字母的"坐桶读诵"，频率之高，教训之深，影响之远，意义之重，有望传承为家族历史典故。

13

工作暇闲之余，老爷钻研麻将，勤勤恳恳，日日操练。

他的终极目标是在小区茶馆的麻将桌上游刃有余地施展雄才大略，技压群雄，博得一方美名。如果颁发"牌德奖"，冠军非老爷莫属，打牌不悔牌，观牌不言牌。最关键一点，不赖账，不欠债，不追债，对方说多少就多少，吃亏不申冤，口袋空了，下桌走人。好信誉带来好业务，师者桃李满天下，老爷牌友满大街，约牌电话响个不停。

梦想很丰满，现实很骨感。老爷码长城的麻将生涯如同《晋书·桓温传》记载殷浩修复园陵：经涉数年，屡战屡败，器械都尽。

老爷总结自己的麻将运势：命由天定，运由己生。祸福无门，惟人自召；善恶之报，如影随形。

故弄玄虚。简单翻译一下：我这辈子没有打牌的命，输是自找，怨不得人。打麻将不是什么好事，戒赌，不打。

钱袋光光，脑袋晃晃。老爷自创"麻将"哲学，简称"麻学"。世间万物，蕴含其中。

夫妻生活貌合神离。老爷"麻学"开示：夫妻相处如同打麻将，上下家心有灵犀，出牌能吃能碰，配合默契，输赢皆大欢喜；否则，赢钱都不爽快。

邻居奶奶一天到晚数落媳妇种种不是，老爷"麻学"开示：婆媳关系如同打麻将，每摸一张牌都骂骂咧咧，牌有灵性，越骂越不如你意；要哄，要赞。

某亲戚一意孤行，不听劝阻，盲目投资导致血本无归。老爷"麻学"开示：做生意如同打麻将，要见好就收，碰到好手气要舍得下桌，知足常乐；碰到差手气更要舍得下桌，一味的心存侥幸，不信邪，只会越陷越深、越输越多。

老爸老妈挑剔我这不行那不行。老爷"麻学"开示：养孩子如同打麻将，漫长的过程悬疑重重，惊险刺激，跌宕起伏，不到最后一刻永远不知道结局是输是赢；有的人生了个天才，如同摸到一副牌，却不晓得出牌，乱打一气，结局可能是输；有的人生了个弱智，如同摸到一副乱牌，却深谙用牌之道，结局不一定输，运气好了，说不定赢得盆满钵满。

🐦 14

对"麻学"颇有建树的老爷乘胜追击，开辟更高境界的研究领域——《周易》。

老骥伏枥，志在千里；烈士暮年，壮心不已。老爷无限好的夕阳年华，孜孜不倦地奉献给了《周易》《老黄历》《算命术》《民宅风水》等之类的神秘学。鼻梁上架一副老花镜，起早摸黑地埋在一堆旁门左道的偏书、奇书堆里，不厌其烦地比画那些符咒，试图破解深不可测的卜筮，鬼都看不懂的笔记记了一本又一本。头不梳，袜不穿，衣套反，纽扣歪，喊他不应唤他不理，身边一切皆浮云，灵魂出窍，走火入魔。

酒后论道资本愈加"雄厚"，六十四卦三百八十四爻，日月阴阳，太极乾坤，天干地支，手相术，面相术，生肖术，万年老黄历，等等。离经叛道，曲高和寡，无人响应。

老爷以为《周易》涵盖万有，纲纪群伦，广大精微，包罗万象，是中华文明的源头活水。精通者上卜国家大事、军事战争，下卜吃饭喝水、蹲坑拉屎。

被玄学熏染的老爷，用两只核桃眼学会了审时度势，充分掌握了见人说人话、见鬼讲鬼话的武林秘诀。男女老少，牛鬼神蛇，统统杀他个片甲不留。坐阵小区门岗室，手捧从街头巷尾无名摊淘回来的无名书，摇着蜥蜴头，貌似专业的营销术语满嘴跑，"看你印堂发黑，面色发灰，恐有不顺之兆。""观你行色匆匆，风尘仆仆，怕有为难之事。"

姜太公钓鱼愿者上钩。A区的小媳妇请他看看住宅，治治老公外遇。老爷进门瞅见客厅一盆仿真桃花粉红娇艳，开腔道："瓶内插桃花，室主犯桃运，撤！"往里间进到卧室，观夫妻床头正对一面大镜，老爷的招数改走"西游记"风格，说："日里照人，夜里照妖，室主妖精缠身，挪！"（日里，湖南常德俚语，白天的意思）小媳妇忙不迭地撤花挪床，诚惶诚恐。

B区的老婆子接他下乡看看阴宅，护佑后辈殷实。老爷两手背于身后，瞎驴转磨般围着阴宅一个劲儿地打转。老爷为什么不学大师托个罗盘，装个豪华一点的门面呢？我猜想他的境界还没有修炼到会玩那种高级玩意儿。屏声静气听来听去老爷只在"风、水"二字上作文章，所有的地形都围绕得水、藏风，后有山前有丘左右流水，寥寥几十字引得听者频频点头称道。

这世道，还真是邪了门的忽悠。

15

老爷用他三脚猫的蹩脚玄学，对我的"命"表达了百分之百满意。推算我出生年份、月份、日期、时辰乃大吉之相，老爸老妈视如敝屣的五官，通过他的专业鉴别，判定标准，眼小聚神，鼻塌聚财。

老妈翻出我的头顶有一根非黄似红，豪猪般的"兽"毛，本要连根拔起。被老爷阻止，说："古代帝王将相，大凡捷报，都有一夜之间头发变色之先兆。红发上头，'鸿运当头'，'大展宏图'。好兆头！万万不可断啊。"

老妈不敢当面造反，等老爷转身，一剪挥斩，断我鸿运，毁我宏图。

隔三岔五，我被老爸老妈面提耳命一番，信心备受打击和压制，人生处于"撒泡尿照照"的低谷。老爷无上限的美誉和无由来的信任，如同心灵鸡汤，温暖我滋润我，让我鼓足勇气追逐明天的太阳。

我赐他专属封号——"河马"老爷。

我们同看动物世界，主持人深情解说：河马慈爱地凝望着身边泡在河水里的小河马，阳光洒在小家伙粗糙黝黑的皮肤上，波光粼粼。河马心底涌起阵阵涟漪，"我的孩子啊，你是披着铠甲的勇士，随时准备叱咤广袤无垠的草原大地吧。"

老爷扭过头，对我说："小马啊，你就是我们家熠熠生辉的战马。"

有嗲有家

01

"老嗲"，"四人帮团伙"元老之一，在我课堂作文和日记里的出镜率频繁到令班主任提出严重抗议，"不要只写'老嗲'，要观察其他人。"

其他人在我的世界里来来往往，停停走走，唯有老嗲，十二年来，不离不弃，始终陪伴。

02

"老嗲"，这前无古人后无来者的叫法，版权归我所有。

刚学说话那会儿，我只会念叨"diā"。要吃要喝，diā、diā、diā；要睡要抱，diā、diā、diā；拉屎拉尿，diā、diā、diā……一天到晚，像只饶舌的丑小鸭，唾沫横飞，diā个没完。

观此情形。中文系毕业，对文字"翻手为云覆手为雨"的老妈开始洗脑她至亲的老妈，"妈，干脆让孩子叫您'嗲嗲'吧！"

"嗲嗲"，湘语，湖南人对自家祖父祖母最土气最实在最亲热的叫法。老妈没有兄弟，按常理、顺伦理，老妈的妈是没有嫡亲之人唤她"嗲嗲"的，外人对她"嗲嗲"的称呼需冠以姓氏，比如毛泽东，全国人民的"毛嗲嗲"。

老妈低眉顺眼，一腔柔情，说："您看，没有人特意教孩子，他无师自通，'嗲嗲'叫得好标准好顺溜，这是天意啊！"思想公关进展步步为营，成功效仿陈胜起义"丹书帛曰'陈胜王'，置人所罾鱼腹中"的天命难违，老人点头应承，把满脸的皱纹开成一朵艳丽的芙蓉。自此，我像被水化开的墨，疯了似的"嗲"染开了。

背上书包，混进幼儿园，和一帮小鼻涕爬了几圈滑滑梯，摇头晃脑念了几串儿歌，得了几朵大红花，我的文化欲"嗖嗖嗖"蹿上来，放学回家宣布"统一令"。

"我是新希望，您们是老革命，要像老爷一样叫'老'。嗲嗲叫'老嗲'，爸爸叫'老爸'，妈妈叫'老妈'"。老嗲、老爸不拘小节，对称呼变化不存异议。忙着涂粉抹唇的老妈，踩到痛点似的跳脚抗议："'老妈'？对着我这张如花似玉的脸，你叫得出口'老'！"如花似玉？捏着鼻子哄眼睛吧！女人三十豆腐渣，老妈你三十大几，四舍五入一下就是四十，是腐中腐，是渣中渣。

03

六十多岁的老嗲则不同，岁月把她开成了一团棉花，贴近去，让粗糙的心灵感到温暖。

周末不用早起上学，我爬上老嗲的床，两只爪子把她满脸的皱纹揉来搋去，尤其喜欢揉捏她的肱二头肌，皮肉软绵绵的晃啊晃，像荡着秋千，枕着我温暖了无数个安然入眠的夜。

我小时候，老嗲的老嫂子，我舅嗲问我："嗲嗲还好吧？"

"好。长了好多肉！"为验证其真实性，我扯着舅嗲下垂的肱二头肌，说："和您一样，长了好长好长的肉。"

舅嗲哈哈大笑："这哪是肉？是皮啊！我们都老成一张皮了。"

我曾在作文里用心描写老嗲：

我的老嗲，真奇怪。

头发很奇怪，没有像小学生作文里描述的那样花白，竟然是乌黑色的。

皱纹很奇怪，整张脸都堆满了，像楼下沙皮犬的脸，横的横、竖的竖、斜的斜、歪的歪，乱七八糟。揉起来像面团，拉起来像皮筋，抹不平，扯不断……

结果可想而知，被双亲大人批判不尊老。思想教育，深刻检讨，足足批了个面目全非。

如何把皱纹写得诗情画意？在这一点，要拜郭敬明为师，他在《幻城》是写卡索婆婆的脸：一个温暖的笑容在婆婆满是皱纹的脸上绽放，一圈一圈晕染开来，像是美丽的涟漪。

美丽的涟漪。可惜之前不懂这招，吃了冤枉。再写老嗲，我乖巧了，且看：

在我眼里，老嗲是世界上最漂亮的老妈子，风华绝代！

搞不清楚"风华绝代"究竟是什么意思，套个成语堆砌一番，好歹彰显文采，强化我对老嗲的绝对尊重。老爸老妈很满意，评价我有大家风范。

04

老嗲唤我"狗狗"。老辈们叫孩子贱名，叫得越贱，孩子越得上天护佑，如同小兽一般的顽强。喜欢听老嗲一遍一遍唤我"狗狗"，她这样叫着，我就可以像个真正的小兽撒欢发泼，恣意妄为的弱智，理直气壮的白痴。

有人说，人生最幸福的事是回家时，屋子里有亲爱的人等着。无论我什么时候回家，只消冲着防盗门喊一声"老嗲"，有如"阿里巴巴芝麻开门"的神奇魔力，门应声而开，闪出老嗲温柔慈祥的脸庞，双手搂住我，说："我的狗狗，回来啦。"我摇着屁股围着她欢蹦乱跳。

"鸟倦飞而知还"，玩到天黑，累了倦了，源于身体的习惯，我自动循迹滚回家。老嗲是家，有嗲就有家。

05

从老妈肚子里被扯出来，一个人孤零零地躺在医院黄疸仪上，老嗲就开始陪伴在我身旁，目不转睛的，舍不得眨一下眼皮。湖南常德风俗，女人生完孩子必须在婆家坐月子，我出院回奶奶家，老嗲不顾他人议论，打包行李一并住了进来。我两个多月大，我们一起去了北方，老爸服役的部队，学着适应冰天雪地的寒冷。我两岁时我们返回常德乡村，在黄土丘陵地里生养游荡。三岁多进城读幼儿园，老嗲负责陪读，这一陪，又是九年。

老嗲每天往返学校八趟，上午上学送返，中午放学接返，下午上学送返，黄昏放学接返，充分发扬不怕累不怕苦的"八路军"精神，风雨无阻。

我们手牵手、肩并肩一起上下学。放学站路队时，我耳朵自动屏蔽，老师交代的事宜一句听不见。拼命踮起脚，伸长脖子，把所有能量聚焦在两只小眼睛上，目光越过校园栅栏后一排排喧闹拥挤的人流，全力搜索老嗲的身影。看到她，我的世界于是明晃晃，透亮亮，香喷喷的晚餐，暖烘烘的床铺，潮水一般地涌向我。

有老嗲的陪伴，景致是美丽的，阳光是闪耀的，风儿是流淌的。拜读《泰戈尔诗选》之后，我诗兴大发，为老嗲创作一首：

老妈生我
母亲的事儿没做几样
我有母亲
却又没有母亲

老嗲没生我
母亲的事儿全做完了
我没有母亲
却又有母亲

老嗲对我的照顾无微不至，为我千千万万遍。天热为我打扇，天冷为我捂手，吃饭为我喂菜，喝汤为我吹凉，刷牙为我挤牙膏，上厕所为我掀马桶盖，拉完大号为我擦屁股，擦完屁股为我提裤子。老爷衣来伸手、饭来张口的待遇充其量算个"老爷"，我是"皇帝"。我吃鸡大腿，老爷啃鸡头；我吃大块牛肉，老爷撕扯牛筋；我喝牛奶，老爷没有，白开水打发。

我半夜肠痉挛，老爸老妈出差，老爷值晚班，老嗲独自把我背下六楼，深夜的街道冷冷清清打不到车，为了不耽误病情，老嗲背上五十多斤的我一口气小跑了两里多路，赶到医院浑身像浇透了水。

老嗲不像"四人帮团伙"的其他三名成员公务缠身，有大把时间可供挥霍，每年寒暑假，老爸老妈安排我们外出旅行耗时。我看风景，老嗲看我。目光寸步不离我左右，制止我的声音盖过导游的大喇叭。"不要跑！""快点跟上，不能掉队！""不要到处乱窜！""危险，不能跳！""此处禁止攀爬！"只差在我脖颈上拴根狗链子。无暇看风景的老嗲表示看我比抗洪抢险的战士还累，身心交瘁。

🐦 06

老爸老妈喜欢在我和老嗲的亲密关系上指手画脚，从中作梗。不过老嗲视而弗见，听而弗闻。

比如，双亲大人热衷将本属于我的零食肆意分发给他人，让我猝不及防。他们虎口夺食，还振振有词："大文学家孔融四岁就能自动自发让梨给兄弟姐妹。做人不能太自私，要懂得谦让和分享。"我不相信世界上还有这样的傻子，将到嘴的食物拱手让人。读到《三字经》"融四岁，能让梨"，真人真事，心服口服。

效仿古贤人，我的零食第一时间与老嗲分享，老嗲很高兴，说："我的狗狗有良心，谢谢狗狗，嗲嗲不吃，留给狗狗吃。"长此以往，我的分享沦落为一种形式，"老嗲，您吃。"不等老嗲反应，我已塞进自个儿嘴里开吃。反正老嗲的回答千篇一律，"嗲嗲不吃，留给你吃。"

老爸老妈给老嗲支招。"以后孩子给您食物，不管喜不喜欢，一定要收下，最好当着他的面一起品味。这样，孩子才能感受到与人分享的快乐和价值，您总是拒绝，他的分享得不到体现。以后走入社会，就会理所当然地认为人们'不需要'他的给予和帮助，当社会真正需要他付出或舍得时，他反而认为这是强加给他的负担，心生不满和怨恨。"老嗲听从老爸老妈的金玉良言，当面收下我递的零食，等他们一转身，马上递回与我。

老妈从不搞这类"孔融让梨"的矫情事儿。我的零食，她不请自吃，甚至与我抢着吃，稍不提防，被她一扫而空，我半夜做梦屡屡和老妈上演争夺零食的格斗大战，过程惊悚，结局惨烈。

吃饭时往我碗里夹菜，成为老嗲条件反射的习惯动作。不管我喜不喜欢，只要是她认为有营养、有价值的，一股脑儿堆进我的碗里，一碗饭越吃越多，一顿饭越吃越久。

当爱太过剩，就变成苦不可言的负担。老爸老妈担忧道："您太宠孩子，眼皮子底下的菜都不会自己夹，以后怎么融入集体生活？您这是害孩子，无形之中剥夺孩子的独立权和自主权。"

我喜欢吃的菜，老嗲基本不尝。我不喜欢吃的菜，老嗲全部包揽。我讨厌吃肥肉，对一切动物皮敬而远之，老嗲一块块耐心地撕下肥肉和肉皮，夹进自己碗里。老爸老妈对老嗲说："以后孩子上大学和参加工作，您就跟在身边给他撕肥肉和肉皮吧，不然他要饿死。"

读到一则"吃鱼"故事。家境贫寒，每次吃鱼，妈妈总是把鱼肉夹给儿子，自己只吃鱼头和鱼尾。多年后，儿子事业有成，餐桌上，儿子把鱼头和鱼尾孝敬给妈妈，自己吃鱼肉。妈妈见状扭过头擦眼泪，儿子急忙问："妈妈，怎么了，这不是您最爱吃的吗？"

我把这则故事讲给老嗲听，不让她专吃肥肉和肉皮，可老嗲说她真的喜欢吃肥肉和肉皮啊。

老妈剥削我侍候她就算了，还指使老嗲奴隶我。老妈在家如同无法自理的瘫痪人士，屋不扫地不拖，床不叠被不铺，饭不做衣不洗，茶不端水不倒。上帝关上一扇门，必将打开一扇窗。老妈失去行动功能，嘴的指挥能力与日俱增。"瘫痪"在沙发上扯着喉咙喊我："帮妈妈找一下眼镜。"我抬眼一瞧，眼镜就在沙发前面的茶几上，她只消伸个手就能碰到。我自爬行阶段，就沦落为老妈的多功能劳工，递遥控器、开电视机、拿拖鞋、扯纸巾等，鞍前马后。

家族聚会上，我感慨万千："幸好生了我这么一个勤劳的儿子，不然，老妈要怎么活？"

老妈活得有滋有润，吩咐老嗲指使我帮忙做家务，不能养成四体不勤的懒东西。在老妈的监督之下，老嗲装模做样地指挥我，"来帮老嗲拖地。""来帮老嗲洗碗。""来帮老嗲晾衣。"不一会儿工夫就夸张的大呼小叫，"怎么拖得到处都是水渍，走走走，让我来。""碗里怎么还有泡沫没清干净，走走走，让我来。"您来就您来，我求之不得退避三舍，乐得逍遥自在。

老妈观此情形，呜呼长叹："您这样溺宠，他将来一事无成，当个啃老族，是要害惨我们的。您不想让我们晚年凄惨，就得逼他早早独立。"

老嗲辩护道："孩子作业那么多，学习很辛苦。我能为他做一点是一点，等我干不动了，再说吧。"

07

"昭和棋圣"吴清源说："当棋子下在正确的位置时，每一颗看起来都闪闪发光。"老妈精通此道，在勘查我的工作上委任老嗲当间谍，负责在送我上学和接我放学的时机，变着花样向老师和同学们套取我的最新情报。老嗲不辱使命，竭忠尽智。

数学老师和老嗲同姓，五百年前是一家，自家人说起话来口无遮拦。和盘托出：上课做小动作，不认真听课，做题马虎粗心，骄傲自满，不懂不问。我被剥了个精光，赤裸裸一览无遗。数学老师曝完我的光，接着给老嗲灌一剂猛药，"他只要改掉这些小毛病，绝对是班上第一名。"老嗲仿佛受到神的召唤，回家速速禀报。

八卦是人的天性，与道德无关。我们班的一帮女生，在告密方面，积极发挥"为人民免费服务"的助人为乐精神，与老嗲打得一片火热，七嘴八舌。"上课搞小动作，被老师抓住，罚站一节课。""上体育课不认真排队，被老师罚跑。""带钱买太多零食。""有喜欢的女同学。""喜欢发呆，像个呆子。"……骂也好，损也罢，笑话，嫉妒，都不重要，重要的是我成功被关注，"存在感"就是王道。

老嗲满载而归，第一时间上报。"四人帮团伙"晚餐后对我实施思想救赎的家庭剧节目，与《新闻联播》同等重要。金无足赤，人无完人，势必将我足赤与完人，他们的人生总算在辛苦工作一天后找到点乐趣和幸福。

坦白从宽，抗拒从严。为减轻思想酷刑，回家后我主动自首。"上课和同桌讲小话，老师罚我们在讲台蹲马步，我比同桌蹲得好，他蹲得东倒西歪的，下盘不稳。""上课玩石头，老师罚我站教室外面，我看到有人翻栏杆进学校，学生们的安全堪忧啊。""上课用小纸团扔同学，老师关我小黑屋，就是教室后面专门放清洁工具的小房间。哈哈，里面竟然住着两只大蟑螂，我一抓就把它们抓住了，拔掉两只毛腿，扯下一边翅膀，捏断一根触须，让它们赛跑。它们不跑，只会原地转圈。"

双亲大人仰天长叹："儿啊！你知道人和蟑螂有什么区别吗？人要有'羞耻'心！"

🐦 08

原本以为一手把我带大的老嗲，会由着我闹腾，事实并非如此。

在原则性问题上，老嗲铁面无私，翻脸无情。

我偷学大人嚼槟榔，被老嗲发现，告诉我槟榔由化学原料浸泡，对口腔及身体有副作用，小孩禁止食用，责令我马上吐出来。我恃宠而骄，不吐反撒起泼来。老嗲提起苍蝇拍就抽我嘴巴，直到我喊痛求饶吐出为止。

放学后不按时回家，和同学们挤在小卖部门口玩老虎机，老嗲找到我，责令我回家，我不想在同学面前丢面子，不肯乖乖就范，坚持打完手中的游戏币。老嗲一把抢过游戏币扔向大街，提起我的耳朵就将我拎回了家。

老妈直接拔掉电脑电源，让我苦战一上午的电游战果前功尽弃，我浑身冒火，甩手起身动作幅度过大，打到老妈。老嗲立即跑过来，摸着老妈的痛处满脸心疼，严厉批评我："快点向妈妈道歉。妈妈是我的宝宝，是我的孩子！你怎么可以这样对待我的孩子，以后哪怕是不小心，也不允许你打妈妈。"

09

我的启蒙老师不是才识过人的老爷老爸老妈，而是围着灶台转的家庭煮妇老嗲。她让我沉迷于中国汉字的生动可爱。

人生认识的第一个中国汉字——小。老嗲牵我到草地上，指着一枚小草，说："瞧瞧，'小'是不是长得像小草。中间一竖是小草的茎，两边的小点是小草的两片小叶子。"哦，原来"小"是小草。"那'大'呢？"我好奇地问。老嗲站在草地上，张开双腿打开双臂，像威武的机器人大黄蜂。哦，原来"大"是站着变大的人。

初写"2"，我感觉手中纤细的铅笔重负千钧，尝试无数次都无法写好上端的弯。老嗲说，把笔变成你喜欢的小汽车玩具吧，请注意倒车，请注意倒车，倒完再向下开，然后向右转弯。开小汽车比写字容易，我把"2"顺利开成"Z"，开着开着，终于有一天成功转出合格的半圆弯。

学写自己的姓氏"马"，老爸老妈教了三天的横折、竖折折钩，我没有一点概念，几近晕厥。老嗲说，哪能那么复杂，先写"7"，再写"5"，把"5"的一横帽子不戴马头上，搁马腿里。我大彻大悟，三秒写就"马"。

上幼儿园前，尽管没有接触拼音，我识字水平已远远高于同龄人。老嗲用字变起许多好玩的魔术。用一根牙签教会我认识"一"，加一根牙签变"二"，加二根牙签变"三"，加一根竖着的牙签变"十"，"十"加一根牙签变"土"，"土"加一根牙签变"王"，三根横着的牙签向里收拢变"丰"。老嗲张大嘴巴教我认识"口"，加一横变"日"，加二横变"目"，加一竖变"中"，里面加一横一竖变"田"，上面加一横一竖变"古"，下面生出两只脚变"只"，口中有口变"回"。

捡了块土疙瘩在水泥地上随便一划，老嗲拍着巴掌直称赞："狗狗的蚯蚓画得好像，和马良一样是神笔。""马良是谁？"我问道。老嗲告诉我马良是穷人家的孩子，特别喜欢画画，白胡子神仙给了他一只神笔，专门给穷人画画，画的东西都能成真，鸟会飞，鱼会游。听完老嗲的神话故事，定眼一瞧，我画的蚯蚓弯曲着身子在扭动呢。没多久，每间房的墙壁、门、家具、沙发布套、床单都布满了我惊世绝俗之作。

可惜，老嗲不喜阅读。

尽管，她的整个世界都在围着我打转，心疼我胜过全世界。是我的准时闹钟，每天早上六点敲门唤我起床，每天晚上九点提醒我上床就寝。是我的专属厨师，一日三餐精心搭配，为我均衡成长所需的营养。是我的全自动洗衣机，再脏再臭的衣服经过她手，总能焕然一新。是我的安全校车，每天往返八趟，准时准点，且具备撑伞背包之功能。

身体能恣意喂养，灵魂却无从同化。老嗲成天催促我多穿衣、多吃饭、多学习、少玩游戏、少看电视、少玩积木，絮絮叨叨之中，全是琐琐碎碎。一言不合就贱卖彼此之间的感情，"狗狗，不爱老嗲了？""狗狗，讨厌老嗲啦？""狗狗，嫌老嗲唠叨了？"老嗲不阅读，不懂历史地理，不知文学艺术，不解唐诗宋词之风情，不晓电子游戏之美妙，无法用理性交流的方式解决纠纷，最终很难找到守成派与新兴派相互适应的路径。我唯有息事宁人，拱手投降。

🕊 10

老嗲把心思用在了对付每日三顿的饭菜上。

"四人帮团伙"在讨伐我的问题上团结一致，异口同声。可在面临攸关生死的吃饭事件上，各抒己见，绝不妥协。四个人四张嘴八只眼，这个说鸡没炖烂，那个说青菜有点咸；这个说鱼煎得太焦，那个说肥肉有点腻。第五个人，也就是我，为什么不趁机发表高见呢。原因很直白，不够格。没有上缴一分钱的俸禄，能上桌蹭饭已是感激涕零，寄生虫的身份怎敢胡言乱语。

众口难调，老嗲红颜大怒，宣布罢工，下令："出去吃。"于是举家外出找食，餐馆的重油重料刺激味蕾，一个个胃口大开，食欲大增。好景不长，几天下来，长痘的长痘，便秘的便秘。老嗲心疼我们的身体，主动恢复生产，一大早收集大家意见，问："今天想吃点什么？"大家难得罕见的默契十足，不约而同道："随便。"

"什么都有得买，就是没有'随便'买。"问不出什么有参考价值的信息，老嗲说："既然你们不表态，那我买什么就得吃什么，不得有意见。"就餐时间，面对一桌菜品，每个人恨不得生出百张嘴来发表对美食的独特见解。

纵然如此，老嗲尽心尽责。每过一段时间，总会不辞辛劳，到乡下寻觅新鲜地道的当季食材，经过多道烦琐工序及长时间等待，为我们制作风味独特、齿颊留香的传统小吃。

比如甜酒。老嗲坚持"一方水土养一方人"，必须使用本地糯米，此糯米粳、糯适中，出酒量大，米糟有嚼劲。先用水把米泡发一天一夜，再控干水分，上蒸笼。蒸具有讲究，一定是木桶或竹笼，老嗲说这样蒸出来的米饭有阳光和青草的香气。饭蒸好后散开晾冷，加入甜酒曲粉，搅拌均匀，放入陶罐内，注入少量凉水，再用棉花袄严严实实包裹。棉花缝制的棉袄密实严紧，丝绒、羽绒棉袄不密实能透风。发酵两三天，打开来酒香扑鼻，舀一碗来饮，入口柔绵，纯净怡畅。我忍不住馋，一连喝了好几碗。孙悟空化成赤脚大仙在瑶池痛饮一番，醉得分不清方向跑到太上老君府上吃到金丹，炼成金刚之躯、火眼金睛。我醉了没故事，直接倒床梦周公，酣睡一宵。

还有米浆发糕、米浆豆腐、糯米糍粑、豆渣饼，等等，老嗲希望能将珍贵的传统技能传授给她的嫡亲长女，我老妈。造反派老妈不学无术，有眼无珠，四体不勤，五谷不分，不屑传承地方美食，只对老嗲的祖传"猪皮冻"虎视眈眈。

"猪皮冻"富含胶原蛋白，有护肤养颜之功效。老嗲一辈子没有使用过多护肤品，皮肤白皙细嫩，其秘诀就是长期食用"猪皮冻"。"猪皮冻"是老嗲祖祖辈辈无数美丽女子一代代的传承，成品晶莹剔透，口味软糯滑爽。

从家族聚会上听闻老嗲母亲的祖辈财大气粗，新中国成立前遭遇突变，有人说是政治时局不利；有人说是子孙经营不善。真正内幕已无从考证，和《红梦楼》的狗血情节类同，富贵南柯一梦。家中存有一张祖外婆四十岁留影长沙的老照片，素雅旗袍，精致盘发，仪态万分，气质如兰。

祖外婆作古仙逝多年，百名子孙个个谦虚恭良，名满乡野。"猪皮冻"在家族的每张餐桌上蒸蒸日上、生生不息。猪皮洗净煮开，拔净猪毛，刮净油脂，切细丁，加水，大火煮开，小火熬制两小时以上，盛出自然冷却，形成弹性十足的皮冻，切片加入生抽、醋、盐、糖、辣椒、蒜泥即可。

其功夫就在小火熬制上，边熬边搅拌，不得糊锅不得成团，老嗲耗费一天时间才能大功告成的"猪皮冻"，一到造反派老妈手上就搞革命，两小时以上的熬制时间改由豆浆机十分钟打磨加热，自然冷却改进冰箱冷冻。老妈利用高科技制作的"猪皮冻"快捷、细致、均匀，可味道却差了十万八千里，像嚼不烂的橡皮筋。

老嗲说，慢工出细活，细活出好味，偷不得半点懒，来不得半点假。

11

我偶尔干点家务像是受了资产阶级压迫，牢骚满腹；老嗲包揽家中大小家务，甘之若饴，死心塌地。如果家庭复制企业年会，实行年度绩效考核和年终奖评选，老嗲当之无愧荣获基层最高荣誉，可摘得"劳模奖""蜜蜂奖""服务奖""执行奖"。

专家对老人热衷忙活还有说辞。犬马皆有所养，不敬何有别乎？所谓敬，不单指诚心恭养，更要让老人老有所值，让老人在家里管钱管事，忙东忙西，发热发光，实现老人为家庭贡献的价值体验。话说有位局长退休回家，终日郁郁寡欢，疑似阿尔茨海默病前兆，儿女们召开家庭会议，最后形成决议，家中成员买菜、外出等琐事一律呈文请示，获局长签批方可生效。此方果然奏效，局长忧郁一扫而光。局长故事说得好、说得妙、说得呱呱叫，难怪老嗲三百六十五天辛苦忙碌并幸福快乐着。

照料一家老小，老嗲懂得诸多实用的生活小妙招，家里人的小病小痛，无须上医院大费周折就能斩草除根。

为预防冬天手脚生冻疮，老嗲给我用辣椒、生姜水泡脚，辣得我哭天喊地，不过效果显著，我不再受冻疮之苦。油菜花开季节，蜜蜂高度密集，漫天飞舞，老嗲捉了蜜蜂蜇疗关节炎。萝卜老藕捣烂绞汁漱口，治疗口腔溃疡。轻微感冒，生姜、大蒜煎汤服下后蒙头大睡一觉，第二天起床神清气爽。我被热水烫伤，用冷水冲洗或冰块冷敷二十多分钟即可，止痛消痕。我贪玩身体到处擦伤，老嗲折一片芦荟，挤汁擦抹伤处，止血止痛，伤口愈合迅速。端午节老嗲采割艾蒿草晒干切碎，用纱布包好放在房间，用于夏天祛蚊；或煎汤洗澡，用于皮肤祛痒消疹。鱼腥草晒干后泡水喝，清热解毒消炎。多亏了老嗲，我们的疼痛比别人少一点。

生活处处有智慧。我剥大蒜，手、嘴并用不得要领，老嗲教我用水泡发五分钟或用刀拍碎，外衣轻松脱下。我用刀切皮蛋，中间的蛋黄粘得满刀黏乎乎，老嗲教我用一根缝衣的细线代替刀，切得干净均匀。我吃猕猴桃，两手沾得水渍渍，老嗲教我对半切开，用勺子挖着吃，干净优雅。

🐦 12

仙女需要魔法棒施展魔力，老嗲的手就是魔法棒。

我家住顶楼，室外有四十多平方米的露天大阳台，老嗲靠墙砌了一块两平方米的菜园。一分耕耘一分收获，老嗲忙着翻土、播种、浇水、施肥、捉虫、除草……春夏秋冬，小菜园魔方般地变化着各式各样的蔬菜，红艳艳的辣椒像大鞭炮；红通通的西红柿像小灯笼；绿油油的大白菜像一朵盛开的巨型绿玫瑰；胖乎乎的紫茄子像一位穿礼服的滑稽小老头。黄瓜头上自始至终戴着它的小黄花，像一位爱美的小姑娘。长在泥土里的萝卜，探出白白胖胖的半截身子，像个顽皮的孩童，好奇地观望泥土外面的世界。

我傻傻分不清韭菜和葱，它们长得一律像草坪上的绿草。老嗲教我蹲下来仔细观察每片叶子的形状，通身细长像一把长剑的是韭菜，管状如笛的是葱。老嗲摘一截葱叶放在嘴边，果真吹出欢快的音律。

小菜园吸引了众多不速之客。花开的季节，蜜蜂和蝴蝶在花朵间飞来飞去忙着采蜜。毛毛虫趴在肥嫩的叶子上，脑袋左右摇晃，忙着进食，菜叶上残缺的小洞如点点繁星。蜗牛把菜叶当成画布，爬来爬去地忙着作画，它们的抽象画在阳光下银光闪闪。蜘蛛在菜叶之间安营扎寨，结起网，捕起虫。

蔬菜疯长的季节，老嗲忙着将菜分给左邻右舍，大伙的厨房飘出相同的清香。

普普通通的花草，经过老嗲的调养培育，伸出绿翠翠的叶子，开出艳丽丽的花朵，结出甜滋滋的果实。我家的客厅、窗台挤满了各种仙人掌、铜钱草、栀子花、兰花、红掌、含羞草、绿萝等，春意盎然四季。每年冬天，同学们参加我的生日聚会，回礼都是老嗲养殖的小植物，装在晶莹剔透的南瓜小玻璃盅里，令人爱不释手。

🌿 13

防盗门为防贼防盗和防御三邻四舍交往立下同等丰功伟绩，却抵挡不了老嗲熊熊燃烧的热情。

从一楼到六楼，家家户户的防盗门，老嗲带上我统统敲了个遍。小菜园蔬菜丰收了，我们挨家挨户敲门分享。自制小吃、炸薯条、烤蛋糕、炖甜酒、煮汤圆，等等，我们挨家挨户敲门分享。回乡返城，亲戚们赠送的鸡蛋、熏肉、红薯、大豆等有机土特产，我们挨家挨户敲门分享。旅行回来，糖果、饼干、干果、甜品，等等，微不足道的几颗或几片，我们挨家挨户敲门分享。

最初，有人冷漠委婉拒绝，有人愕然不知所措。路遥知马力，日久见人心。渐渐地，有人欣喜，有人感激。现在，我们家的防盗门时常响起敲门声。姜阿姨熬了猪蹄黄豆汤，有增强记忆力的功效，特地盛一碗给我；刘奶奶从美国旅行回来，为我们送来正宗的"DOVE"巧克力；笑笑妹妹生日，送来大盘水果蛋糕。

老嗲说，当你对别人好的时候，别人不一定对你好，只要你继续对别人好，也许第一百次时，别人会对你好。

老嗲成了大伙儿共同的"老嗲"。出去办事，孩子托付给老嗲照顾，半夜睡着了才抱回家。赶不及回家为孩子做饭，打电话给老嗲来我们家吃。赶不及到学校接孩子，老嗲代替，肩上扛了三四个书包，像尽职的挑夫。出去上班，棉被、沙发垫等大型物品的晾晒，宁愿多爬几层楼，也要搬到我家阳台上。不用特别交代，她们知道，天黑了，下雨了，老嗲会仔细收叠好。

老嗲回乡小住几天，我乐得自由。孩子们登门见不到老嗲，想念得不行，纷纷打电话，"老嗲，您什么时候回来？我好想您！"

🐦 14

"低头族"作为一种新型群体，主要以年轻人为主，可老嗲也赶起时髦，当起"低头族"。

老嗲扔掉老人机，买了部智能手机，经过我的演示培训，老嗲很快得心应手，通过手机看喜欢的电视剧、玩麻将、上网淘宝。

近两年疯狂沉迷于微信，把每一位亲朋好友都添加为微信好友。大小节日一个不漏地送上节日祝福语，每逢他们生日、升学、升迁等喜庆之事，老嗲发出视频聊天申请，一聊就是好半天。老嗲加入众多微信群、亲人群、老友群、同学群、学生家长群、舞蹈群，等等，她绝对是群里的头号捧场王，即使有人发了无价值的图片、微文、广告、段子等，老嗲都会第一时间点赞、评价、回复。微信流行的发红包、抢红包，老嗲玩得不亦乐乎。

微信官网广告语：微信，是一个生活方式。现在，老嗲每隔几分钟就忍不住掏出手机看看微信朋友圈，生怕错过好友信息，极力演绎微时代态度主义。

15

中国大妈对广场舞的狂热享誉全球，俨然成为一道无解的世界性社会人文题。

老嗲不甘落后，主动融入这股狂暴的群体力量中，认真跳舞的老嗲会发光。刚开始身体硬邦邦，手忙脚乱，跟不上节奏。可她没有灰心，请我们上网搜索舞蹈视频，下载到电视或手机上，一有空就对着视频勤奋练习。业精于勤，有的时候一个转身动作反复练上几十遍，通过微信群与舞团成员交流学舞心得。

像一名优秀的"三好"学生，老嗲按时进场，认真学舞，虚心请教，积极排练。每天吃完晚餐，老嗲就开始"脱我家务袍，著我舞蹈裳。当窗理云鬓，对镜贴花黄"。舞蹈服青春美少女系列，大红大紫大绿，荷叶边，蓬蓬裙，镶满闪瞎眼的亮片。平日化妆很少的老嗲，一丝不苟地抹粉、描眉、涂唇。

时间是张网，撒在哪儿，收获就在哪儿。学舞多年的老嗲动作熟练，舞姿优美，节奏感强。作为"鼎欣"广场舞团年龄最大的舞员，老嗲毫不逊色于年轻的阿姨们。积极参加楼盘开盘、企业开业、活动剪彩等舞团活动；代表社区参加广场舞百团大赛；拍摄广场舞写真专辑，衣袂飘飘，婀娜曼妙。录制广场舞视频，上网搜索"鼎欣广场舞躲了又躲"，打开糖豆网视频，最后一排，理着娃娃头，就是我欢快舞蹈的老嗲。

16

六十多岁的老嗲，不见衰老，更用力更精彩地生活着，工作、娱乐，绘声绘色，一个都不少。

唯有老家无法割舍，每隔几月回去一趟，那里是生她养她的小山村，有她思念的兄弟姐妹；有屋后一山青翠的竹林；有屋前一汪清澈的池水；有屋旁一树缤纷的桃花。

我知道，总有那么一天，老嗲会离开我们，回到她的家，春暖花开，温和如初。

亦敌亦友

01

我老爸是个什么角色，不能听我一面之词，先听听大伙儿的说法。

战友喊他"M哥"。"M"不是"马"姓的简称，而是老爸额上别具一格的发际线，退至头顶生成显赫的"M"字母。各位看官如果想要对比概念，瞅一瞅小品演员潘长江那脑门就明白了。

同事喊他"显示器"。老爸壮实如山，脖与脸同粗，脑袋四方如同正方体，加之计算机工程师的职业身份，老爸成为一台自行移动的老式电脑"显示器"。

搭档喊他"老虎钳"。双手力大如牛，与人握手像掐架，维修电脑无须工具，双手就是一把天然老虎钳，夹线绞绳，无所不能。

初次和老爸打交道的人感叹他是王宝强。王宝宝走什么风格不用我赘述了吧，憨里憨气，呵呵傻乐。

也有几位迷恋老爸的姐姐阿姨，惊呼他像邱启明。邱启明何许人也，著名节目主持人，言语犀利，外表俊朗，被誉为"央视最帅新闻主持"。姐姐阿姨们架空事实、超越现实的惊人想象能力，让小生我顶礼膜拜。

老爸的直接领导人，我老妈，称他"三十六起"，眉皱起，眼斜起，鼻塌起，嘴歪起，牙扭起，皮糙起……老妈对老爸的外貌制裁，形同美国政府对伊拉克的经济制裁，蛮横得让人摸不着头和脑。尤其是一个月不方便的那几天，狂轰滥炸。"三十六起"的真实性，有待商榷。

02

老爸于"四人帮团伙"的作用，武装分子，专职武装我。被武装的我，没有反武装的冲动。冬季征兵宣传员说，每个热血男儿心中都应有个军旅梦。我热血动力不足，可能患有先天性红细胞生成减少性贫血，为反武装找出三个冠冕堂皇的理由。

其一，军令听腻了。

我自受精成胚到活蹦乱跳，一直生活在北方某空军基地，听着大喇叭里的军号和练兵场震耳欲聋的一二三吃饭撒尿。开口说话就是"到"；开口唱歌就是"咱当兵的人"，不知道老爸老妈姓啥名谁，就背"中国十大元帅"。

其二，军装看腻了。

基地里抬眼清一色蓝军装、大盖帽，老妈牵我溜圈，无耻的我随便逮住一人就狂喊"爸爸"，留下一段挥之不去的"黑"历史。好不容易摆脱基地，回到家族聚会，好家伙，穿军装的随便一凑合就是一个排，海、陆、空，三军大集结，步兵、炮兵、装甲兵、工程兵、通信兵、侦察兵，等等，除了将军，新兵蛋子、上尉中尉少尉、大校中校少校，一网打尽。

其三，军政受腻了。

我老爸是军人，军令如山倒，说一不二，看不惯我唯唯诺诺的寒碜样儿。为了武装我，老爸脱离正常的国家体系，自成派系，自封首领，组建"四人帮团伙"组织，伙同老爷、老嗲、老妈三名帮派党羽，不搞曲线救国，不搞怀柔天下，行使强硬的军事手段，军阀统治我这个异党。

走路一事。老爸昂首挺胸、两眼目视前方、提臀收腹、抬臂甩手、大踏步，掷地有声。我呢，低着脑袋、探着脖子、弯着小腰、拖着鞋子，走一步摇三摇。老爸瞧着就火冒三丈，怒吼："一副汉奸走狗样！"计划对我实行高强度、高标准军姿训练。

"吃人嘴软，拿人手短"，多年寄养，虽心有不甘，不敢拂逆，任其摆布。两脚分开六十度，两腿挺直，大拇指贴于食指第二关节，两手自然下垂贴紧，收腹、挺胸、抬头、目视前方，两肩向后张，身体微向前倾，重心压在前脚掌。少则站立半小时，多则站立一小时，我头歪、肩斜、肚鼓、腿颤，像刚从泥田里捉来凑人数的国民党壮丁，总之没个兵样儿。

老爸见我天资愚钝，亮出专业工具，用硬木条做了个十字架，责令我吃饭、写字均架在背上。不知内情者以为我搞什么负荆请罪，玩什么cosplay耶稣受难。受老爸这种武装分子管辖，凡事不可直中取，只可曲中求。我委曲求全扮耶稣，以保一时安宁。因为老爸的武装力量，我曾一度将未来职业锁定剃头匠，世人在我手下必然低头，不得动弹。

整顿一事。老爸眼睛里飘过的任何东西都要严格执行军容整顿，房间的每个角落必须一尘不染、整齐划一。进门口的拖鞋要排成方阵，茶几上的电视、空调、客厅灯、窗帘等遥控器要从高到低摆放，洗漱杯里的牙刷一律"向左看齐"，随时准备接受他这个首领的检阅。他不认同我追求的杂沓美，天天监督我整理军务，敌我双方苦不堪言，累成狗。

我早上起床，被子向后一掀，面饼一张。老爸的口味是豆腐块，为了将这高超的技能传授给我，促我苦练"压、量、切、塞、抠、修"的叠被六步骤。叠到今天，我总算不负众望，能把一层面饼勉强堆成四层面饼。

尤其反感我沉迷日本动画片，直接武力关机或换台，逼迫我与他一起观赏抗日战争题材，逼迫我与他共同缅怀革命先烈和抗日英雄，用自己的价值观道貌岸然地绑架我。老爸说，遗忘抗日战争是对国家的亵渎。我有幸出生于国泰民安的太平盛世，没有硝烟弥漫与血肉交织的战场体验，没有国家受侵和民族受辱的情感经历，对国家存亡和民族自由牺牲生命的先辈们，内心深处注定负疚和亏欠。

我去过韶山，中国人心中的红色圣地；我瞻仰过人民英雄纪念碑，中国人心中永不褪色的圣碑。仅仅是一次旅行而已，作为亿万游人的普通一员。

03

古代士兵最理想的归宿是战死沙场，征战之诗豪迈奔放，王翰《凉州词》"醉卧沙场君莫笑，古来征战几人回"，王昌龄《从军行》"黄沙百战穿金甲，不破楼兰终不还"，李颀《古意》"黄云陇底白云飞，未得报恩不得归"，《木兰诗》"将军百战死，壮士十年归"，等等。老爸从戎十六载，没有握过一次枪，没有打过一次耙，更不可能金戈铁马，杀倭寇、宰鬼子，报效祖国。

弃戎投笔的沈从文说："一个战士不是战死沙场，便要回到故乡。"老爸毫发无伤地回到故乡，窝在沙发上关注中央电视台每晚七点的《新闻联播》，狗鼻子能嗅出三公里外的骨头，老爸能嗅到北京城，嗅往全球，谁出席了会议，镜头给了谁，谁讲了话，谁坐前面，谁走后面，等等。见微知著，他能从中嗅到政治局势的发展动态。

美国第五十八届总统大选，老爸像章鱼哥保罗预测2010年世界杯德国队，准确断言黄毛特朗普完胜希拉里。"处江湖之远则忧其君，居庙堂之高则忧其民。"现代退役军人虽不直接上战场保家卫国，却不约而同地担负起议论国家及世界安全体系的重大责任。

新闻每每报道二战侵略、南京大屠杀、参拜靖国神社，等等，作为有义务守护国家尊严的军人老爸，一点污辱就失去理智，一点伤害就中箭倒地，一点打击就一蹶不振，一副恨不能找鬼子拼命的架势，其拳拳之忠，其铮铮之骨，楚楚如新。

前几年闹得沸沸扬扬的"钓鱼岛事件"，各大媒体、网络论坛、微信等唾沫横飞。和平人士提倡谈判解决，可受辱不服气；好战分子主张武装轰炸，可顾虑重重，毕竟美日联合舰队在海上泊着，我们的势力虽不至钝得不堪一击，但差距是显而易见的。一向义愤填膺的老爸反倒不支持发动战争，他说，战争没有真正的胜利者，都是政治的牺牲品。

我不懂政治，琢磨着，这国际关系也就一"光脚"与"穿鞋"的关系，光脚的不怕穿鞋的，可一朝光脚的有机会穿上了鞋，穿惯了鞋，明白了鞋的好处，比光脚时更怕没鞋穿。

一代天骄成吉思汗，发动无数次对外征战，征服地域西达中亚、东欧的黑海海滨，占领大半个欧洲，能取得无人超越的历史成就，源于本身就是马背民族，习惯了风餐露宿的居无定所，打输了顶多死几匹马少几个人，打赢了赚的是丰饶土地和土地上的丰盈资源，何乐不为？现在全国人民唱起歌儿、跳起舞儿，歌舞升平，小富即安，死人又耗财的战争，何乐而为？

老妈对老爸苦大仇深的民族抱负麻木不仁，多年来与日本关系暧昧不清，花费大把银子，参加各种培训，学习日本11S、精细化等企业管理工具，漂洋过海亲临日本考察学习，回国后对我们洗脑：被侵略，说明不足以强大。与其仇恨，不如学其精粹，研究"他山之石"，雕琢"本土之玉"，超越它，统治它！

✎ 04

老爸自知无法超越，默默钻研计算机技能。他读军校时主修计算机自动化，在部队负责电脑维护、软件安装、远程监控，等等，曾在全空军举行的红蓝对抗演习中，因技术过硬，表现优异，荣获"空军优秀骨干"嘉奖，这派头"响当当""呱呱叫"。

有人说，人生最大的幸福是从事喜欢的工作。老爸在部队幸福了十六年，转业一分配，在街道办事处搞起了与计算机八竿子打不着的拆违控违、信访接待、安全监管等工作。老爸不甘天物暴殄，技痒难挠，对自个儿的计算机出息，生怕"养在深闺人未识"，敲锣打鼓的四处嚷嚷。小区的东家西舍，单位的上科下室，亲朋好友，圈里圈外，都发展成了他的操练场。稍微听说有人计算机故障，马上主动请缨，挂帅上阵，各种疑难杂症，他手到病除，妙手回春。

有位计算机高手老爸，好处早早的有。我从小拥有多部台式电脑和笔记本，全面实现自动化，听音乐、看视频、玩游戏。副作用也是暗箭难防，无处可藏。正全力以赴杀敌冲刺时，突然黑屏、死机，任凭我左右倒腾都无法再启。

背后黑客无疑我老爸，设置了远程监控和操作，随时打开手机就能知晓我何时开启电脑，登录过什么网址，玩游戏多长时间，一目了然。一开始我不懂科技套路的高深莫测，死不认账、装疯卖傻，老爸干脆把我玩过的游戏画面和我聚精会神玩游戏的画面一并截屏呈上，证据确凿，我供认不讳。

老爸在家中安装了360度无死角红外线监控，名义上是防盗，实际功能是防我。玩游戏稍稍超时几分钟，老爸的声音从监控探头里幽幽冒出来，"怎么还在玩啊？超过规定时间了。"大半夜摸黑上趟厕所，第二天一早，老爸关切询问，"昨天半夜肚子不舒服吗？上厕所有十多分钟。"气球为什么破裂，自我膨胀过度。老爸依仗他无人抗衡的电脑技术，为所欲为，玩弄我于股掌之间。

关于我玩游戏一事，"四人帮团伙"又一次表现出了联合抗敌的团结精神，劝诫我"少壮不努力，老大徒伤悲"，珍惜光阴好好读书，对游戏应敬而远之，绝不姑息养奸。搬出周恩来总理从小立誓"为中华之崛起而读书"来激励我，如今的中国不只是崛起了，简直是雄起了，奥运会、世博会、核电、导弹，等等，出境旅游乱涂乱画、插队逃票、横路超车，等等，该有的不该有的都有了，可有可无的我读不读书并非迫切需要。

面对互联网猖獗的蓬勃生长，人类难以固步自封，难以作壁上观，难以置身事外。"四人帮团伙"综合游戏的草根与共享普及、传统家庭教育的颠覆等实情，经多次会议讨论，承认"禁游"非唯一出路，要适度参与融合，跟上时代步伐，进而获得全面发展。允许我在不影响学习成绩的情况下，星期一至星期五工作日可以玩半小时，周末可以玩一小时，如超时一次，停玩一周。

"不影响学习成绩"不为我惧怕，可半小时的时长，能玩什么？幼稚的连连看、切水果、跑酷？"四人帮团伙"太低估我的艺术修养情操和革命精神了！多年前我就秘密地、光荣地注册了《英雄联盟》《王者荣耀》等电游。好枪法是子弹一枪一枪喂出来的，游戏高手是一分一秒打出来的，对于这类世界性的伟大事业必定需要伟大的时间来慢慢书写。

当欲望一旦超越理智，就蠢蠢欲动，就破土而去，就铤而走险，就不怕上断头台。在老爸监管疏忽的情况下，我一口气玩了四个多小时，规定时间的八倍。老爸发现后，没有对我颁布禁玩令，反而全面开放，允许我玩两天两夜，前提是不得休息。

我暗自高兴，争分夺秒地玩了起来，当连续玩了十二小时之后，浑身酸痛，手指僵硬，眼皮像灌了铅一样的沉重，强撑着睁眼，游戏画面模糊不清，脑袋里像碾过千军万马，头痛欲裂，超负荷的长时游戏让我的身体疲惫不堪达到极限，"忽喇喇似大厦倾，昏惨惨似灯将尽。"我一头趴在键盘上深睡过去。醒来后人像大病一场，一连好几周都提不起碰游戏的欲望。

人啊，不能太贪心，吃得太撑比饿着肚子更难受。饿了可以往里填，饱了再难往外掏。

05

所谓爱好，发自肺腑、源自心底最原始的情感需求。电脑游戏令我沉迷不能自拔，因为其激励机制，步步有奖，时时有奖，不用上演"求求你表扬我"，程序会对每一分努力做出积极的正面激励："你真棒，加油！"填补空虚的灵魂，树立伟岸的英雄形象，不知不觉中被无形诱惑。"醉翁之意不在玩，在乎游戏之间也。游戏之乐，得之心而寓之玩也。"

我神圣的电游爱好，在老爸眼里是万恶的旧社会，是封建大山，玩物丧志。老爸自己的爱好是陶冶情操，是高雅舒致。

他砸重金玩钓鱼，仅仅涉足"三天打鱼两天晒网"的玩票级别，购置装备就塞满整个车尾箱，塞满半个储物间。鱼竿、鱼线、鱼钩、鱼漂、鱼篓等一应俱全，造型奢华的渔具包比高尔夫球包还气派，各种口味、各类配方的渔饵料一包接着一包，从某种程度而言，鱼比我有口福。全套与钓上鱼毫无干系的椅子、桌子、太阳伞、墨镜、水壶、冰箱，等等，堪称移动商务办公＋休闲度假。

老爸经常开着车，挎着那虚张声势的渔具包，雄赳赳气昂昂，和一帮狐朋狗友，以天为盖、以地为庐，于荒山野岭之间，炖起火锅、架起烧烤、喝起啤酒、唱起山歌、跳起魔舞，公开搞腐败、玩堕落。算了，考虑我也混吃混喝地落了不少好处，就不展开深度讨伐。

耐得住寂寞才能守得住繁华。老爸以钓鱼为由行花天酒地之事，可想而知，钩不上几条算得上是鱼的鱼。细竿断了换粗竿，短竿短了换长竿，设备更新换代比过江之鲫频繁。我要是考试成绩不好要求换笔、换书包，大概早就被扫地出门了。

精明如奸商的老妈在这件事上不但不家法侍候，还花痴一般地把老爸连牙齿都晒得抹黑的所谓"帅照"，满微信刷屏，各种秀恩爱，如洪水般泛滥无下限。

最无语，点赞者趋之若鹜。

🐦 06

老爸自我陶醉一身疯力气。在我看来，除了对外显摆和对我威慑之外，起不到什么实质性作用。这年月，扛煤气罐、背饮水桶有专业人员代劳，或者干脆装燃气管道、净水器，一劳永逸。

商务握手讲究礼节性，握手双方象征性地碰碰指尖，点到为止。老爸的握手一律骨折性、粉碎性较量，一把咬住，不明就里者，还以为要拉仇恨搞格斗。老爸的一双手两个巴掌十根手指，可以变身扳手、钢锤、老虎钳等工具，具备锉、钻、剪等功能。老爸自鸣得意，不放过任何一个显摆卖弄的机会，徒手开啤酒、徒手钉钉子、徒手剪钢绳，等等，好好的工具不用，非要折腾些我等望尘莫及的幺蛾子。

老爸一双肉手历经几十年的糟蹋，布满大小疤痕，像一条条蜿蜒爬行的虫子，手背粗糙黝黑，掌心坚硬如铁，十个老茧又硬又厚。十指不沾阳春水的老妈一脸鄙夷，评价延续一贯的毁灭性风格，说："皮糙肉粗！一介蛮夫！"借我一亿兆胆子，也不敢对老爸口出狂言，他随便冲我小扭一下耳朵，轻抚一下屁股，就足以伤吾筋动吾骨，令吾鬼哭狼嚎。

不只是我，他的战友、同事、朋友，等等，闻"马"色变，不敢轻易招惹。勾肩搭背有可能引起肌肉损伤；对打乒乓球，不小心被球抽中，不亚于铁锤砸身；扳手腕，对手胜算概率等于零，没有悬念的比赛，比者无趣，观者无聊。

力气好，胃口自然好，老爸吃什么都香，最高纪录，一顿吃下七碗饭，满桌人直掉眼珠子。喝酒搞批发，白酒一瓶，啤酒一箱，肚子像个无底洞。

孤独求败，老爸一身力气只能发泄在健身器械上。家中陈列健腹轮、哑铃、单杠、拳击包、臂力器，等等。老爸飞身上杠，连续引体向上N次、垂悬举腿N次、转体360度N次，像个不知疲倦的陀螺。健腹轮，身体由垂直站立下压成三角形，再至地面平行，再拉回原位，轻松自如。老妈修炼多年无法达成的力量性瑜伽动作，比如侧乌鸦式、双手蛇式、起重机式、倒立式，等等，老爸瞄几眼就能一气呵成。气得老妈冲他拳打脚踢，可揍完更气，老爸肌肉过硬，老妈拳脚淤青。

老爸力大如牛，心软如虫。家住六楼，老爸一把扛起老妈，顺带挂我在胸前，噔噔噔，一口气上百多步台阶。

五大三粗的老爸，貌似和细腻没多大关联，实则EQ情商爆表，老奸巨猾。第一次登门拜访岳父岳母，就下大注压大盘："爸爸妈妈，让我入赘，做上门女婿吧。"二老非常满意，不久就将老妈这盆水毫不留情地泼了出去，嫁与老爸为妻。一年半载后，老妈推进产房，老爸讨好老爷："爸爸，孩子跟着您姓吧！"老爷没有答应，否则，"马唯敖"怎能横空出世。

先下手为强，老爸釜底抽薪干出的这两桩狠事，让他的家族地位坚不可摧，邻里乡亲津津乐道，成为觅婿寻偶的模范，广为流传。

07

老爸对他的学习成绩夸夸其谈。据他自己宣称，从小学到军校，成绩优异，名列前茅。如此高人，对我这小儿科的家庭作业，指点一下江山，激扬一下文字，岂不是小菜一碟。

老爸毛遂自荐，"家庭作业写完没？拿给我看看！"这一看，少则一小时，多则不限。逐字逐句，每页每面，仔细程度如同皇上选妃子，查了又查，验了又验，百无一疏，任何一个错误都逃不过老爸的火眼金睛。审完题接下来是解题，解题就心无旁骛解题，可老爸打着解题的幌子，跑题千里，时间全耗在思想政治教育上。

百分之百成功是我的义务和责任，偶尔一次微不足道的失败就是大问题，可以上纲上线，高度升级为原则性、政治性、道德性错误，足以影响我那些看不见、摸不着、像屁一样虚无的未来人生成败得失，结局不寒而栗。小数点打错。预言家老爸说："这要是在高考，一分能压制上千人，能让你名落孙山；你要是建筑设计师，能让大桥断裂，高楼倒塌；你要是原子弹专家，能让地球毁灭。"

我们对成功的定义无法达成共识，多元思想得不到共存，撕裂风起云涌。我以为所谓成功，就是对的次数比错的次数多那么一回即可。再说"车到山前必有路"，时代瞬息万变，未来是怎样，谁知道，谁能肯定现在的好孩子在未来就一定长袖善舞？

最要命的是，指着一道题反复质问："知道错在哪里吗？"乖乖，愚生我要是知道错在哪里，还会蠢到让它错，还能劳驾尊贵的您屈尊查出错。我不是攒银子的张三玩心思搞"此地无银三百两"；更不是偷银子的王二玩花样写"隔壁王二不曾偷"。天地可鉴，日月可表，我是真不知道啊！

老师要求每天的家庭作业必须由家长验收签字，老爸签下自己大名的同时主动加戏，书写不堪入目的评论，"粗心""马虎""不认真""基础知识不扎实"，等等。老爸认为"家庭作业"需由家庭成员共同参与，合力完成。相较老爸，老妈以为"家庭作业"乃"家私作业"，由执笔者在家私自完成，与他人无关。

所谓男女，亦为阳阴、黑白、正反，两个永远的对立面，如何搞统一，是个万年难解的题，老爸老妈向我高度演绎这一伟大生态原理。为了少生事端，我找老妈签字。她对我的家庭作业质量不言不语，提笔就画：查、背、预习、已完成。同治帝与慈禧太后的角色互换啊，同治帝无须质疑慈禧太后奏折批复的公正性，只需按慈禧太后口令盖御印即可。

经历了老爸过三关斩六将的苛刻查错制度，老妈爽快得让我心惊肉跳，提议她检查检查，她眼皮都懒得抬，说："相信你。考试时难不成还请我老人家站在旁边审题不成，自己检查，丰衣足食。"无论考多少分，老妈都波澜不惊，"不错啊，没有考零分。"

有头驴，农夫催它驮些物品上集市，驴选了根稻草放在背上，农夫见了火冒三丈，拿起鞭子就抽，驴边逃边叫："打我干什么，我至少取得了零的突破。"农夫老爸同样不满意我停留在零突破的低标准，对着试卷上的每处错误，唉声叹气，惋惜不已。

理学奠基者程颢曰："父子君臣，天下之定理，无所逃于天地之间。"老子在儿子面前装腔作势是古今根深蒂固的趋势，《红楼梦》大观园试才题对，贾政假老爷，喜怒无常，把个冰清玉洁、天分高、才情远的宝玉儿贬得一钱不值，"畜生，畜生，可谓管窥蠡测矣。""无知的孽障！""无知的蠢物！"没有一颗强悍的心脏，如何"睡足荼蘼梦也香"。

口技艺人，一人一桌一椅一扇一抚尺，能使"满座宾客无不伸颈、侧目、微笑、嘿叹，以为妙绝也"。我一人一桌一椅一笔一作业，寒窗苦读九载，不能博老爸"意少舒"，惭愧！惭愧！

08

我对老爸的总体评价啊。虎见黔驴，庞然大物也，以为神，长久窥之、处之、往之，觉无异能，技止此耳。

单从血源关系上来讲，我们亲密得不能再亲密了。

从情感关系上来讲，就有点伤感情了。说不清道不明，细细思索，亦敌亦友。

09

敌者，有根本利害冲突而不能相容的。

我们的根本利害冲突来自精神的无法共鸣，我想非老爸想，我做非老爸想做。"策之不以其道，食之不能尽其材，鸣之而不能通其意。"于是，斗争一触即发，分裂一泻千里，相见分外眼红。

IT男老爸，自幼喜好数学，沉迷推理、逻辑与线性思维带来的满足感。尺有所短，寸有所长。我天生对数学绝缘，虽是皇后地位，可朕不畏权贵，懒得搭理，那点阿拉伯数字的单薄枯燥，怎能解我杏花微雨的柔肠百转。语文才是我心中挚爱，没有绝对的标准答案，各美其美，云舒云卷。老爸强行摊牌，每晚拉着我硬补数学，一再强调"学好数理化，走遍天下都不怕"。挖空心思，绞尽脑汁，四处搜刮变态题考我于生灵涂炭之中。

"两辆小汽车分别从A、B两地同时相向开出，设定一辆的行驶速度，求另一辆的行驶速度或AB两地的距离。"汽车仪表盘上有车速仪，导航系统输入出发地、目的地，三秒亦能导出三种以上行车距离，任君选择，何须费神去算？

"笼子里有若干鸡和兔，从上面数，8个头，从下面数，26只脚，鸡和兔各有几只？"鸡和兔都不是我养的，我怎么知道有多少只？打开笼子门，一只只拎出来数数不就得了，算什么算，多此一举。

老爸与我相克相冲，大凡我不喜欢的，他皆为强项。我对英语这个外戚提不起神，老爸"崇洋媚外"，英语六级，在我面前作福作威，不可一世。逼我学音标、默单词、读短语，他说："搞定英语很简单，不断重复和苦练。"我唯恐发音不标准被他批评，阅读时含糊其词想蒙混过关。老爸挖苦道："嗡嗡嗡的，苍蝇叫啊。"怎能把我与苍蝇相提并论呢。鲁迅说："有缺点的战士始终是战士，再完美的苍蝇也不过是苍蝇。"好歹我是您亲儿，不带如此糟践的。

我立志写小说，老爸河马喷水——嗤之以鼻。哼哼，写小说，那是无病呻吟的行当，写的接地气被批墨守成规，写的太新潮被批曲高和寡。满屏网络写手，有的连标点符号都没学全，就大言不惭地号称作家，挂羊头卖狗肉，真材实料、脱颖而出的没几个。再说中国的阅读率世界居低，高铁上、飞机上玩游戏、打扑克、吃零食者诸多，捧书阅读者寥寥无几，没有读者就没有市场，没有市场就意味着解决不了温饱问题，你的将来生存堪忧啊。

老爸见书犯晕，一身匪气，两眼无珠，伙同老妈把我扔进书堆的初衷是自知才疏学浅，做个甩手掌柜让书中高人教我安身立命，怎知，"肉包子打狗有去无回"，我被书俘虏。

老爸悔不当初，嫉妒我和书堆"勾肩搭背"，强行带我涉足乒乓球、羽毛球等小球运动。为什么不是篮球、排球等大球，因老爸先天性材料局限，一米七的低海拔，勉强徘徊在三等残废边缘。灵活如同阴阳太极之玄乎的小球，讲究眼疾脚快，身手敏捷，我长期从事书本扫描工作，落下眼拙手笨脚瘫的职业病，小球运动演变成我单曲无限循环的弯腰捡球，老爸趁兴而来，扫兴而归。

长发，是艺术家装潢门面的有力标志。我带顶棒球帽，谋划蓄起长发，梦想行走于市，春风拂过，长发飘飘，人生快哉。不久被老爸识破，武力镇压，提耳扔进理发屋，要求理成他的军人平头。四四方方一显示器，美感何存？

我与老爸在志向上存在不可调和的云泥之别，他会不会学《童年》阿廖沙的外公，在我无能自食其力的某天，猝不及防赶我到人间混饭吃去？

《猫和老鼠》里猫和老鼠敌对关系的根本利害冲突是家中地盘；《熊出没》里熊大熊二和光头强敌对关系的根本利害冲突是森林地盘；二战里中方和日方敌对关系的根本利害冲突是中国地盘。地盘争夺关乎生存之根本利害，可我吃的那点饭菜穿的那点衣物花的那点小钱，所盘踞的资源远不至于威胁老爸的生存温饱。我们的地盘之争乃老妈这只雌性尤物。

由于我的介入，老爸在老妈心目中的第一帅锅地位，顺位到第二，此世永无翻身之日。我们为了达成各自不可告人的目的，使出浑身解数，就像雄孔雀有事没事显耀五颜六色的长尾巴，全力取悦老妈。老妈读点小书，写点小文，我就拼命捧书故作文采以博红颜一笑。

老妈唯恐年老色衰，老爸甜言蜜语曰其沉鱼落雁、闭月羞花，坑蒙拐骗无所不用其极。老妈烹制菜品过度注重色、香、形、意，往往忽略最关键的味，哗众取宠，好看不好吃。深谙哄妻之术的老爸，对老妈的烹饪技艺提炼"三好味"政治点评，"吃前好香味，吃时好滋味，吃后好回味。"老妈对着老爸回眸一笑百媚生，回馈他"高智商，高情商，高颜值"的"三高"定论。

这对男女，众目睽睽之下严重泛滥"大跃进""左"倾错误之浮夸风。经济学将已经发生不可收回的支出，如时间、精力等称为"沉没成本"，这一定律转移在婚姻关系中，为对方投入越多，眷恋越深，越不能放手。我替老爸掐指一算，十几年来，对着老妈说了一河的假话，堆了一山的虚伪，纵然食之无味，也是弃之可惜。

老妈意志薄弱、立场不定、左右摇摆、朝三暮四，既欣赏大块头肌肉老爸的男子魅力，又赞美我舞文弄墨的才子情怀，搞得我和老爸的敌对关系与日俱增。

🕊 10

友者，彼此有交情的人或有亲近和睦关系。

木受绳则直，金就砺则利。我和老爸友情的交汇在每年60公里徒步远行事件上绽放璀璨，如同地球与月球每年中秋佳节的日月同辉。

自九岁起，每年暑假，老爸陪同我一天徒步60公里，很多人惊叹我们父子俩体能过人，实则离不开两句老生常谈的话。

成功只眷顾有准备的人。
坚持就是胜利。

有备无患，表面的成功，是背后无数汗水和智慧的汇聚。总结四点，以飨广大徒步爱好者。

一是训练充足。提前一个月训练，每天晚上，老爸陪同我跑步六公里。有一次老妈心血来潮开车跟在我们后面，夜幕中的我光着膀子，小小的身子跑得骨头几近散架，她不忍直视，调转车头回了家。

老爸一步步调整我的跑步姿势，上身挺直略向前倾，双肩放松，双肘弯曲，双臂前后节奏摆动，双足全足着地，步幅均匀；教我缓解跑步硬伤，用鼻子有节奏地呼吸，三步一呼，每次将肺部气体尽量排空，避免呼吸急促导致喉咙刺痛。

跑完步接下来是一个小时器械训练，单杠、健腹轮、哑铃、拳击、自行车、平板撑，等等。一个月训练下来，我的小身板耐力增加、体能增强，身体协调和控制能力提升。

二是设定路线及用时。根据60公里的总行程在常德区域内选定目的地，第一次徒步远行选择"常德至津市"，终点站设在爷爷奶奶家；第二年"常德至石门夹山寺"；第三年"常德至桃源花岩溪"。

打印路线图，每5公里一目标，标注临时休息补给站。这一经验是借鉴日本著名马拉松运动员山田本，他在每次比赛之前都要乘车把比赛路线仔细看一遍，画下醒目标志，比如第一段银行、第二段大树、第三段高楼，等等，比赛开始后他就奋力冲向一个一个目标，将大赛程分解成无数个小目标，跑起来就轻松多了。

按每公里12分钟的平均速度，每步行5公里为1小时，60公里分解为12段，每段10分钟休息补给，外加早餐30分钟，中餐及午休2小时，以及暴雨或大风等其他不可控因素，总行程用时约17小时。夏季昼长夜短，凌晨四点起床出发，晚上九点左右可抵达目的地。

三是装备合适。运动袜、徒步鞋和运动装，必须保证舒适、轻便、透气，辅助用品登山杖、遮阳帽、一次性雨衣等不可少。常德七月的天，如同小孩儿的脸，狂风暴雨常有，雨衣必不可少。常规药品的准备，如中暑、消炎止肿、创可贴等。

四是后勤保障。老妈负责驾车先行抵达每段补给站点，准备好补给食物，如巧克力、奶油面包、高能饼干、水果、饮用水等，安排餐饮，妥善解决我和老爸的临时休息及能量补充。

万事俱备，只欠我这股小东风卖卖苦力气就可以了。上午的行程轻松加愉快，沿途风景作伴潇潇洒洒，谈笑风生。平日里少见的农作物，各个乡镇的风土人情及历史典故，如"中国民间文化艺术之乡"周家店，蒙泉镇熙熙攘攘、应有尽有的乡集赶场，许家桥回族、维吾尔族乡的四角小花帽和大块巴掌牛肉，等等。

下午和晚上的行程我和老爸缄默无言。一向好出风头的老妈，怎甘在徒步远行这一家庭大事件上，妥妥地沦为打杂配角呢。趁我们补给休息间隙，见缝插针地灌输大道理，"不积跬步，无以至千里。""身为不凡物，必经不凡事。""只有经历千辛万苦，才能收获成功的喜悦。"江山如此多娇无法缩短一寸行程，道理如此宏伟无法减轻身体疲惫。

不想扫老妈的雅兴，留给她一个不屑一顾的背影，提脚继续，一步一步丈量前方延伸的路。淋雨，迷路，山路泥泞崎岖，登山杖折断，被恶狗追赶，被鸭群、羊群困住，手机电池耗尽摸黑前行，一路上遭遇的意外，虽然辛苦，更像难能可贵的历练。

最后10公里，老爸和我的身体都达到了承受极限。老爸脚踝韧带拉伤肿痛，我双腿沉重如铅，脚掌肿胀如同刚揭开锅的馒头滚烫，每一步都是钻心疼痛。天黑的夜用来奋战《王者荣耀》，是极乐世界；用来徒步远行，是身体与精神双重摧残的地狱，短短一分钟可以撕扯成无数个苦熬和煎熬。经过此番焦熬，有朝一日学学苗族苗老司秀秀上刀梯，不过尔尔。

老妈一路有图有文的微信直播，事后吸引报社记者采访，让我聊聊心得体会。历来佩服《小学生优秀作文》各路神仙级作者，做饭有心得，洗衣有体会，郊游有感慨，考试有反思。我老黄牛任劳任怨的一天徒步60公里，算是干了件功德圆满的事儿，可事后心得一穷二白。

记者阿姨问我，有没有想过放弃？想过。第一次徒步行至半路强烈地耍泼闹过哭过，赖在车上不肯再走，老妈诱拐我下车欣赏中华民国"开国元勋蒋翊武"铜像的英姿飒爽，趁我不注意一踩油门开车绝尘而去。我身无分文，滞留人生地不熟的异地，不敢随便拦车求搭，唯有跟着老爸的节奏，硬着头皮往下走。尤其是在漆黑不见五指的山区，前不见村后不着店，鬼都不见飘过一只，人生没得其他选项，只有一条路，走。

记者阿姨继续采访我，是什么促使你走完全程？老爸老妈的目的简单粗暴，走到终点。我的目的同样简单粗暴，走到，就有晚饭吃。

马斯洛在《人类激励理论》中提出，人类需求分为五大层次，生理需求、安全需求、社交需求、尊重需求和自我实现需求，需求因层而变，从低级到高等，从物质到精神。我的需求没那么复杂高雅，仅停留在单细胞藻类，低级、物质、原始的生理需求，想吃饭，要吃饭。午餐之后塞进肚的工业食品华而不实，体能消耗殆尽的我对香喷喷热腾腾饭菜的渴望超越一切需求，"凡心所向，素履所往，生如逆旅，一苇以航。"没有什么能阻止我对走到吃饭的向往。老祖宗四字俗语"人为财死"，拼了命的敛财，不是黄澄澄金灿灿的财有多耀眼，而是财可买食，食能填肚。

知子莫过父，老爸的激励口号简单粗暴："早到！早吃饭！"坚持！坚持！再坚持！什么饱读诗书，孙子兵法，三十六计，三万六千计都没用，只有一招：坚持！秦始皇用这一招统一六国；红军用这一招挑战长征；马云用这一招建立电商帝国；地震搜救用这一招解困奇迹生还。

守得云开见月明，老爸和我"坚持"完成60公里徒步行，用行动践行"知行合一"。

《常德晚报》报道"常德10岁男童徒步旅行60公里"，获各大网站转载，文中所曰，我的自我实现需求的精神境界远远超越生理需求，我们全家均发表了一系列冠冕堂皇的"官方"言论，声情并茂，感人肺腑。

11

近年来，常德实行"三改四化"、开辟二次创业、建设海绵城市、发展旅游强市、争创文明卫生城市……撸起袖子甩开膀子喊破嗓子加大步子，全面演绎汤之《盘铭》的"苟日新，日日新，又日新"。白马湖文化中心、丁玲公园、白鹤小镇、老西门风情街、大小河街、桃花源古镇、万达商业圈、大学城、柳叶湖水上世界……如花缤纷，活色生香，人们欢呼雀跃地享受文化休闲给这个城市注入的惊喜。

处于政府基层，执行实务工作的老爸每天栉风沐雨，加班加点，早上醒来他已上班，晚上睡觉他未下班。

我和老爸，渐行渐远。

男人的世界，互不干涉，各自为政，不失太平之良策。

梦
想
同
行

01

书中常说，儿子是母亲上辈子的情人。

我自觉做不来情人的乖巧，倒像欠钱追债的步步紧逼。因果七世，缘分岂止上辈子。这辈子，下辈子，世世牵绊，代代纠缠。

近半年来，我和老妈黏得很紧，分歧处于历史最低，亲密关系一度空前绝后。

老妈协助我创作本书，我口述，她编辑。老妈电脑打字速度快，具备一定的文化底蕴和写作功底，对我十二年来的那点破事儿了如指掌，顺利完成本书，其功能无可替代。

对她的任何一个用字，我务必小心斟酌，仔细拿捏，避免一贯的冷嘲热讽，适当美化，适度美颜。沿用外交部发言人洪磊的外交辞令：维护双边关系的和平稳定，取得互利共赢。

02

上一章我不便亲口描述老爸的尊容，借助他人之口。介绍我老妈，更怕胸无点墨，祸从口出，伤了彼此和气。

来听听我老爷对男女结合定律之高论吧。老爷说，大凡男女结合，皆为半斤对八两、螺蛳对蚌壳、歪角对瘪灶。湖南常德俚语，简单翻译，男不咋地，女不怎地，凑合过活。老妈结合扔在大街上找不到人的老爸，高度匹配老爷男女结合之定律。当然，允许花容月貌的老妈对此抵死不认，窦娥喊冤。

为了描写老妈的诱人身材，小学一年级的我曾在作文里声情并茂地写道：

妈妈的屁股像两个大馒头，白白胖胖。

老妈对付我的有效办法不是简单地快速还击，而是"以其人之道还治其人之身"的细嚼慢咽，人身攻击长达半年之久。

马唯教，你的脑袋像一个大歪瓜，坑坑注注。

马唯敫，你的手指像十根细鸡爪，干干瘦瘦。

马唯敫，你的皮肤像一块水泥路，粗粗糙糙。

……

冤冤相报何时了，要想结束她方怨恨，唯一的方法就是我方沉默。走我自己的路，让老妈去说吧。

通过以上亲身经历，奉劝各位，想要拔高作文境界，写实不能太过，玄幻必须足够夸张，否则后患无穷。建议通篇背诵朱自清的《荷塘月色》，随便抠出一句，偷梁换柱，老妈的屁股就可摇身一变：

丰润如流水一般，静静地泻在这一片白玉臀上。

朱自清原句：月光如流水一般，静静地泻在这一片叶子和花上。

03

老妈在家的地位，拥有绝对领导权、指挥权、统治权，是"四人帮团伙"举足轻重的灵魂人物。原因有三：

其一，老爷老嗲的掌上明珠。

老妈自小体弱多病，"女孩要富养"，老爷老嗲估计没什么闲钱实现富养，另辟蹊径，改"富"为"娇"，捧在手上怕摔，含在嘴里怕化。近四十岁的老妈，被老嗲每日茶水饭菜照顾得如同幼稚园小朋友，娇来娇去，演变成"骄"，由着性子张牙舞爪地折腾。个头小小，气场大大，震慑威力不容小窥。

一母生九子，连母十个样。同父同母的妹妹，我小姨，身高体胖，倒像姐姐。温婉贤良，谦让有礼，轻言细语，勤劳朴素，纯实可爱。

其二，团结就是力量。

我们一家五口，从雌、雄占比来看，雌性40%，雄性60%，雄性本是高分比。可老爷、老爸、我这三只雄性各自为政，明争暗斗，每人仅代表自己那可怜的20%。雌性的闺密情分致使老嗲主动舍弃20%的占股，一股脑儿无条件转移给老妈，老妈坐拥40%的高额股，一言九鼎。

其三，遵循相处秘诀。

第一条，女人永远是对的；第二条，女人不对，请参考第一条。

君子一言，驷马难追。老妈这个女君主一发言，周穆王的八匹骏马都望尘莫及，何况我们这群老弱病残之马？弹劾我的决策，最终由她定审。

著名的"科长事件"，局长和科长共乘电梯，局长放一屁，众人皆看科长，科长急忙解释："不是我放的。"不久科长被免职，局长在会上做重要报告，"屁大的事都担当不起，留作何用？"在我家，我们都愿意替老妈担当屁事。不过，美女老妈不可能会放有伤大雅的俗屁，即使放，那也是"余香"绕梁三日不绝的"优而美"。

🕊 04

爱美之心，人皆有之。老妈爱美、臭美、显美已病入膏肓，"外貌癌"晚期。

"一寸光阴一寸金"是形容时间珍贵，不能蹉跎岁月。老妈浪费在扮美上的时间可谓挥金如土、一掷千金。每天早上闻鸡起舞，用电子洗脸仪导入泡泡洗面奶，再导入各式脸部精华、眼部精华，等等，细细磨蹭脸上的每寸肌肤。接下来的化妆程序，等同油画大师的工作性质，在脸"布"上涂下各种瓶瓶罐罐的底霜、妆前乳、防晒霜、BB霜、散粉、眼影、睫毛膏、腮红、唇膏……里三层，外三层，涂涂抹抹又三层。顶着九层面具晚上不可能倒床就睡，还得卸妆，还得修复皮肤，各式面膜轮番登台，白色玻尿酸、绿色岩浆泥、黑色竹炭粉、24K土豪金蚕丝，等等。老妈每晚在家上演《午夜凶铃》之面膜贞子。

老妈说不化妆是对别人的不尊重。我看她是不化妆无法见人，皮糙肤黄，唇白眉稀。出门需从头到脚的精心雕琢，全身武装以确保万无一失。我不能幸免，成为她终年改造的小白鼠，一介爷们儿怎甘心脂粉加身，我抗拒不从。

她抬出我挚爱的《三国演义》断章取义，"诸葛亮有才吧，有才不修边幅有个屁用。舌战群儒那一回，你不是读得很过瘾吗？张昭、顾雍、虞翻一班文武何等人物，个个'峨冠博带，整衣端坐'，诸葛亮同学若不是'丰神飘洒，器宇轩昂'，连门都进不去，连口都开不成，还舌战个屁，赤壁之战泡都不会有一个。"老妈润了润喉，继续布道："一个人的脸，就是一张名片，一个名牌。没有人有义务透过你邋遢的外表，去发现你优秀的内在。"

人靠衣装佛靠金装。花花绿绿的服装、大大小小的手包、高高低低的鞋子、真真假假的饰品，层出不穷流进老妈的衣柜，又源源不断地清理到福利院，美其名曰"捐赠"。我们家族的新一代女性购物败家李逵式豪饮杏花酒"小二，拿酒来"！我的众多姐姐、姑姑、婶婶、舅妈等进店高喊一嗓子："小妹，把店里最贵的拿出来。"花红柳绿的店员蜂拥而上。

女为悦己者容。老妈迫人悦己。每换一套新装备，都要使出嗲得起鸡皮疙瘩的魔音毒害我们，"亲爱的们，我漂亮吗？"近四十岁的老妈强行扮嫩豆腐花儿。好孩子要诚实，我不能光天化日之下撒下弥天大谎导致鼻子变长堕落为坏孩子，基于事实作答："不漂亮。"老奸巨猾的老妈改变策略，针对我的作答特别提前强调："你要仔细想清楚了回答哦，你是老妈我生的，说我不漂亮就是间接承认自己丑八怪。"我对自己面如傅粉、貌似潘安的颜值岂容有疑，不得已附会她盲目地自我美化。

老爸修炼得道，几乎是眼皮不抬，就能迅速开启老妈高度认可的标准应答模式。"漂亮，人美怎么打扮都漂亮！"一向精明如测谎仪的老妈，将这种明显、低级的信口开河心安理得地转换为"恭维"版本，心花怒放，在购衣败家事业上变本加厉。反观我扔给小商店的几个小钱，老爸昧着良心助纣为虐的行为，小民我以为，搬出明朝朱元璋创立的廷杖，痛打一百棍也不为过。

没有被岁月摧残成黄脸婆，不是美容装扮效果有多神奇，是老妈玩得高明。找了位任劳任怨的人物替代她从事黄脸婆工作，她老妈，我老嗲，包揽一切烹、洗、扫、刷的家务活。有一次参加亲子夏令营，我们住在酒店多日，发现老妈长时间蹲在浴室，推门惊见正奋力搓衣，我直呼："您会洗衣？"

家族长辈感叹老妈和她奶奶像一个模子里刻出来的，老妈的奶奶和老妈的外婆是堂姐妹，她们的家族我曾在"有嗲有家"一章提过。落败贵族小姐的祖外婆，完全不懂家务料理，煮饭不熟、烧菜无盐、房屋不扫、孩子不带，成天打扮得光鲜亮丽，撑一把大黑洋伞，迈着三寸金莲，扭着腰肢，走在乡村大道上。"走去干什么？"我好奇的问。"看京剧，听戏。"长辈们答道。

多年来，老妈坐享其成，每日只负责打扮得花枝招展，牵着老爸的熊掌，花前月下卿卿我我。网络上疯转"习大大"领带同色"彭麻麻"围巾，这算什么，老爸老妈连三角短裤都是情侣款。

老妈自诩"淑女"。我和老爸难得同心敌忾，逮住她生眼屎、流鼻涕、打呼噜、磨牙齿的各种丑态，尽情八卦，肆意笑话，赐她"兽女"之称。

05

段子手赵本山表演小品介绍村子情况："我们村穷，致富基本靠抢，结婚基本靠想，交通基本靠走，通信基本靠吼，治安基本靠狗，取暖基本靠抖！"老妈对我的治理，基本符合村子状况，自生自灭，和驴子一样，能活下来，不管质量好坏，算是执拗有加。

刚满月，老妈背我去河边钓鱼，喂完奶放我距她十多米远的草堆里睡觉。一个多小时后老嗲过来，发现草堆竟是无名坟墓，吓出一身冷汗，撞鬼生邪了怎么办？虫子爬进耳朵怎么办？蜈蚣、蝎子蜇了怎么办？毒蛇老鼠咬伤怎么办？老妈盯着河中的鱼漂，神闲气定，说："他又不是木头，不舒服自然会哭。"

我六个月会爬，十一个月会走，不是什么天赋异禀，只因老妈不顾不管，将我和一堆玩具共同扔在一间地毯房，要想拿到想玩的玩具，要想玩得尽兴，我没得选择，必须自力更生，四肢并用学龟爬，双腿站立学猴走。我的爬行速度一度笑傲空军基地，甩同龄人一条街，不时独自横爬整个操场，爬登文化馆六十多级台阶，回头率、围观率、喝彩率居高不下。

学会走路的我嫌自己个矮，不能与大人平起平坐，决定爬上椅背拔高地位。老嗲扶着我一遍遍提醒："危险，会摔跤，会痛。"老妈懒得费口舌，用脚钩住椅脚轻轻一带，椅子瞬间失去平衡，我像块石头"嘭"的一声砸向地面，尝到错误行为带来的疼痛，我见椅色变，主动远离是非之地。

隔壁妈妈不许孩子随便碰东西，随时给双手消毒。我老妈养我像养老鼠，随我满屋子乱爬，掀开马桶盖玩水喝水；扭开牙膏盖子，将半支牙膏挤进嘴里；黑色鞋油抹满全脸，只剩两只眼白转啊转；撕下阳台围墙上脱落的石膏，一块块塞进嘴里，如同嚼饼干；家中的卫生纸统统缠上身，把自己包成木乃伊；抽屉里的物品泡进洗澡盆，老妈给我洗澡，我给它们洗澡……

老妈对我的关注置若罔闻，可嘴里说得郑重其事，一见面就拥抱，一拥抱就亲嘴，一亲嘴就献媚，"谢谢你选择我当你的妈妈哦！""你是妈妈一生中最珍贵的礼物，最特别的恩赐。""因为有你，妈妈的生命才完整，爱你哟！"感谢我，就要爱我不能爱之处，否则就是"伪"感谢、"伪"爱。

在糖衣炮弹的攻势下我无力招架，对老妈的依恋与日俱增，像戒不掉的奶瘾。把我扔给老爷老嗲那一年，我对她日思夜想，人比黄花瘦。隔壁小朋友推打我，我胆怯不敢回手，回家对老嗲吐露心声："他有妈妈，我的妈妈没回来。"没有老妈在身边当靠山，我何来底气十足。

老妈回家之时电话告知大概一小时到家，我问："一小时要多久？"老妈说时钟上的分针走一个圆圈。于是，我搬来小凳子，坐在挂钟前，全神贯注地盯着分针缓缓挪动，世界寂静得只剩下钟针划过的嘀嗒声。

从我记事起，"四人帮团伙"针对我各种行径的不达标，动不动就拿再生个弟弟或妹妹要挟我，嚷嚷着要瓜分我早上的蛋白粉、中午的营养片、晚上的牛奶以及所有好吃好喝好穿好玩的。倒不是小气那点物什，总感觉那家伙是针对我找碴寻仇的，侵夺我本就岌岌可危的"江山社稷"。

村民们麻痹放羊孩子的"狼来了"，面对随时可能从天而降的"宿敌"，我不敢掉以轻心，脑海里演绎过无数种应对措施，早混了十二年，怎么说也要"道高一尺魔高一丈"。他（她）一出生我就电线杆张贴"失物认领"，淘宝微店零起价大甩卖，或者免费赠送不孕不育患者。总之，利用个人智慧、科技手段及社会力量将其"驱逐出境"。

时至今日，二胎政策全面开放，举国上下欢呼雀跃，截止本书完稿，老妈的肚皮暂未发现敌情，小民我惶恐不得终日！

🐦 06

权衡全局，我是自由的！这话由衷地发自肺腑，不是迫于淫威，没有渲染政治色彩。

我可以在大人的世界里自由穿梭。

英国有句谚语：妈妈在哪儿，哪儿就是最快乐的地方！老妈一边工作，一边带着我混了诸多少儿不宜的场所和场面。我三个月大就趴在她背上走遍大江南北；会走路之后更像是她甩不掉的小尾巴，一路跟随。庄重类的，政府或企业工作会议、电视台晚会，等等；休闲类的，酒吧、歌厅、健身房、SPA馆、瑜伽室，等等；学习类的，专家讲座、拓展训练，等等；社交类的，宴会接待、主题聚会，等等；社会类的，爱心助学、马拉松长跑、旅游节、旗袍节，等等。

耳闻不如目见，目见不如足践。老妈说，社会生活的纷杂和震撼，不亲临其境不足以感受。

我可以自由阅读。

老妈的阅读原则，就是没有原则。

《三重门》主人翁林雨翔的爸爸对书籍反复筛选，禁色禁情，我老妈百无禁忌，她的财产除了一柜子衣物，剩下的就是一柜子书籍，文学类、传记类、动漫类、科普类、历史类、古籍类、哲学类、军事类、管理类、自然类、励志类、工具类、保健休闲类，等等。任我由着性子百般倒腾，上一刻看《阿衰》笑得前俯后仰；下一刻读《三国演义》正襟危坐；又捧《包法利夫人》移情别恋；再研究地摊货《算命术》，她听之任之。我写的小说五花八门，上天入地。我的思维可以跳着跑，飞着飘。

我可以自由玩乐。

幼儿园三年，我只干一件事，玩沙。

别人家装修完房子，忙着清理建筑垃圾，老妈反其道而行，拉来一车黄沙倒在阳台。我坐拥黄沙江湖，集军事基地、野外森林、赛车场、养育场、游乐场等于一体。社会主义者罗伯特·欧文倡导"八小时工作，八小时自己支配，八小时休息"，我主动请求八小时以上沙堆工作制。撅着屁股，两只爪子充当挖沙机翻来刨去，堆碉堡、建坦克、种花草、栽石块、养蚯蚓、饲乌龟，把沙吃进胃、揉进眼，沙发上、床上、炒菜的锅里、洗手间的洗手盆里好一个"沙砾自飘扬"。

美国游泳名将菲尔普斯曾向媒体透露训练时来不及上厕所将尿拉在游泳池，我废寝忘尿，时常将尿拉在沙堆里。"菲鱼"污染泳池，换来23枚奥运会金牌、26枚世锦赛金牌的世界奇迹。我长年累月超负荷的黄沙劳役，换得十指关节变形、指甲开裂、指纹磨没，双手粗糙似龟壳。幼儿园小朋友饭前洗手检查，个个十指尖尖似玉笋。我演绎黄沙版《卖炭翁》，"满面尘灰黄沙色，两鬓沙沙十指黑"。

回到乡下，老妈放任我一副畜生样。祖辈们喊我"搅屎棍"，湖南常德俚语，熊孩子拦住挑粪人，伸手在粪桶里搅上几搅。知书达理的我，绝不会干这种臭气熏天的龌龊事儿，效仿五柳先生"羁鸟恋旧林，池鱼思故渊"，上山下河。

上山爬树，被毒虫蜇伤，满身起疙瘩，疼痛钻心像无数蚂蚁吞噬啃咬。古语"一朝被蛇咬十年怕井绳"，我是"好了伤疤忘了痛"，故伎重演。有一次下雨爬树，树干湿滑，不慎从树枝上滑落，一只脚卡在树杈间，整个人倒悬半空，喊天天不应，叫地地不灵。难怪有人感慨自杀是一种勇气，这种类似上吊式的酷刑度秒如年，生不如死。还有一次爬树踩空，从树上掉下来被枯枝刮伤右脸，血流满面，太阳穴位置留下一道长约三厘米的永久凹痕，从审美学的严格意义上来讲，我是个脸部有缺陷的残疾男。

常德地区水域属血吸虫防治区，严禁下河。老妈大义凛然，无视我下河摸鱼捉虾，体内是否感染血吸虫，不得而知。被水呛被水淹，喝饱一肚子河水滚回家，司空见惯。

07

老妈对我的放纵，并不意味着我可以为所欲为。限制令如同监狱的高压电网，绝不能触碰，否则，后果很严重。

我嫌饭菜不合胃口，请求不吃饭。老妈爽快答应："好，可以。不过，下一顿是在四小时之后，天黑之时，这段时间不允许再吃任何东西，你同意吗？"家中随处都是零食，一个大活人岂能饿死，我的回答掷地有声："同意！"老妈撤掉碗筷，封锁家中一切食源。等不及熬到天黑，我饿得前胸贴着后背。老妈说，什么叫自讨苦吃啊？这就是！做不到的事，永远不要轻易承诺。自此，我不敢轻言罢食。

每个孩子的玩具柜里都少一样玩具。尽管我满屋子玩具，可对商场橱柜陈列的玩具仍是垂涎欲滴，赖在商场不肯走，上演一哭二闹三撒泼。老妈拉开谈判架势："一、你已经有类似的玩具了，没必要再买；二、钱是妈妈的不是你的，要不要买是妈妈的自由，不是由你使性子来决定；三、给你一分钟时间考虑。否则，妈妈回家了。"

我才懒得管她什么一二三，再说商场里的"吃瓜群众"都看着呢，好戏才刚刚登场怎么好意思就此罢休，我跺脚仰天，号得更加来劲儿。一分钟以后老妈转身径直离去，瞅着她头也不回地消失在商场，我吓得连滚带爬地追上去，一把拽住她的衣襟不敢撒手，生怕就此被抛弃。老妈时常将此经验分享给年轻妈妈如何对付熊孩子的胡搅蛮缠。同时告诫我，当事情陷入僵局，有人给你台阶下时，要懂得抓住机会，顺势而为。

一门心思追求物质享受的我，终究还是犯了严重的道德错误。把老嗲随意放在抽屉里买菜的零钱，每天拿出几元购买零食，被老嗲发现后报告给老妈。老妈俯下身，对我说："对不起，都是妈妈的错，妈妈没有教导你不经允许拿走不属于自己的财物是偷窃行为，妈妈差点让你成了小偷，妈妈要向你道歉。"与我分享"小时偷针，长大偷金"的故事。讲的是一位母亲，看见孩子偷拿邻居的针，不但不制止反而表扬孩子能干。孩子长大后成为江洋大盗，被判死罪，临刑前，借口想吃母亲的奶，却一口将母亲的乳头咬掉，以惩罚母亲纵容他走上犯罪不归路。

老妈承认自己教育失职，犯错必须得到惩罚，与其将来惩罚不如现在教训，让我这个受害者用棍子打她手掌心。打蛇打七寸，老妈一拳击中我心底最柔软的地方，我不想犯以下欺上、不敬不孝、大逆不道的罪行，为自己的偷拿行为痛哭流涕，后悔莫及。

事后，老妈教育我偷窃不只是犯罪行为，更是失德行为，是小人行为。古人云："德才兼备是圣人，有德无才是贤人，无德无才是庸人，有才无德是小人。"才华永远都不可能凌驾于道德之上，越有才华越要建立与之匹配的修养。"有才无德"的人利用自己的才华干起坏事来更具破坏力，孩子你有才，好好修炼自己的德行，成为有用于社会的人。

莲被誉为君子、圣人，皆因"出淤泥而不染，濯清涟而不妖，中通外直，不蔓不枝，香远益清，亭亭净植"。无论周围环境有多糟糕，外界诱惑有多吸引，都不能成为作奸犯科的理由，保持自己的行为端正，德行庄重。老妈谆谆教导："国民若文质彬彬，中国必将亭亭玉立。"

我不想当"小人"，何况关乎国家名誉，任重道远。

🐦 08

老妈对外标榜自己为人母，通情达理，深明大义，绝不逼迫孩子干不想干之事。我一度深信不疑。

幼儿园中班期间，满小区周末找不到一个可玩之伴，打听之后得知同龄人均已加入各大培训班，全民提倡"不能输在起跑线上"，大伙儿暗地里发展起了特长才艺。我涉世未深，不知培训班为何方神圣，竟敢劫走小伙伴，遂主动要求加入受培组织。老妈求之不得，欣喜若狂，唯恐误我锦绣前程，大张旗鼓直奔常德市青少年书法家协会某副主席设立的书法私塾"墨香斋"。

主席一般不轻易对外招生,注重缘分,讲究天赋。老妈带我参加过几场湖南知名书法家张赐良书法展,识得几名本土书法大腕,经人介绍慕名而来,主席盛情难却,嘱我写个"木"字评估评估。我五指擒住一笔,大刺刺四下挥舞,黑墨满纸乱飞,场面惨不忍睹,老妈讪讪无趣。主席笑颜大展:"好苗子!腕力足,架势足。跟着我学,将来必成大器。"

书法培训不容易啊,能不能培出个"王羲之",首先得考验培训师是不是个成功的营销大师,先得纳入麾下啊。

作为未来的书法大器,我即刻走马上任。东倒西歪的字没见拨正半个,风里来雨里去,走的路倒能绕湖南省好几圈。鲁迅说:"一个只会写书法而无缘文者,充其量不过是'写书匠'。"读点杂书的我不具备"写书匠"资质,两年后,老妈观我大器无痕,敷衍了事,索性封了我笔,打道回府。

无拘无束了又三年。常德市爆出一起新闻,某高三学生不堪高考压力,患有严重忧郁症,半夜跳楼,与世长辞。

我虽然肚子里没能灌进几瓶墨水,关于生存的事儿倒是研究了几分。"生得伟大,死的光荣"的刘胡兰被国民党反动派大刀铡死,小小年纪可惜了。"舍己为国,人之楷模"的董存瑞高举炸药包冲向敌人碉堡,年纪轻轻可惜了。岳飞说:"文臣不爱钱,武臣不惜死,天下太平矣!"我非文非武,贪钱怕死,如果被俘务必照吃照睡,好死不如赖活,吃饱喝足后伺机逃跑,说不定还能扳倒一群鬼子,大赚一票。如果上战场务必牢记逃生准则,留心最佳出口位置,"留得青山在,不怕没柴烧",表忠心固然重要,保身更是一种智慧,活着才是至高哲理。如果珠沉玉碎,满屋子玩具岂不落于他人之手,奋战多年的《王者荣耀》岂不无缘续写。

"四人帮团"伙不敢掉以轻心,势必防患于未然,如何阻止我绝缘忧郁成为当务之急。

病急乱投医,听闻乐器是宣泄情绪、纾解压力、放松身体最好的窗口,所谓乐由心声,通过乐器可以表达开心、快乐、悲伤、愤怒……管他三七二十一,塞进去再说。

老妈带我走进本区小有名气的"飞天现代音乐",由几位帅成明星范儿的年轻人创办。老妈在外人面前充分发挥人权自由的民主政策,扬言不干涉我的思维,由我选择。趁我试练乐器之时,不断暗示老师让我弹钢琴或吹萨克斯。为什么学钢琴，郎朗帅啊；为什么学萨克斯，KennyG的《Going Home》好听啊。我打了架子鼓、非洲鼓，弹了钢琴、电子琴，吹了长笛、萨克斯，拉了小提琴、二胡，人器合一的共鸣感无影无踪，最后眼一闭心一横随便选了老妈认为最不能体现男人帅气的吉他。

爱因斯坦说："天才是百分之九十九的汗水加上百分之一的灵感。"三年来，我付出了百分之九十九的汗水，全学院出勤率最高，每天放学半小时，每周末两小时，风雨无阻，学院里的乐器如果有灵性能贮存影像，大概连我的头发丝儿都记熟了。老师勤勤勉勉教了我指法、六线谱等诸多有价值的吉他专业知识，甚至请来了一名业内大伽，每周为我单独补课一小时，雕我这枚榆头木。我和一名主唱、一名鼓手组成小乐队，跟随老师在酒吧开了几场小型演奏会，演绎《海阔天空》《月亮代表我的心》等经典曲目，装模作样地扮文艺摇滚。

缺少百分之一灵感，我一旦离开老师的指导，寸步难行，一事无成。老妈见我学得有气无力，何必强人所难，干脆停学。停学了的我，反倒时不时抱把吉他在家文艺泛滥，手指上下翻飞，咚咚嘣嘣响彻蜗居。老妈说，这哪是音乐力的穿透，简直就是嘈杂音的蹂躏。

吃一堑长一智，老妈自此不提拜师学艺，不再自取其辱。众多父母，打着"为你好"的幌子，拿孩子当"私宠"，推逼孩子参加各种各样的补习班、培训班、特长班、才艺班，其实只是为了取悦自己、美化私欲。逼使孩子牺牲玩乐时间，掐着表跑行程，背着琴盒、画夹、舞服等道具，转场各大培训中心，像讨生活的杂耍者，奔走于市。

09

风景在别处。我的伙伴们对老妈这道别处风景予以高度美誉。

老妈笼络人心的第一招就是不声不响。小伙伴们来到我家，她当我们不存在，我们当她不存在。我们大吵大闹，窜上窜下，蹦上床打滚，钻进衣柜捉迷藏，吃空冰箱，老妈一概不恼不怒，任其发展。小伙伴们不受拘束，充分享受自由，自然欢喜，我们家每天门庭若市。

老嗲看不惯，觉得自己有义务纠正我们的胡闹。老妈劝道："管他们干什么，这才是孩子的天性，像我们一样中规中矩，束手束脚，老气横秋，还有什么意思？

家里乱了可以再收拾，东西坏了可以再添置，孩子的友谊和快乐是用劳动和金钱都买不来的。"

抓住一个人的心，得先抓住他的胃。老妈用饭菜成功抓住小伙伴们的心。为我们制作"开心泡澡"，饭团捏成胖小熊，泡在蘑菇咖喱汤里，萌态十足，引人垂涎。为我们拨冗熬制罗宋汤，鸡肉、牛肉、猪肉打成泥，西红柿、洋葱、土豆、胡萝卜切成丁，文火慢慢熬成浓汤，营养搭配均衡，肉的浓郁混合蔬菜的酸甜，味道层叠可口，小伙伴们呼噜一碗，春暖花开。

在我每年的生日派对上，老妈功能大放异彩。前期我用PPT精心制作个性十足的"召集令""通缉令"，列明派对主题、时间、地点、注意事项，等等，打印后发放到班级，招募二十多名臭味相投的同学。聚会现场安排同学们各司其职，拼积木、看动漫、打电游、秀健身、唱卡拉OK、玩"奔跑吧，同学"，等等，同学们的求救声此起彼伏，积木缺块、动漫少碟、电脑黑屏、电视卡网……作为东道主的我忙得屁滚尿流，生日仪式感谢词致得结结巴巴，不知所云。

老妈负责派对的饮食供应，二十多名同学的食量，轻轻松松搞定。人类最伟大的发明，微波炉，堪称吃货神器，可烧可烤，可蒸可煮，叮咚一下，几分钟就能变出缤纷灿烂的美食，巧克力蛋糕、可乐鸡翅、香酥薯片、糯米肉丸、苹果派、牛轧糖、爆米花、火腿肠，等等，变魔术般快捷的美食让同学们大呼过瘾，意犹未尽，每年冬天都会催着问我什么时候举行生日派对。

老妈喜欢交朋友，通信录微信好友上千，朋友、同学、企业等聚会接踵而至。她说朋友是人生最富饶的资源，大力支持我交朋结友，从不给我的伙伴、同学贴好坏标签，她认为每个人都有闪光点，学好学歹由我自行判断。

伙伴们羡慕我有一可爱老妈，殊不知，别人家的表象都是对外作秀。列夫·托尔斯泰说："幸福的家庭是相似的，不幸的家庭各有各的不幸。"其实，幸福的家庭不免分歧之争，不幸的家庭也有和谐之爱。各不相同又彼此相同，大同小异，小同大异，求同存异而已。

🐦 10

"静如处子，动如脱兔"，形容女子动静相宜的理想境界。老妈很难平衡适中，处于动、静极端，静如僵尸，动如疯子。

　　老妈有三静。一静是睡。没有议程安排的休息日，可以不吃不喝睡个二十多小时，周遭各种吵闹一概充耳不闻。如果不呼吸可以生存，老妈保证鼻孔不冒气；如果科学家发明了进食拉链，只需打开拉链塞进食物，老妈保证积极响应。

　　二静是阅读。陷进书里，无欲无求，世界一切音符瞬间淹没，唯有书中波澜壮阔，同喜同悲。常德市某知名书法家赠老妈"品墨书香"，称其"女史心"，老妈屁颠屁颠喜上眉梢。

　　能体验文字的魅力，老妈说要衷心感谢两个人，她舅舅的儿子，三表哥、四表哥，我三表舅、四表舅。

　　三表舅在河北某部队服役，几乎每个月都有信件寄回，一字一句教导老妈写信的格式、版式、组成要素，等等，字里行间传递的异域气息和文明理念，让老妈对文字的世界有了更真实的向往。2016年暑假，我去了北方，三表舅带我瞻仰毛泽东遗体，感受西柏坡红色文化，其个人豪迈洒脱的军人气概，令晚辈敬重。

　　四表舅就读中学时，省下寄宿的零用钱为老妈买回《小溪流》《小学生作文》等刊物，八十年代正忙着实现小康大计，散发墨香味儿的刊物弥足珍贵，老妈如饥似渴地爱上了阅读。

　　读书的老妈有书中高人幕后操盘，像一个篮球高手，扣得了篮，卡得了位，指挥得了全场。治理企业游刃有余，治理家庭驾轻就熟，老爸用武装斗争勉强征服我一介小兵，老妈用脑力轻松降服家中老少，可见阅读的厉害。

　　三静是瑜伽。老妈说："男人没有义务去喜欢一个发胖的女人。"为了保持苗条身材，每天晚上点一盘沉香，放一段班得瑞音乐，慢动作秀瑜伽。其中有一招二十多分钟静止不动的"挺尸式"，和死翘了没什么区别。幼时不知事，趴在她身边又推又拉，哇哇大号："妈妈，你不要死啊！"

　　老妈没有学电视剧演香消玉殒，一个鲤鱼打挺站起来，满血复活。小小的身躯里仿佛安装了一台强力发电机，每天能量满格，打了兴奋剂般斗志昂扬，做正能量的事，说正能量的话，接受正能量的信讯，把一切陈规陋习打入十八层地狱。在她看来，好心态成就一切，没有完不成的任务，没有达不成的目标，看什么都形势一片大好，每一刻都五彩缤纷。

　　她一个人从部队回到人生地不熟的常德，短短几年，由文员一路晋升为主任、经理、总监、总经理，创办专业从事家风建设、家庭教育、家庭礼仪、家庭关系等服务管理的文化公司。职场奋斗历程像坐了直升机，演绎真实版《杜拉拉升职记》，把人生安排得周全妥当。

我的消极悲观，与她格格不入。她信奉：work hard，play hard。疯狂工作，疯狂玩乐。

容易被外界氛围所感染，谓之"一点就燃"，老妈是不点自燃，在活跃气氛、炒热场子等方面，信心爆棚。套路如同《还珠格格》小燕子卖艺吆喝，一张利嘴巧舌如簧，天花乱坠："美女帅哥们，伸出你们发财的双手，我要听到你们雷鸣般的掌声。""Are you ready？跟着音乐的节奏，Come on，动起来！"那架势，就像移动公司卖手机、楼盘开盘卖房子、培训大师打鸡血。诸位不要以为老妈能歌善舞，她五音不全，唱歌像狼嚎；四肢僵硬，跳舞似抽搐。

世界华人成功学第一人陈安之说："要成功，先发疯，头脑简单往前冲！"老妈符合疯子特质，把自己的快乐建立在别人的痛苦之上。

自疯就算了，还要搞他疯，赶我登台装疯。我能与她相提并论吗？她一介企业总经理，训人无数，久经沙场；我什么货色，一穷二白，寒酸落魄。

老妈无视客观存在的事实，一脚踹我上台，如同悲惨的命运踹着明朝开国皇帝朱重八小朋友无证上岗要饭。朱重八的悲惨可以归咎为不可抗力自然灾害，历史记载水灾、蝗灾、瘟疫等导致他全家死光被迫要饭。"不可抗力"作为国际商业活动惯用的合同条款，执行起来可以藐视法律责任；而我的登台命运，是刻意人为，强人所难。

老妈博览群书，博古通今，公然藐视古训"知其不可而为之""己所不欲，勿施于人"。关键时刻老妈自动调整为失灵状态，极力塑造的优雅，瞬间荡然无存，对我的开战动员简单粗暴，"做不好，受毒害的是坐在下面的观众，关你屁事！你身上掉不了一根头发，少不了一块肉，晕不了！死不了！上！"像使唤一只和狼决斗的土狗，我血一热，冲上了台。

上了台，进退两难，骑虎难下。朱重八要饭，"敲开那扇门可能意味着侮辱，但不敲那扇门就会饿死。"我不想惨死舞台，生存本能迫使我硬着头皮赶鸭子上架。

第一次登台是五岁，在五百多人的剧院演出小品剧《常回家看看》，饰演大孙子，演出过程状况不断，掏红包上缴的环节，红包卡在口袋里死活扯不出，观众以为我故意磨蹭不上缴，哄堂大笑，掌声如雷。下台后观众热情赐艺名"小马哥"，不好意思，抢了《上海滩》周润发的风头。

为了训练我的胆量，在常德市端午龙舟大赛上，我摇身一变成地摊商贩，卖乌拉拉和口哨。着一嘻哈吊裆裤，戴一牛仔小礼帽，手持话筒，卖力吆喝："走过路过，不要错过！快来看！快来买！口哨5元一只，乌拉拉10元一只。为龙舟加油！为龙舟打气！"人们除了看龙舟就是忙着看我，摄影爱好者架着"长枪短炮"对准我咔咔咔一通乱闪。问我怯不怯场？拿货拿到臂酸，收钱收到手软，合影合到面瘫，短短几小时所有产品售罄一空，利润上千，谁有闲情怯场。顺便透露一下，口哨进货价0.1元，乌拉拉进货价0.5元。

跟随老妈参加各大会议、培训、讲座之时，我自觉不再满场子跑圈，留意大家的发言。如发言的突出点，开场白、串词、结束语等的区别；语调、语气的变化，什么时段低沉，什么时段热烈，抑扬顿挫，声情并茂；台风仪表的稳定，站在舞台中央就是万众瞩目，任何一个吞口水、皱眉头、眨眼睛、摆头、抖腿的细微动作，都会被无限放大和暴露。

登台由最初的家庭、家族活动的自娱自乐，慢慢扩展至社会，"简单的事情重复做，你就是专家；重复的事情用心做，你就是赢家。"由一两句话到一两千字，由不足一分钟到一个多小时；由简单的生日派对到大型隆重的婚礼仪式；由免费服务到出场标价。有心栽花花不开，无心插柳柳成荫，无奈之举的登台意外发展得有声有色，看来成功不是能干才干，而是干了才成功。

老妈把我的业余生活搅成一大染缸，不再有力气染指我学校的事儿，她懒得过问，我懒得汇报。学校组织的朗诵、演讲、主持等活动，我整个儿一傻帽、一呆鹅，打打酱油、当当路人甲。班主任完全没有必要像双亲大人把我往死里整，躺在熟悉、安逸的温柔圈里，日子过得清闲逍遥，你好我好大家好，结果好不好不重要。

11

"四人帮团伙"与我保持高度一致的唯有动物节目，我们家常年锁定CCTV-9纪录、CCTV-10科教等频道播放的狂野非洲系列、动物之爱系列、大迁徙系列、黑暗中的自然界……百看不厌，为动物质朴的亲情会心一笑。

猴妈妈照顾宝宝细心体贴，喂奶、梳理毛发、捉蚤、陪着爬树玩耍，猴宝宝四肢并用，紧紧抱着妈妈的身体，像只强力吸盘。有一只猴宝宝在高树上玩耍时不慎摔向地面死亡，猴妈妈第一时间飞奔至身边，将其搂在怀里，十多天不愿撒手。

通过电视画面感受动物母爱，情绪是跳跃的。透过文字感悟动物母爱，默然肃立，潸然泪下。

《黄鼠狼喂奶》，一只黄鼠狼被捕兽夹夹住，撕下整张皮逃走。猎人沿着血迹追寻到黄鼠狼藏身的洞穴，打开来发现一窝没睁眼的小黄鼠狼，正趴在脱了皮已经僵硬的母黄鼠狼身上，吸吮那早已干涸的奶头。

《母牛拦水车》，在惜水如油的干旱区，一只憨厚忠诚的母牛，突然反常冲上公路用身体拦住运水军车，任凭驾驶员呵斥主人鞭打，皮开肉绽就是不肯挪开半步。当运水战士端了半盆水放在它面前时，母牛仰天长啸，不远的土丘背后跑来一头小牛，受伤的母牛用慈爱的眼神注视小牛尽情地喝完半盆水。

新闻报道，火灾、地震等灾难现场，母亲总是第一时间将孩子紧紧护住，任由自己的后背烧成焦炭、压成碎片。

《割股喂子》，兵荒马乱的古代，孩子天天吃野菜，面黄肌瘦，母亲为了给孩子补充营养，悄悄把自己大腿上的肉割下一块煮给孩子吃。

我老妈瘦骨嶙峋，前不凸后不翘，刚和老爸暧昧之际，家族长辈们深度质疑她盐碱地种不出庄稼。怀上我后，为了确保充足的营养供给，不挑食不禁嘴，像狼一样"没命地吃，敞开肚皮地吃"，全然不顾形象，从四十公斤吃成近七十公斤大胖子。

生产时，为了减少我的出生并发症，骨骼娇小的老妈坚持自然生产，疼痛一晚，声嘶力竭，数度晕厥。儿奔生娘奔死，老妈用生命交换成就了健壮如小兽的我。

"父兮生我，母兮鞠我，拊我蓄我，长我育我，顾我复我，出入腹我。欲报之德，昊天罔极。"母爱，放之四海皆准，无关乎人兽等级，高低贵贱，反哺回报。这是大自然赋予生命的天性，纯粹洁净。

母爱的可亲可敬除了舍弃万念的无私生、养，更难得梦想同行。高尔基的《母亲》尼洛夫娜，乡下贫农老妇，大字不识，至死不渝坚持儿子巴维尔的梦想，革命到底！梦想同行的母爱，动人心弦！

当下，老妈和我磨合写书的营生。相信，我们在一起，会有温度，会有火花，会噼啪作响，会革命成功。

交集的平行线

01

文坛大师，离不开故土丰润的滋养，湘西凤凰的沈从文，丹凤棣花的贾平凹，浙江绍兴的鲁迅，等等。

我有一个丰姿瑰丽的小说家梦，却没有故乡的供养，如同胎儿缺少胎盘，畸形难存。两岁前生活在老爸服役的河北某空军基地，两至三岁生活在老爷老嗲家，三岁至今生活在桃花源里的城市——常德，我被动或被迫地生活在他人故乡，成为一名边缘人，以后免不了继续流离失所。

如果非要给我安个故乡，在毛里湖畔，一个叫黄金岗的山坳。

02

莫言的故乡高密东北乡无疑是地球上最美丽最丑陋、最超脱最世俗、最圣洁最龌龊、最英雄好汉最王八蛋、最能喝酒最能爱的地方。

正因为有了极端的两极分化，无数游子才有了对故乡割舍不掉的爱恨情结。毛里湖黄金岗就貌似如此的纠结和操蛋。

03

毛里湖水域面积达四千公顷，是湖南省仅次于洞庭湖的第二大天然淡水湖，贯穿十多个乡镇，有着成千上万的湖汊，百度地图空中鸟瞰，毛里湖铺展在大地上如同一棵巨型老树。

走近来，湖面如镜，湖水如墨，与湖边青翠欲滴的树木交相辉映。唐朝刘禹锡履职常德期间无缘邂逅毛里湖，要不然《望洞庭》"白银盘里一青螺"的诗句就用来感叹毛里湖了。

毛里湖水产丰富，盛产鳙鱼、草鱼、鳊鱼、鲫鱼、鲢鱼、鳜鱼、鲤鱼和甲鱼、螃蟹、河虾、黄鳝、泥鳅等百余种水产。春季产卵高峰期，在流水湍急的湖汊口，鱼儿们蜂拥而至，全然没有《江南曲》"鱼戏莲叶间"的悠然，而是李商隐所诗"闹若雨前蚊，多如秋后蝇"的闹腾。

有一年，爷爷牵我到湖边散步，恰逢百余条大鳙鱼聚集湖口逆水而上，争先恐后。来不及回家拖渔网，爷爷急中生智，搬起湖边碗口大的岩石，对准鱼头就砸，一石激起千层浪，一时间，鱼腾水跃，鳞光闪闪。爷爷一连砸出几十下，鱼群惊慌失措，四散隐退，水面漂浮着十来只奄奄一息的大鳙鱼，爷爷脱衣下河将它们捞上岸，脱下长裤，两只裤管打个结，装进大鳙鱼，扛上肩满载而归。

黄金岗居民家家户户祖祖辈辈的餐桌上都少不了一钵热气腾腾的鱼，肉滑如玉片，汤浓似乳汁。他们全然不晓鱼体内含有丰富的DHA，可健脑提智，只知"靠水吃水"，就地取材生活所需。丰富的水资源养育了一代又一代黄金岗人，个个高大魁梧，结实壮硕，我的众多爷爷和伯伯叔叔以及老爸均是如此，我无缘受此恩赐，纤腰一把，瘦腿两根。

中国作家对湖河文化用情至深者，沈从文算一个。读《沈从文精选集》，文字流淌的拳拳之心，持久而执着，令人神往。双亲大人特地带我实地游览了一趟，湘西之水本不神奇，只因为有了沈从文情感的浸润，才有了独一无二的灵气。

毛里湖的馈赠从来都不是毫无保留的慷慨，每年夏季的一次洪水，淹没黄金岗有限的土地，让居民损失严重或颗粒无收。明知要淹为什么还要种呢？爷爷奶奶说，种庄稼就是和老天爷赌博，说不定今年只淹一天或只淹一角，谁知道呢？明知人生终点是死亡，没有别的可能性，但是还得高兴地咬牙活着。

西门豹上任邺县，漳河的河伯神每年都要娶一年轻女子，否则就要发大水淹没全村。毛里湖没有托梦给巫婆要求娶媳，但每年都会有居民因为捕鱼或劳作葬身大湖。

老爸说他小时候游泳曾被湖中水草缠住双足，差点溺水身亡。

奶奶说，湖里聚集了太多灵魂得不到安息的溺水鬼，专门捣蛋捉弄人。

爷爷说，湖里有水怪，百年的鳖千年的龟，喷起的水柱高达数十米，一个个都成了精，上天入水，神通广大。

年迈的姥姥说，毛里湖在娶媳妇招女婿。千百年前，毛里湖中央有一座富得流油的村宅，住着这个地区最有名气的大地主，穿着金银绸缎，坐着两轮高头大马车，过年过节请戏班子唱上几天几夜，锣鼓喧天，热闹得很，四面八方的村民都赶过去看热闹，地主一高兴还管宵夜。一夜洪水将村宅全部淹没在了湖底，鬼魂每年找岸上的人结婚生子。不信啊，湖边到处都能找到一片片的瓷块儿，那是他们的饭碗、菜盘、花盆渣片。运气好还能捡到铜钱呢。

现在毛里湖禁止居民下湖捕鱼，已列入湖南省旅游产业"十二五"发展规则，即将开发成国家级湿地公园，未来，清荣峻茂、亭台水榭、芳草依依，良多趣味。

🕊 04

山不在高，有仙则名。黄金岗是毛里湖万千湖汊边的一座小丘陵山坳，没有神仙不成名气，那就在名字上搞点戏剧性的幻想，曰"黄金岗"。

中国式取名的企图心总是一览无余，我爷爷那一辈穷得叮当响，字里一律带富、贵、财、旺，等等。我老爸这一代"名利"抬起势头，全国上下一片红、军、建、国，等等。轮到我这一波，小康了，有钱有势有名有利，生怕被人笑话没穿内裤，"知识就像内裤，看不见但很重要。"于是，名字"艳雅"如同偶像剧男、女主角，班上七十多名同学，同名同字者十有八九，梓、涵、怡、轩、博、瀚、思……铺天盖地。

黄金岗不产黄金，只有满山遍野的黄土疙瘩。黄土疙瘩里能刨出什么，除了贫瘠的黄土还是贫瘠的黄土，长不成参天大树，结不成朝贡珍品，棉花、油菜、稻谷、黄豆、红薯、绿豆、花生，能种的全种上，这一茬那一块儿，小农小户不成片儿，侍候几季，产量仅够维持温饱问题。

奋斗在湖南的袁隆平院士终其一生只能"解决中国人吃饭的问题"，东北人一冒出来就壮志凌云地叫嚣"解决世界人吃饭的品质问题"，没办法，人家有黑土地，肥沃富饶。

爷爷不喝老爸孝敬他的高档茶叶，嫌它没有茶味、没有茶香。他自己炒茶，顽强坚守祖辈流传下来的粗糙手工制茶工艺。茶叶产自黄金岗，是黄土疙瘩的自然馈赠。沸腾的热水冲将下去，茶叶像苏醒的精灵，迅速舒展开来，一片片大如树叶，瞬间塞满一只大瓷茶杯，喝一口，满腔满腹灌满苦涩，连吸进鼻翼的空气都浸泡着苦涩。可爷爷喜欢，甘之如饴。

黄金岗转型发展果树种植，毁田还林种橘子。黄土疙瘩里结出来的橘子个小、形丑、皮厚、味酸，物以稀为贵，何况不出挑的物，没有什么市场竞争力，沦落为廉价的负担。秋冬季节进村，漫山遍野橙黄的橘子挂满枝头，无人问津。

天无绝人之路。喝湖中清水、吃黄土杂粮的毛里湖黄金岗人，天生一副好头脑。爷爷那辈出能工巧匠，竹匠、木匠、漆匠、泥水匠等，十里八方响当当的抢手货，一年四季业务接不停。老爸这代，读书的本科生，打工的金领层，经商的企业家。连狗啊猫啊鸡啊鸭啊这类的畜生，都双眸炯炯，发光发亮，见外人，不大惊，好似"笑问客从何处来"。家家小汽车小洋楼大别墅，抽烟芙蓉王，喝酒武陵酱，麻将筹码二十元起价，一场输赢几千上万，人民币成了卫生纸。

我回黄金岗是难民避难。就说玩游戏吧，本是高兴事儿，可村里的土豪娃们人手一台9.7英寸iPad Pro，那个超屏，那个画质，那个流畅，那个身临其境。手捧老款iPad Air的我，情何以堪，何乐之有？

05

黄金岗有我的祖屋。祖屋于我，是旅居的客栈，每年回去不足十次，有做客的拘谨和尴尬。"客"的造字很写实，屋檐下各干各。做客和待客双方，毕恭毕敬，彬彬有礼。

爷爷奶奶有两幢房子，一幢小洋楼，雕梁画栋，金碧辉煌，极尽富美奢华之能事，住着奶奶和叔叔婶婶弟弟。奶奶和老嗲一样，延续着中国母亲的责任，一辈子围着孩子打转，养大自己的孩子，再养孩子的孩子，活久了还得养孩子的孩子的孩子。

紧邻小洋楼是祖屋，老房子，爷爷守着，不肯搬离。

老房子虽不至断壁残垣、满目疮痍，破败脏乱已是不争的事实，像是一位风烛残年的耄耋老者。墙皮脱落，东一块儿西一块儿地裸露出砖块原胚；幸存的白墙上满是刮痕、泥印、污渍等，刻画着岁月的碰撞与斑斓。门窗和墙体早没有了往日的亲密无间，彼此撕开一道道缝隙，阳光透着裂缝射进暗黑的屋子，像电影里防偷防盗激光警示器发射的扫描光线，纵横交错。门窗上的五金件锈迹斑斑，不敢用力去推，怕不小心粉身碎骨。玻璃全然没了最初的鲜亮明堂，蒙着厚厚的灰尘，爬满蜘蛛网，有的破裂，有的残缺。

屋顶的木棱有几根不堪长年累月的重负，变形断裂，盖在上面的瓦片像流浪儿鼻口悬挂的鼻涕儿，随时要往下掉。一下大雨，水就从瓦片里滴下来，拿了脸盆、水桶去接，屋里顿时响起叮叮咚咚的嘀嗒声，像一首交响曲。

冬天，凛冽的寒风从四面八方钻进来，吹得人通体直哆嗦，像住进冰箱，老房子中央必定架起一盆大火。火堆成了所有活动的载体，做饭、煮水、熏肉、烤火、烘衣、喝茶、聊天……炊烟穿过老房子屋顶瓦片，袅袅升腾，高高宣誓生活的热烈。

刘禹锡的"陋室"，"谈笑有鸿儒，往来无白丁。可以调素琴，阅金经。"爷爷"苔痕上阶绿，草色入帘青"的老房子，同样好客。认识的不认识的，走过的路过的，热情招呼迎进门，萝卜白菜，清酒绿茶，推杯换盏，可以从早吃到晚，宾主相欢。诗曰："吹牛有白丁，往来无鸿儒。可以喝白酒，恰钵子菜。"（恰，湖南常德俚语，吃的意思。）

老房子老的是建筑本身，穿越时光而来的老物什，堆满房间角落，浸透先辈们的智慧。

木制的浅口长盘，油渍斑斑，叫"搁盘儿"，敬茶或端菜用，类似于酒店服务员上菜的托盘。

一节半米高、手臂粗的长竹筒，叫"吹火筒"，能将火吹得更旺，类似鼓风机的功能。

一根大人高的细铁杆，底部两枚铁齿，叫"火叉"，能将木柴一把叉进灶膛。

用竹片编制，直径一米多的圆盘，叫"簸箕"，功能很奇特，上下不停地颠簸，用于分开农作物里的叶子、枝块、残渣等。

和"簸箕"形状相似，面积小一半，中间布满漏孔，叫"筛子"，左右筛动，筛掉农作物里较重的小土块、小石子等。

竹片编制的铲状器具，叫"筜箕"，用于铲装农作物或垃圾。

有一款竹片编制物，像舞台上歌唱家身上的大蓬裙，叫"罩"，下水捕鱼或圈养喜欢到处乱跑的小鸡仔。

一节杯口大的竹子，用刀具纵向切成细丝状，叫"刷帚"，用于洗刷厨具，有钢丝球的功能；饭后食物塞牙，顺手从"刷帚"上折一根细竹条，就是天然的牙签。

老房子四面绿树环合，青蔓翠藤，见证了一个家庭的热火朝天。老爸对老房子充满深深的眷恋，被岁月和亲情浸染、厮磨、妥帖得如同第二层皮肤。他说自己走遍天南地北，世上没有一个地方可以替代它的位置。

每次回老家，老爸容许我们在小洋楼里吃喝玩乐，睡是一定要睡在老房子里的。我和老妈仰面躺在床上，夜风吹着破裂的门窗吱嘎作响，屋外的犬声、蛙声、蛐虫声此起彼伏，瞪圆双眼不敢深睡。老爸倒头就睡，鼾声如雷，像《军港之夜》

的水兵，枕着夜风，睡梦中露出甜美的微笑，回到了老房子的怀抱，好好睡觉。

"此心安处是吾乡"，老房子与我终究缺少烟火交集，彼此无从接纳。

06

和老爷一样，爷爷无条件认定我一切都好，完美无瑕。

牵着我这匹"战马"，满村溜达，逢人寒暄几句，话题总能扯上我。我的大孙子，在城里读书，人长得好看，字写得好看，每天都看书，口才好啊，会主持，跟春节联欢晚会的节目主持人一样，隔壁组赵家娶媳妇就是我大孙子主持的婚礼仪式，还有……

自夸到如此露骨的程度，别人少不了要恭维几句的。爷爷眉开眼笑，步步生莲花，像喝了几盅好酒。

德皇威廉二世的碑文："无须赞赏我，我无须赞赏；不要给我荣誉，我不要荣誉。"为什么不要哇？因为人家狂悖啊，敢搅动第一次世界大战。我蜷缩在社会角落，好不容易被人高调一回，脸上乐呵呵，心里美滋滋。

老爸则不同，对爷爷的张扬羞愧难当，责令他不要丢人现眼，不要把我这块儿易碎易破、经不起敲打的破玻璃混淆成钻石，招摇撞骗。

一向对家庭教育评头论足的老妈对爷爷的行为袖手旁观，她说隔代亲是生命消失和生命更迭的情感互补与依恋，天伦之乐，稍纵即逝。

我的要求就是圣旨，爷爷即刻执行，迅速满足。长齿那会儿，牙板痒，想咬人，爷爷二话不说，敞开衣服，露出圆滚滚的大肥肚，任我撕咬。长大后，想吃鸡，杀。想吃鸭，宰。想吃鱼，大冬天下水捕。想吃猪，养，爷爷每天亲自打猪草，坚持有机喂养，保证肉质细嫩。

我羡慕小兵张嘎有一把弹弓能用来打鬼子。爷爷二话不说，带我上山找树权，我们找到一节Y型茶树杆，茶树杆木质坚硬，不易变形和折断，表面自然光滑，无须用沙布打磨。在弹叉顶端切开凹槽，接着加工弹皮兜，在旧自行车内轮胎剪一小块皮子，皮子两端用钉子钻孔，串上数根橡皮筋，再把橡皮筋绑在弹叉的凹槽上，一把弹弓就大功告成了。虽然粗糙笨拙，却是世界独一无二。

我兜里装着小卵石，腰里别着弹弓，没有鬼子可打，我四处寻觅大显身手的好机会，最终将目标对准奶奶饲养的一群大母鸡。专心致志刨土啄食的母鸡被我的石子弹弓射击得仓皇逃窜，夜不归屋，一连几个星期不下蛋。

奶奶心疼不已，一怒之下缴了我的武器，怒骂爷爷越老越不正常，脑子疯了，提起往事更是愤愤不平，"年轻的时候，自己的两个孩子从来没抱过，没带过，像是外面捡回来的野猫野狗，孙子看得倒像'八斤宝'重。"黄金、翡翠等宝贝的价格一路飙升，八斤，可是百万千万的交易额，我能值钱到这种程度，始料不及。

反观爷爷的狂热，奶奶很冷静。她渴望有一位小棉袄，不时感慨："要是有个女儿或孙女，我们一起逛街买花衣，打扮得漂漂亮亮的，一起做饭，一起聊天。"

老爸和叔叔无情粉碎了她的梦想。老爸像是一条波涛汹涌的洪流，一问就炸，没有半点耐心陪奶奶聊天。和老爸住着同一子宫、喝着同一奶汁长大的，我的叔叔，一塘风平浪静的池水，问话懒得搭腔，搭腔懒得抬头，除了看点武侠电视、喝点小酒，没有和奶奶相同的兴趣爱好。

"一个媳妇半个女"，奶奶有两个媳妇，算有一女。老妈张牙舞爪整天忙得上气不接下气，婶婶天生的茶壶里煮饺子——有嘴倒不出，她们眼花缭乱地穿衣打扮奶奶插不上言。

奶奶祈祷老天爷能赐她一位孙女，现实残酷到底，俩儿子又生了俩带把儿的。弟弟出生后，亲朋好友向她道贺："恭喜恭喜，您老好福气，又添了一位带把儿的。"奶奶心灰意冷，唉声叹道："净是一群没良心的。"

我和弟弟不只是没良心，更像两个混世魔王，专职从事毁灭性工作，打破碗、摔坏盆、撞断椅、砸烂桌；菜刀砍岩石，毛巾擦地板，打火机点草垛，黄土撒进饭锅，雨水泼进油缸；掐死小鸡，吓晕母鸡，追跑公鸡。片刻不得安宁。

即便如此，奶奶仍扳着手指算着日子，盼着我们能多回去几趟。

07

回家给我们做地道的钵子菜。

常德人对钵子菜的钟爱，那是一个"不愿朝中为驸马，炖钵炉子咕咕嘎。"无论春夏秋冬，待客的餐桌上少不了"列鼎而食"的钵子菜，少则一二钵，多则六八钵。钵子数量代表客人的尊贵级别和受重视程度，不上钵子菜，只能说明不受欢迎，为客者识趣抬脚闪人。

钵子菜源于古代庆典的"列鼎而食"，事先将食材烹制好，用陶制的炖钵、砂锅或小铁锅盛装，随小火炉上桌，边炖边食。"一滚当三鲜"，食材的色、香、味历久弥香，汁浓味郁，延续先民鼎食文化的古朴遗风。即使在烈日炎炎的盛夏，餐桌上的钵子菜依然炉火熊熊、热气腾腾，围坐一桌的食者大汗淋淋、胃口大开。

2015年中国湖南国际旅游节在常德举办，老妈为常德美食写序：

常德，一座桃花源里的城市。

千峰流翠，万壑溢彩，孕育天地精华，一花一叶，一生一灵，浸润着这片土地独有的香气。智慧可爱的常德人，在七千年的历史变迁中，从容演绎炊烟升腾的魅力！"烹于斯，食于斯"的钵子菜，无一款不绝，无一韵不响。或颂温婉恬逸，或抒豪迈大气，其鼎食文化的精髓远已超脱食之荟萃，积厚流光间，欲罢不能，魂牵梦萦……

赋予每一款传统钵子火锅独有的文化芬芳：

上善若"水"——野鸭炖野香菇汤：常德德山山有德。汤水取自德山天然泉水，清澈甘冽，与野鸭、野生菌沸腾交融，相得益彰。《善卷祠记》记载："德山苍苍，德流汤汤，常德之名，善积德彰"，以水养性，善泽天下。

"指"点江山——猪脚火锅：食材取自石门猪前脚，文火煨制、大火收汁。"猪脚"，常德民间喜其谐音"主角"；又因常德古称"鼎州"，菜品以"鼎"盛之。喻义每个人都是自己江山的主角，指点间，风华正茂。

"雄"才大略——雄鱼头火锅："沅有芷兮澧有兰"，诗人屈原赞美的沅江、澧水，逶迤绵延，孕育体硕肥美的大雄鱼。此款菜品，闻之"香气袭人"，观之"汤泽乳白"，食之"鲜美柔嫩"，装盘大气，雄才大略。

"竹"海听风——腊肉雷竹笋火锅：国家森林公园花岩溪被誉为"江南山水大观"，步步成景，"好竹连山觅笋香"的野趣令人流连忘返。选用冬天腌熏的腊肉、春天苏醒的竹笋，经大火炖熬，纯朴气息，如风拂来。

紫"龙"荟萃——鳝鱼火锅："小暑黄鳝赛人参"，草熏风暖的初夏，正值"桃花江水鳝鱼肥"。常德民间呼鳝为"紫龙"，意指"名仕"。常德人才辈出，善卷、车胤、宋教仁、丁玲……俱往矣，数风流人物，还看今朝。

　　城里因条件局限，钵子菜的炉火由酒精膏、电炉等替代。奶奶的钵子菜炉火材料是树根、枯枝、干柴等，燃烧起来噼啪作响、火星四溅。我很享受往炉灶里添柴加火，速度要快，投放要准，手不能被火烧伤，别有几分冒险的乐趣。

　　夏季的夜晚，我们将钵子菜移至露天场坪，家中的老少爷们儿干脆脱了上衣，光着膀子，挥舞双筷，热火朝天，酣畅淋漓。

　　奶奶的钵子菜就地取材。家中散养的鸡鸭鹅，园里种植的瓜果蔬，天上飞的鸟，河里游的鱼，可荤可素，搭配随意，无所不炖。吃到只剩少许汤汁，将面条、米粉下入其中，妙不可言。食材新鲜，现宰现杀，现摘现采。食材天然，有机饲养或生态种植，不含添加剂不含防腐剂不含激素不含毒素不含媒介报道的一切惊悚物。

　　调料是秘密武器，奶奶从不放味精、酱油、料酒等调味品，只须加入黄金岗黄土疙瘩里野生的胡葱、紫苏、柚子叶、花椒等，浓重的泥土芳香和野菜清新便四溢开来，为我们呈现化腐朽为神奇的惊喜。钵子菜是大自然宠爱这片黄土疙瘩的智慧及汗水结晶，无法复制，得天独厚。

　　除了钵子菜，奶奶会特地制作一碟糯米渣辣椒，这是老爸的最爱。

　　制作工艺特殊，暮夏初秋时节，当季新鲜糯米洗净晾干，采摘红色朝天椒剁成酱，加入细盐，与糯米搅拌均匀，入陶坛密封。其特殊就在密封材料上，不是保鲜膜，而是糯米谷的稻秆，揉成密实一团扎进陶坛，再将陶坛倒置，半截埋入泥土，第二年春天开坛。糯米渣辣椒用油炒至半熟，放水焖或上笼蒸，米粒透亮红润，绵密糯弹，老爸一扫而空，满嘴油光。

　　对奶奶菜想念的滋味，每个人不尽相同，未必真的好吃，却始终饱满，难以忘怀。让我来了就不想离开，离开了还想再来。

🐦 08

　　爷爷对奶奶的厨艺，吝于言，啬于辞。他觉得奶奶为一家老小做饭，把饭做得好吃，天经地义。巧妇难为无米之炊，这是伪巧妇，真正的巧妇能为无米之炊，要像传说中的田螺姑娘，能凭空变出美味佳肴来。

　　这样的爷爷，对自己的做事要求却没了要求。重量轻质，别人犁一亩田他能犁两亩，秧苗插下去，漏水严重，天天忙着向田里灌水。一大早能把别人一天的工作干完，只是善后不断。晒谷不干重晒；煮饭夹生重煮；洗衣留污重洗；扫地不净重扫。

我和爷爷一样，不拘小节，尤其表现在数学答题上，忘打小数点，漏掉单位，"×"号写成"+"号，等等，大错误不犯，小错误不断。我对老爸老妈的批评低头认错虚心接受，诚恳表态下不为例。

可爷爷面对奶奶的劝导，和胡适笔下的"差不多"先生一般态度，"凡事只要差不多，就好了。"差不多先生死后大家说他一生不肯认真，不肯算账，不肯计较，真是一位有德行的人，取法号"圆通"大师。喜欢卖弄点文字的我，提前为爷爷拟一个媲美差不多先生的法号，"胖通"大师。

没有什么特别寓意，只因爷爷身胖体圆，虎背熊腰。忧郁悲观的我替奶奶担忧，如果有一天爷爷摔倒在地，瘦小的奶奶要如何奈何得了他。

爷爷的热心肠一如他雄厚的身板，乡里邻舍，有事一声吆喝，爷爷赴汤蹈火，不吝时间不计报酬，抽几根烟喝几口酒就能打发。我们每次回乡，他不是在东家帮忙建房，就是在西家帮忙收割，喝到半夜醉醺醺的被人扶送回来。

爷爷精力充沛，像一匹好斗的战马，年轻的时候仗着块头大、拳头硬，动不动与人来场武力斗争，名声大噪。我晚生了五十年，无缘欣赏爷爷早些年浩荡激昂的峥嵘岁月，年老后的囧事倒是历历在目。

我四岁那年，爷爷喝酒后不听劝阻，"差不多"先生认为喝酒没喝酒差不多，得不得志，独行其道。深夜驾驶摩托车逆向行驶，发生交通意外，把别人撞成腿部骨折，把自个儿顺便摔成脑开颅。伤至脑神经，治疗无法痊愈，爷爷时常出现头痛、忘事或思维混淆的现象。当然，"差不多"先生认为痊愈和不痊愈差不多。不撞南墙不回头，撞到南墙撞成脑开颅的爷爷仍不回头，照样喝酒，被这古老又古怪的液体驯服，沉湎其中，无法自拔，衣儿衣儿呀儿衣哟。

爷爷出生那年，毛里湖发了一场历史罕见的特大洪水，冲毁良田千亩，死伤村民百余，姥姥唤其小名"水儿"，以祈天佑。爷爷生长得高大魁梧，"水哥、水叔"是他叱咤黄金岗土旮旯的江湖浑号。作为他老年备感欣慰的大孙子，请允许我赋予"水"的新定义：滴水穿石，上善若水。

如人饮水，冷暖自知。

09

相较爷爷的粗犷闹腾，奶奶收敛安静多了。

奶奶出生于书香门第的官宦人家，取名"玉兰"，引自《晋书》，喻义出息子弟"玉树芝兰"，芬芳瑰丽。可惜造化弄人，传统儒腐文化的家族在新中国成立初期的新体系中无所适从，落败瓦解。奶奶三岁时父母病亡，被人收养。吃尽苦头的奶奶唯俭至上，与爷爷大手大脚、今朝有酒今朝醉的享受派，水火不容。

几十年如一日地诠释"四不舍"原则——不舍得吃、不舍得穿、不舍得用、不舍得玩。

奶奶像准备过冬的松鼠，把从商场买回来的麻辣鸡腿、里脊肉、饺子汤圆，等等，储存在冰箱一放就是大半年，留着等我们回来吃或待客用。我们告诉她食物有保鲜期和保质期，过了期限会丧失营养成分或变质滋生细菌产生毒素。奶奶不信，在她看来冰箱是万能神器，食物只要没有腐烂就可以放心大胆地食用。

剩菜剩饭，她舍不得倒掉，放进冰箱，下顿端出来加热，悄悄埋在自己饭碗里。我们告诉她剩菜剩饭会产生霉变及有害物质，长期食用对身体不利。奶奶不信，说老一辈没有冰箱天天吃剩菜剩饭都没事。

穿衣充分发扬"新三年，旧三年，缝缝补补又三年"的艰苦朴素精神，浑身上下找不到一点现代气息，与同辈的老嗲似乎隔了好几代。我老嗲不喜欢别人说她老，逛街从不进老年服装店，只穿年轻人的牛仔裤、T恤。奶奶则不同，总是把老挂在嘴边，说："老了就是老了，猫儿钻灶孔——任承鼻子黑。"一句俏皮的湖南常德民间歇后语代表奶奶对老的无所谓。

老爸老妈和叔叔婶婶买给她的新衣服，问她为什么不穿？奶奶说要留着。留着干什么？奶奶说以后穿。以后是什么时候？只有天知道！

老妈谈及购物，说："女性作为动物的原始本质是守巢者，负责生养孩子、采摘野果。历史演变至今，喜欢逛街购物是潜伏在女性血液里的天性基因使然。"老妈如此，脚踩"恨天高"可以逛街一整天；老嗲如此，每天早上逛一趟菜市场，总要带回点吃菜以外的物件，包饺子器、剥橘子器、多功能衣架、煮蛋器，等等。同学们来我家，看到老嗲房间储物架上陈列的各类物品，惊叹像百货超市。

奶奶是另类。古语云："旧的不去，新的不来。"奶奶为了新的不来，干脆不用旧。液化气灶打开按钮就能开火做饭，快捷方便，奶奶嫌烧气浪费，不能搁着满山遍野免费的木柴不烧啊。遇到阴雨天，一生火满屋子浓烟缭绕，人被呛得咳嗽流泪不止。奶奶既要往灶膛里添柴又要腾出手炒菜，围着灶台忙前忙后，恨不能生出三头六臂。一不留神把灶膛里的黑草灰抹到脸上，像个淘气的小花猫，惹得我哈哈大乐。

村里人个个玩牌，奶奶心疼钱，坚决不沾染。我们劝她小玩逸情，只当交朋友解闷。奶奶说自己喜欢独处，清静。用现在的流行语来讲就是宅女一枚。

宅在家里的奶奶迷上了追剧，每天准时守候在电视机旁，一集不落。尤其是古装电视连续剧，早期的《还珠格格》《新白娘子传奇》《红楼梦》等，近期的《步步惊心》《琅琊榜》《花千骨》等。奶奶如数家珍，对故事情节了如指掌，有的时候陷进男女角的悲惨命运里，为他们唏嘘哀叹。

有一次正赶上播放《芈月传》，奶奶早早为我们做好饭，就守在了电视机前，老爸老妈无意间聊起义渠王翟骊的结局是被蒙骜用箭射死，奶奶怎么也不愿相信，一直追问芈月为什么不下令阻止？皇宫的御医为什么治不好箭伤？尽管篇头已申明"根据历史剧改编，情节纯属虚构"，可奶奶仍坚信所有的电视剧都是历史故事的真实还原，单纯如她，怎么会明白世界上还有编剧一职，挖空心思大编狗血虐心剧情。

🕊 10

《晏子春秋》所曰："橘生淮南则为橘，生于淮北则为枳，叶徒相似，其实味不同。"所以然者何？本性异也。

爷爷和奶奶，我和爷爷奶奶，黄金岗和我，我们相似又不同，像各自延伸的平行线，冥冥之中的定数，不得已交集。

老
小
孩
儿

01

时光飞速流逝，姥姥（湖南常德俚语曾祖母，农村称之为"太奶"）像一幅静止的油画。

我一闭眼，她就卧坐在一把用稻草打编的古董围椅里，满脸皱折层层叠叠，顶一头染着岁月印记的白花银发，双眸淡然，面容安详，内心温厚。

一切繁华与她无关。

02

姥姥生养了九个孩子，存活五男一女，几十年光景，发展到五代同堂，子孙近百人的大家庭大组织，姥姥劳苦功高。

每逢家族聚会，屋子里挤满男女老少。老爸老妈一遍遍提醒我打招呼，爷爷奶奶、姑爷姑奶、姑父姑妈、叔叔婶婶、哥哥姐姐、弟弟妹妹、侄儿侄女、外甥外孙……于我而言，他们是陌生的熟悉人，错综复杂的关系网，缠绕我本不灵光的小脑袋，幸福甜蜜又晕头转向。

我把本应喊成叔叔的小孩儿喊成弟弟，本应喊成侄儿的大人喊成叔叔，被老爸老妈修理得够呛。拿出我当年设计书本游戏的逻辑思维能力、推理想象能力及绘图功底，以姥姥为核心起点人物，画了一张家族人物关系架构图，才算彻底理顺一团麻的隶属关系。

生活超越文学之上。读《红楼梦》《百年孤独》《丰乳肥臀》《白鹿原》等大家族题材的文学名著，禁不住感叹家族兴衰、风云变幻。我马氏家族剧情狗血、命运多舛，伤的伤、死的死。尽管如此，一个个仍像打了兴奋剂的角斗士，亢奋着、叫嚣着，追赶生活。

姥姥作为马氏家族的大家长，众多子子孙孙的缔造者，斗的最强悍最飙腾。活了差不多快一个世纪，算得上一本中国当代史。出生于1920年，这一年国际联盟成立，女子第一次入读北京大学，《共产党宣言》译本问世，第七届奥运会举办……惊涛骇浪的历史大事件在岁月长河中销声匿迹。

03

"榆柳荫后檐，桃李罗堂前"，姥姥住在一座土砖结构的老房子里，冬暖夏凉。她养鸡种菜，捡柴晒谷，一双小脚忙忙碌碌，快快活活。

整个冬天，姥姥的厨房升起一堆不熄的烤火，村里的老人围坐一起取暖聊天。我喜欢听姥姥和她们讲一种罕见的地方方言，新鲜有趣，细细玩味起来倍感中国语言的丰富多彩和韵味悠长。

"服的"，是指毛巾，老祖宗是不是把毛巾统规服饰类？"汗特儿"，是指无袖背心，老祖宗为夏天流汗特地设计的衣服？"小衣""桩把裤"，是指短裤，前称多指女生短裤，的确是比较小的衣服，老祖宗的形容蛮精确；后称多指男生短裤，"桩把"两字，最是传神形象，比小象、小鸟更接地气。

"旧日"，是指今天，明明是崭新的一天，为什么成了旧日，难道是在警示人们时光稍纵即逝、一去不返，所以要珍惜当下。"秋日"，是指昨天，此"秋"是否借鉴秋后算账、秋后问斩，表示事后的、过去了的。"磨日"，是指明天，"人生处处有磨难，活着就是一种修行"，老祖宗早已悟透"明天"的禅机。

关于身体部位的称呼，和现代语言找不到任何联系，但不失风趣幽默，让听者莞尔一笑。"勒高"是指额头，"给给儿"是指脖子，"夹着窝"是指腋窝，"髓特儿"是指膝盖，"连抱肚儿"是指小腿肚。

骂人不叫骂人，叫"绝人"，开口就是绝八代、诛九族。

姥姥本人就是一部语言历史，一件难得的艺术品。

04

孩子们遇风就长，身子像破土的春笋，一节一节往上蹿高。姥姥不长反缩，日渐一日往骨子深处紧缩，像搁进热锅里的五花肉，筋皮上卷，不留油脂，剩一副枯枝般兀立的骨子。

"老小孩儿，小小孩儿。"身子缩成小小孩儿的姥姥，说着童言童语。

姥姥生日，爷爷们安排了一辆中巴车乘载家族成员去餐厅庆祝。姥姥第一次坐中巴车，很是期待，早早就扶着拐杖在屋子里等。当中巴车缓缓驶进屋子前坪的空旷地，姥姥目不转睛地打量着中巴车，连声说："冬瓜车，冬瓜车，长得确实像个冬瓜。"原来，她把"中巴车"一直听成了"冬瓜车"。姥姥像灰姑娘坐南瓜车，坐上她的"冬瓜车"，过了一个开心的生日。

邻居有位姐姐读书成绩不咋地，初中毕业随便选了个中专类的技校去读。姥姥听闻，扶着拐杖往邻居家专程道贺："丫头，好不错！这么小就考军官，好好读，将来做个女将军。"姥姥闹了个乌龙笑话，把"中专"理解成"军官"。我们纠正她是中专，比大专、本科文凭低，与军官无关。姥姥点着头貌似听懂了，过几天又搬出此事勉励我们："好好读书，隔壁丫头都考上军官了！"

姥姥一边看电视一边嘀咕："这么小个盒子，哪能装下那么多人，又唱又跳的。"这个问题同样苦恼了我很多年，我甚至转到电视机后面查看是不是藏着《猫和老鼠》，又动过拆开电视机一探究竟的念头。后来查"十万个为什么"，什么音频信号、电视信号、亮度、色度、帧、行、兆赫，越看越糊涂。

电话的神奇功能同样困扰着姥姥，她边接电话边盯紧电话，好似对话的人随时会从电话中跳出来，我就曾疑心人是被施了魔法缩小了装在电话盒子里。后来有了微信视频，姥姥更加混乱这个世界的疯狂，看着手机屏幕里活动的人像，两眼茫然，问："你怎么在这里？"

姥姥怕照相，她说照相会把人的魂拍走。游览名胜古迹，看到温馨告示：请勿拍照。我就想起姥姥拒绝拍照的可爱模样。

我小时候特喜欢往姥姥房间里钻，她能从柜子里掏出各种各样的零食。听姥姥对食品的点评比淘宝网买家秀的留言精彩纷呈多了。

品尝完咖啡糖，姥姥说："这个'虾子糖'，真的是虾子做的，是虾子味道。"她把"咖啡"听成"虾子"。

吃了奶油面包，姥姥开启神点评："真聪明，棉花都能做成吃的。"她把"面包"听成了"棉包"。

吃了海苔，姥姥发出疑问："现在的人怎么连叶子都吃上了？"她说三年自然灾害，填不饱肚皮，迫不得已才吃树叶挖野菜，怎么越活越回头了。

吃火龙果，姥姥认定这东西是给喷火龙吃的，不然怎么叫火龙果，感慨现在的人和龙一样尊贵了，又问芝麻怎么长在果肉里。

姥姥对竹果也好奇，她说竹子一辈子只开一次花，要有缘人才能看到，她活了一辈子还没有看到过竹子开花，结竹果就更加稀奇了，闻所未闻。

姥姥不吃草莓，她说这是蛇果，是蛇仙专门诱惑人的，人瞧着鲜艳漂亮忍不住采摘，蛇就会嗅着气味跟人进屋，把人的血肉吸干。

无论春夏秋冬，姥姥的脖子围着一圈花花绿绿的衣领，穿着数不清究竟有多少件的衣服。天气稍凉，总会责备我们："穿那么少的衣服，身子冻出病来是要受罪的。"叔叔哥哥们穿破洞牛仔裤，姥姥催他们回家换衣，说："怎么能穿破了的裤子出门，快去用布缝起来。"我穿了一件拼布夹克，姥姥心疼我："我的孙，穿补巴衣服。"老妈花血本买了件貂皮大衣，姥姥摸着上面的绒毛，说："可怜了几只好畜生。"吓得老妈不敢再四处嘚瑟了。

05

姥姥长着一双小脚，走路颤颤巍巍。"女人的鞋柜里永远少一双鞋"，姥姥同样抵挡不住鞋子的诱惑，看到我们着新款式样的鞋子，总会要求试一试。姥姥的小脚很难找到适合的鞋子，脚背高弓，脚趾向后贴着脚掌，一个个扭曲变形。我问道："姥姥，您的脚趾怎么长歪了。"

姥姥说，不是长歪了，是裹歪了，这是裹脚。那个时候的女娃儿五六岁就要缠足，用长长的裹脚布，将四个脚趾连同脚掌折断，弯到脚底，要裹得像竹笋，才算漂亮。我的脚裹得不漂亮，我趁大人外出干活，偷偷地解开过裹脚布。不解开受不了啊，痛啊！火烧一样地痛，水烫一样地痛，流血流脓，走不了路，只能整天躺在床上，"小脚一双，泪水一缸"，不知道哭了多少。

我急忙问："那么痛，为什么还要缠？"姥姥说，不缠脚的女人没人要，就嫁不出去，就没有孩子生。"可是，脚又不能生孩子。"我天真地说。

读到巴金的《家》，书中的大姐就有一双缠过的脚，本以为能在旧社会里受宠，却在新社会里成为尴尬和负担。在对的时间做错的事和在错的时间做对的事，都是一声叹息啊。

姥姥很羡慕女人有一双天足大脚，走路可以风风火火，做事可以利利索索。我老妈身材矮小，长年离不开高跟鞋的增高，姥姥劝她："穿高跟鞋和裹脚一样难受，你现在年轻还能受得住，等老了就晓得痛的苦了。"姥姥肯定无法想象，现在的人为了美，可以做比裹脚血腥百倍的事，打针埋线，吸脂抽油，切开胸部垫胶，割开脸颊削骨，无所不用其极。

小时四条腿，长大两条腿，老了三条腿。小脚加年迈的姥姥，必须依靠拐杖才能行走。

姥姥的拐杖因常年握在手心，一端光滑亮泽，我们一帮曾孙等她一坐下来，就偷走拐杖，当成孙悟空的金箍棒四下耍杂。急得姥姥直呼："小畜生，拿走我的腿，看我不打你。"我们知道姥姥迈不了脚，对她的呼喊毫不理会，冲着各种物什乱舞乱喝："大胆妖怪，吃俺老孙一棒！"

06

人性是自私的怪物。

我认定姥姥是我一个人的姥姥，只想占为己有。有人站出来公然抢夺。我二爷爷的孙女，我堂姐，比我大一岁，孔武有力一女汉子。

我喂姥姥一个旺仔小馒头，她就喂两个，我喂三个，她示威似的塞姥姥一嘴。我亲姥姥左脸，她就亲右脸，我亲一下，她变本加厉亲两下。

眼见形势不利，我先发制人，牵起姥姥的手就往自个儿爷爷家里拉。堂姐不甘落后，即刻抓起姥姥另一只手，攒足劲往他爷爷家里扯。姥姥一双小脚像受惊的鸽子，左躲右闪。我身单力薄，眼看抢不过，急得哇哇大哭："我的姥姥，不是你的姥姥，不准拿走。"堂姐伶牙俐齿，回道："你还没生，姥姥就是我的了。"

事实摆在眼前，我无力抗拒，起身夺走姥姥的拐杖，心想，拐杖是姥姥的腿，拐杖到哪姥姥到哪，留住拐杖就能留住姥姥。堂姐直接忽略我的"拐杖"攻略，随手从路边捡起一根树枝递给姥姥，拥着她趾高气扬地拂袖而去。

我空捧一根拐杖……

加拿大女摄影家，塞给孩子们一个棒棒糖，就在孩子们乐颠颠美滋滋吸着棒棒糖时，突然把糖抢走，将孩子们失去糖的表情定格成影像。这组照片被命名为：End Times。

空捧一根拐杖，我的感受就是那组照片的命名，《世界末日》。

07

认识阿拉伯数学以后，我没有将知识运用于数据研究，而是一头扎进赌博事业，整天热衷于玩扑克牌"收白菜"。大人们不愿意浪费时间与我发展牌友关系，我找姥姥。

姥姥说，姥姥没有上过学，不认字，姥姥不会玩。

真不敢相信世界上还有不让孩子上学这样的好事，那岂不是玩疯了。

姥姥说，没有时间玩，一天到晚干活，几岁就开始放牛，带弟弟妹妹，洗衣做饭，吃的苦有得卖。

姥姥，没关系，您现在多的是时间玩，我教您玩"收白菜"。遇到长得一模一样的牌，就收起来，谁收得多谁就赢。

没有上过学的姥姥，学得很认真，每出一张牌都从前到后仔细辨认核对，从不失手。"老吾老以及人之老，幼吾幼以及人之幼。"一老一幼，其乐融融，关系升级为好牌友。

没上过学不认识阿拉伯数学的姥姥，藏了一脑子谜语。

看不见来摸不到，四面八方到处跑。猜不猜得出是什么？姥姥我猜不出，您告诉我吧。是风，人的眼睛看不到手摸不到，它能到处跑，它把树叶吹绿，把花吹开，把果实吹熟，把孩子们吹到妈妈肚子里头。

千条线万条线，落到河里看不见。这是什么呢？是雨。没有雨就没有水，没有水就没有河，庄稼活不成，人也活不成。

麻屋子，红帐子，里面住房着个白胖子。姥姥我知道，是一个小孩正在家里睡觉。哈哈，这是花生。麻色的外壳，红色的果皮，白色的果肉像不像个白胖小子啊。

五个兄弟，住在一齐，有骨有肉，长短不齐。姥姥这是小矮人的故事吗？是啊，五个兄弟都是小矮子，要想做成一件事，就要上下一条心，团结起来，劲往一处使。你有我有人人都有，这是我们的手。马氏家族的兄弟姐妹就要像手指一样，连在一起，干大事。

☙ 08

姥姥藏钱的套路和我毫无二致，折了又折，包了又包，缠了又缠，像松鼠藏过冬粮食。我质疑老爸老妈的诚信度，整日疑神疑鬼，今天把钱挪到这边，明天移到那边，最后自己都忘记藏去哪里，暗地里急得团团转。

有一次回老家，姥姥双手颤抖揉着红肿的眼睛，伤心得像个小孩儿。

原来姥姥的"装老钱"不见了。"装老钱"又叫"发财钱"，是年迈的老人为后人准备的，凑一个吉祥的数字，死后分配给后人，喻义越用越发，人财两旺。

姥姥精心准备了888元，各种面值的都有，可以平均分配给大家。用手帕包了一层又一层，再用橡皮筋扎紧，装进一个铁皮罐子，拿盖封好，白天随身携带，晚上放进枕头，枕着睡觉。二十四小时不离身的"发财钱"，竟然不翼而飞。姥姥迈着三寸金莲，扶着拐杖把屋子翻了个底朝天，找不到半点线索。姥姥伤心欲绝，弄丢后人发财的钱，不是什么好兆头，责怪自己没有把钱保管好，没有把财禧守住，死了无颜去见祖先。子孙们马上为她再凑了一份更大额值的"发财钱"，姥姥依然无法释怀，一直念念不忘。

09

不懂看手机和日历的姥姥，脑子里装着一本精准的日历表。牢记每个人的农历生日，从年初依次排到腊月底，马氏家族成员陆续从四面八方赶回来过大年。

团年饭，象征阖家团圆。美味的佳肴，醉人的美酒，沸腾在血脉里的亲情，温暖着每个人的心，这是姥姥一年中最高兴的日子。

晚上围着烈烈燃烧的大火堆，我们坐满里三层外三层。姥姥窝在她的古董草编椅里，左瞧瞧满意，右望望高兴，摸摸挺着大肚的孕妇，抱抱牙牙学语的幼儿，亲亲雁雁成行的少年，笑得灿烂如同花开。

家族成员以每年添丁的速度扩充着这支"马家军"。姥姥说："我的曾孙、玄孙，一个个长得好乖！我怎么舍得死啊！阎王爷忘记收我，那我就要多活几年，要看着我的孙一个个结婚养儿。"

年长一辈的，睡意少，玩麻将打发时间。姥姥陪坐到半夜，她不懂牌，对输赢倒是很上心。这一局，老四赢，替老四高兴，不免忙着替老二、老五、老六惋惜；下一局，老五赢，替老五高兴又免不了惋惜老二、老四、老六。手心手背都是肉。

后来她再问："谁赢啦？"

爷爷们异口同声回答："都赢！"

姥姥连声说："好！好！好！都赢！"心满意足洗漱睡去。

10

我的大爷爷差不多快八十，最小的姑奶奶五十多。

可在姥姥眼里，他们仍是一群不懂照顾自己的糊涂虫。有的从梯子上摔下来腰受伤；有的从房子上摔下来骨头受损；有的交通事故撞坏脑；有的开车翻车住过院；有的"三高"；有的"低血糖"……姥姥深感自己责任沉重，每天天一亮就起床，扶着拐杖，迈着小脚，颤悠悠地挨家挨户巡视一趟，风雨无阻。

爷爷们担心她跑来跑去摔跤，催她回去安静待着。姥姥不肯，说："人腿要动，不动就废，多动多寿。"

姥姥的叮咛比我老妈的教育格言有趣多了。

"在外做工好生点，不要逞强，一逞强天老爷就使呛。"使呛，湖南常德俚语，搞破坏的意思。

"开车要慢，越慢越好。人只有两条腿，车有四个轮，哪有人听话的。"

"人是铁饭是钢，一顿不吃饿得慌。多吃饭，少吃菜，饭最养人。"

"太阳出，多晒被。晒死瘟神，人不生病。"姥姥认为太阳是万能的，太阳能消毒，太阳能晒谷，太阳能御寒，太阳还能治病健体。老妈怀我时腿抽筋，医生建议补充钙。姥姥说："吃什么钙片？把衣服撩起，露出肚皮，太阳底下晒一晒，什么都能补全，孩子和牛一样壮。"

关于庄稼的学问，姥姥装了一肚子。

"庄稼一枝花，全靠粪当家。"姥姥不用复合肥，她浇臭烘烘的大粪，养出来的蔬菜青翠欲滴。

"三分种七分管""哄好地皮，地哄肚皮""你糊弄地一时，地糊弄你一年"，姥姥说侍候庄稼要像侍候孩子一样，哄着，顾着，庄稼才会发狠地长。

姥姥虽然不懂大量使用农药，会改变土壤结构、破坏生态平衡。却坚持杂草要用手一根根地拔，害虫要用手一个个地捉，哪能一把除草剂、一瓶杀虫剂就打发的？

11

迈入暮年的姥姥没有什么实质性的工作，她积极发起生育动员工作，盼望家中多添幼孩。我的众多伯伯伯母、叔叔婶婶、姑姑姑父，男的潇潇洒洒，女的洒洒脱脱，积极响应计划生育，"少生优生，幸福一生"，每对夫妇只要一个孩子。

姥姥坚决抵制国家的少生政策，自己严重超生，鼓动六个孩子一律超生。她认为有人就有劳力，有人就有势力，有人就有希望，有人就生生不息。

姥姥作战精力旺盛，逮住就直入主题，"再生一个吧！"或关怀备至，"你身子弱，去医院检查检查，吃点补药！"或声东击西，"隔壁刘家的大媳妇生二胎了，生了个儿子，又多了一户。"或无中生有，"看你吃饭没胃口，是不是有啦？"

有一次，隔壁小孩子正和我玩得痛快，不小心绊了一跤，哭着跑回家。姥姥抓住机会，瓦解我老妈，"你看你看，别人家的孩子都不和你家孩子玩了，一个人多可怜，赶快再生一个，好给孩子多个伴儿。"

老妈敷衍道："再生一个压力大，养不活啊。"

"养不活？我生孩子那个年代连饭都没得吃，天天吃野菜，为了发奶，连老鼠都剥皮煮了吃，死了三个，活了六个。现在吃得饱住得好，哪有养不活人的。"姥姥不相信这种睁眼瞎话。

老妈继续推诿："没人带，我们要上班啊。"

"我给你带！"姥姥佝偻着老背，一跺拐杖，一副为了子孙后代枝繁叶茂豁出去了的壮志凌云。

为优化人口结构，2015年10月，党的十八届五中全会决定实行全面二孩政策。姥姥逝世不久，湖南常德落实国家政策，二胎从"欲抱琵琶半遮面"到"万紫千红一片春"。如果姥姥健在，马氏家族的人口说不定有一段小高峰的集中增长。

姥姥生养过八男一女，有传说中的生男宫廷秘方，马氏家族的新婚夫妇都有幸得到过她的私相传受。姥姥说，我"马"家的男人任凭他有三头六臂，窜到哪里都是马家人。她巴望着姓马的男人能像菜地里撒下去的萝卜种子，来一场雨就一簇簇地争先恐后冒出来。

我老妈临盆之际，正值天寒地冻的春节。姥姥提前对她说："春节我要吃斋，不能进月子房，不能沾血腥味，对菩萨不敬，到时就不来看你和孩子了。"当我从医院一抱回家，姥姥踩着皑皑积雪随后赶到。挥舞着拐杖，指挥我爷爷下河捕鱼熬汤；指挥我奶奶捆牢我的双腿不让长成罗圈腿；指挥我老爸不能为省事用尿不湿捂闷我的嫩屁股；指挥我老妈不能喝冷水不能吃水果不能把奶逼回去让我饿着肚子。运筹帷幄，决胜千里，如同指挥千军万马的佘太老君。

姥姥生命的最后几个月，家族的众多女性从她脑子里彻底抹除，我奶奶，我老妈，我姑姑，我堂姐，等等，对她们的嘘寒问暖无动于衷，嘴里一遍遍念叨她的儿子、男孙、男曾孙、男玄孙。我奶奶说："她心里亮堂着呢，揣着明白装糊涂，重男轻女。"

🕊 12

从我有记忆起，姥姥几乎每年都会小病一场，类似于感冒、肠胃不适，等等。以她九十多岁高龄，大伙不敢怠慢，除了给她抓药治病，最重要的是忙着准备她的身后事，把黑得发亮的棺材漆了一遍又一遍，把样式奇特的寿衣在太阳底下晒了一年又一年。

姥姥窝在躺椅里，指派大伙儿，捆尸的白线数量要数对，九十九根一根不能少；盖尸的锦绸要仔细检查，不能破洞。姥姥镇定自若，像是吩咐大伙儿去田头收棉花。爷爷奶奶们也全然没有所谓的悲伤情绪，一边干活一边闲聊，忙完活喝喝小酒打打小牌，其乐融融。

我以为姥姥当晚就会钻进黑棺材里睡觉，再也不出来。一把抱住姥姥像小狗一般亲舔她脸，姥姥搂着我，裂开一张没牙的瘪嘴，喃喃笑语：

我的狗狗……不亲不亲……我的病……不能传染你啊……

老爸回忆，姥姥的黑棺材从他记事起就架在了屋子的偏房里，成为孩子们躲猫猫的决胜位置，胆大的孩子藏在棺材后面，胆小的孩子又不敢找过去。有一次老爸爬上棺材顶，身子贴着棺材藏起来，找的人找不着干脆回家吃饭，老爸趴在上面饱饱地睡了一觉。

姥姥的黑寿衣，像电视上的古装戏服，立领、肥袖、滚边、盘扣，年代久远，久到制作这套寿衣的裁缝师傅早已不在人世。每年翻晒寿衣配饰，总会被野狗叼走头巾、帽子、袜子、鞋子、白线之类的物什。民间传说，这是阎王爷派狗使者转告生者，阳寿未到。

姥姥像打不死的小强，不用打针不用住院，几包中药下肚，奇迹般的又挺了起来。

快八十岁的大爷爷对姥姥说："娘，我身体一天不如一天，等您升天时我想多磕头可能都没有办法，您要谅解啊。"邻村死了人，一连几晚敲锣打鼓做法，姥姥要姑奶奶陪睡，说："我睡不着，我怕鬼。"姑奶奶被姥姥的话逗乐了："老娘，您自己都快变成鬼了，还怕鬼做什么。"

看到大伙儿白忙活一场，我得意地大声宣布："姥姥可以活两百岁。"姥姥乐了："活那么长，会活成个妖怪。"大人们搂过我，说："人总是会死的，姥姥总是要死的。"我急得眼泪在眼眶打转，用手一把捂住他们的嘴，笃定地说："不要再说了。我的姥姥就是不会死。"

13

2015年春，姥姥半夜上厕所滑了一跤，摔成骨盆严重性粉碎骨折。爷爷们把她送往医院，因年事已高，医院不接受开刀动手术，只能吃药止痛、消炎。姥姥讨厌医院的消毒水气味，说是勾魂使者在下迷魂药，嚷嚷着要回家，"我要死在家里，死在医院我要是找不到回家的路怎么办？"

回家后的姥姥失去生活自理能力，五位爷爷经过讨论商议，轮流照顾，每家轮一月。被照顾的姥姥躺在床上诸事不便，爱干净的她不能自己洗澡，爷爷们晚起晚睡的饮食时间和习惯，不能适应她的早起早睡。她交代爷爷们务必把她的老屋子收拾好，东西保管好，等她恢复健康了还是要自己捡柴做饭。

姥姥又一次创造生命奇迹，卧床半载后，她下床走路了。身躯完全变形，骨盆歪向一边，上身弯曲，整个人弓成虾米。姥姥两手扶着椅子，像个负重的蜗牛，慢腾腾地一点一点挪动。

当人的求生欲望足够强大，身体的恢复能力胜过一切科学解释。我手指划破点皮都要哭爹喊娘地号上半天，实在无法想象姥姥是怎样不叫不喊地抗过骨折粉碎的钻心疼痛。

这次创伤后的姥姥返老还童，说话断断续续，行为幼稚懵懂。因洗头不便，姑奶奶擅自做主为她剪了头发，留成极短的小寸头。姥姥一照镜子，不乐意了，嘴翘得老高，嚷嚷着非要给她买顶花帽子。拗不过她，特地上商场为她挑选了一顶粉红色的针织帽，姥姥很满意，戴着再也不肯脱。

姥姥的听觉功能每况愈下，问她吃不吃饭，她答不喝水。问她上不上厕所，她答不用加衣。唯恐她听不清楚，对话间不由自主提高好几个分贝。可她又一脸诧异地质问对话人："我又不是聋子，说那么大声干什么？"尤其是议论她的时候，耳朵超常灵敏。二爷爷因工作需长时间出远门，担心姥姥过世，正商讨解决方案，姥姥插言道："你安心去工作，我不会马上死。"

害怕寂寞的姥姥每天盼望有人陪她说话聊天。跑得最勤的是她的"小棉袄"，她唯一的女儿，我唯一的姑奶奶，早上来一趟晚上来一趟，可姥姥抱怨最多的还是她，"死丫头，好没良心，总不来看我。"

和我幼儿园的女同学一样，姥姥整天打小报告。对着老大说老二，"早饭做得好迟，把我会饿死。"对着老二说老三，"饭煮得好硬，把我会噎死。"对着老三说老四，"一天到晚不见人，都不管我。"对着老四说老五，"我想吃饺子都不买。"对着老五说老大，"床好硬，硌得我疼。"爷爷们一碰头，老二说饭是准点开餐，不差一刻；老三说为适合她牙口，特地将饭熬成了粥；老四说一天到晚守着，不敢离开；老五说饺子、面条、包子、馒头顿顿都换着花样由餐馆送过来的；老大说铺了三床厚垫被。

好似取闹的撒娇小孩。姥姥兀自好好的，看望她的人一到，事儿没完没了地多起来。胸前痒背后痛，大伙儿忙不迭地为她挠痒捶背，没一会儿工夫又嚷着要洗头洗澡，洗完澡又吩咐洗衣，这期间又是喝水又是上厕所，想吃的食物刚做熟人却睡了。

爷爷们知道，她这样地闹腾，留在世间的日子已不长，更加勤勉地陪伴她。我不明白个中原委。老妈解释说这就是人性的奇妙，临终前让孩子们受尽折磨，临终后孩子们的痛苦就没那么难熬了。

🐦 14

生命宛如钢铁侠彪悍的姥姥逝于2016年1月8日。

在我爷爷家寿终正寝。如同打牌轮流坐庄的命运注定，这个腊月轮到姥姥的四儿子我的爷爷赡养照顾。

我们赶回老屋，姥姥已穿戴好她那套晒了四十多个春秋的寿衣，躺进了那口熟悉的漆黑棺材，神情安详，如同日常午休一般。子孙后代依次磕头跪拜。

我以为我会悲痛不能自己。

正值周末，孩子们双休。又逢寒冬腊月，外地工作的大人们纷纷提前请了春节假。姥姥的葬礼，所有子孙一个不落全部赶了回来。我泡在满屋子的亲人堆里，吃着大鱼大肉，喝着大桶可乐，围着噼啪大火烤地瓜，烧糍粑，聊天守夜，一场持续三天两夜的家族狂欢大派对，抬头一片喧哗。

要不是穿着红的黄的黑的白的长袍道士拖着长腔唱着悲歌舞着古老的升天法事，我几乎忘了姥姥的离去。逝者已矣，生者如斯。

经爷爷们商议，从众多的曾孙辈中选定我骑棺送姥姥上山下葬。骑棺者，逝者希冀之寄托，家族绵延之兴旺，意义深远，责任重大。老爸老妈受宠若惊，严阵以待，对我千叮咛万嘱咐，不得嬉笑打闹，要庄重肃严，认真对待，感恩戴德。

天空灰蒙阴沉，寒风中夹杂着细雨，送姥姥上山的路沿着河边陡峭的山坡蜿蜒盘旋，湿滑泥泞。我骑在棺材上，望见家族众多的亲人们，深一脚浅一脚，簇拥着棺材，脸上分不清雨水泪水，空气中，津津一片寒意。

姥姥走了，自此，一个大家分成若干个小家。

15

听说大脑褶皱储存的记忆，能随着时间被抚平，自行消退。不敢放姥姥在脑，怕记忆消失，篆刻在心，久久缅怀。

此文写于姥姥周年祭。

同手同脚

01

严格意义上，我没有同手同脚同血缘的兄弟姐妹。

02

血缘上最亲的兄弟是我叔叔婶婶的儿子，我老爸老妈的侄子，我爷爷奶奶的小孙子。

我们家介绍孩子出场，历来奇葩，我是老爸老妈口中怪物和劣质产品的复合杂种。

爷爷奶奶，叔叔婶婶指着弟弟，与人介绍：我们家黑宝。

"黑宝"，湖南常德俚语，存在两种极端解释。一种表示聪明可爱，掺杂溺爱宠幸的成分，代表方爷爷奶奶；一种表示愚蠢低能，掺杂恨铁不成钢的成分，代表方叔叔婶婶。

弟弟小我四岁，长得虎头虎脑，壮壮实实。他盼我回去像盼星星盼月亮像孟姜女盼夫，一接到我们回家的电话，就早早敞开院落的铁大门，一门心思等在家里。有时老爸老妈忙着应酬，半夜才赶回老家，弟弟就一直守着，无论大人如何说服就是舍不得上床睡下，生怕错过迎接我。无条件让我吃光他所有零食，毁坏他所有玩具，无时无刻不黏在身边一遍遍唤我"哥哥"。

纵然如此，我很少叫他弟弟，直呼其名，不冷不热。原因有六。

第一，明目张胆抢妈。他自作主张叫我老妈"姆妈"，这个称呼在湖南常德古老的历史民俗文化中占有重要的一席之地，是对生母最腻歪的唤法，爷爷这样叫他的母亲我的姥姥，老爸这样叫他的母亲我的奶奶，我没有这样叫我的老妈，他竟敢叫，叫得猖狂又嚣张，摆明了要和我抢妈，简直不知廉耻。

动不动就摇着屁股蹭到我老妈身边，大庭广众之下，搂她脖子，亲她脸，与她耳鬓相磨，"姆妈，您好香！""姆妈，我好喜欢您！"这种恶心的事，打死我都做不出来，他小子干得轻车熟路，面不改色心不跳。怎么寻思，都像是一场鸠占鹊巢的阴谋。

第二，出神入化的马屁功。弟弟的家庭关系和我一样，爷爷奶奶、爸爸妈妈，

"四人帮团伙"结构。我和"四人帮团伙"剑拔弩张，他和"四人帮团伙"鱼水两相欢。

奶奶炒盘土豆丝，里面有块有丁有条有片就是没有丝，颜色发乌，味道发咸。他小子尝一口就不再伸筷，睁眼说起瞎话："奶奶，您做的菜好吃！好吃！好好吃！"奶奶眉开眼笑，半盘土豆丝倒进我饭碗，说："哥哥难得回来，多吃点，吃饱，快点长大！"我不领情，碗一搁，筷一放，直截了当，说："奶奶，太咸了，不好吃，吃不下！"

洗完澡，他一边穿衣一边继续伟大的马屁事业。"奶奶，您洗的衣服好香，我好喜欢闻！哥哥，你喜不喜欢闻？"想拖我下水，没门！"不喜欢！黄肥皂的怪味，奶奶又舍不得用洗衣液。"我一脸嫌弃。

爷爷劈柴，吩咐我们两兄弟搬柴，我使出浑身解数卖力搬运。弟弟同样使出浑身解数，在一旁拍手叫好，"爷爷，您好厉害！力气好大，您是大力水手吧！"

爷爷捕回来几条眼睛都来不及睁开的小鱼，我鄙夷不屑道："这也叫鱼，不够塞牙缝的。"弟弟自带放大镜，"爷爷，您好厉害！您捕的鱼好可爱，我好喜欢！"什么都喜欢，简直无节操可言。

被他的马屁熏了一整天，我忍无可忍，一脚把球开出几十米外。那小子开腔了："哥哥，你好帅！你好酷！我好喜欢你！"无数个惊叹号围着我翩翩起舞，婀娜多姿。听人拍别人马屁，头晕目眩像中毒，恶心；听人拍自己马屁，头晕目眩像中奖，高兴。

第三，说一口标准普通话。新农村建设美丽家园，吃穿住行与城镇接轨，大伙儿不忘本啊，乡风依旧，说一口原汁原味的土话。弟弟玩另类博眼球，飙一口标准普通话，字正腔圆，不亚于中央电视台金牌节目主持人水准。

我中不中西不西、土不土洋不洋的"德语"（常德语言的简称），成为老爸老妈眼中钉，"你看弟弟，一个人坚持说普通话，说得多标准！你看你，城里混的，叽叽歪歪，不知道说的什么鸟语，剪了舌头的八哥都比你喳得清楚。"别人家的孩子已经够多够烦，弟弟还挤进来凑热闹添堵。能不气吗，气得肺都快爆炸了。

第四，拥有无穷无尽的零食。随时打开弟弟的食品柜和冰箱，零食的储存量，那是一个永不枯竭的宝藏库。叫得出名字的，叫不出名字的；有三证的，无三证的；花花绿绿，五颜六色。各种饼干、糖果、干果、熟食、饮料、冷饮，等等，如同皇帝三宫六院七十二嫔妃，任君翻牌。被我老爸老妈列为"十八禁"的方便面、火腿肠、碳酸饮料等，他成箱成捆批量购置。

综观我新中国解放初期指令性的计划经济，每周末仅允许商场采购一次，限数量、限品牌、限类别，大凡我喜欢的，一律禁令。"四人帮团伙"盲从食品安全的社会舆论导向，不理性深究真相，采取极端的"一刀切"政策。于我而言，胃被食品工业化，思想被大人工业化，最终一工业产品，有什么区别？

第五，严重的年龄代沟。老练的生活阅历来自时间跨度的积累，弟弟小我四岁，意味着在这个瞬息万变的世界迟混了一亿多秒。他的文化艺术情操尚未脱贫，电视只看少儿频道，迷恋奥特曼、喜羊羊这类的白痴。游戏低能，迷恋保卫萝卜、水果忍者之类的幼稚。要我这个关注国际频道、玩《王者荣耀》的骚年降低水准配合他，吾岂能为艺术修养折腰，拳拳事乡里小人邪？

第六，不阅读。弟弟没有一本读物，聊不来三国，谈不上水浒，采莲不知"莲叶何田田"，望月不解"曾照彩云归"，送别不懂"西去阳关无故人"。与我志不同道不合。

最近，我们的关系有所改善。

他神不知鬼不觉，不知从哪里收来一只黄狗拴在门廊下，特地等我回家取名。这是一件验证我怀才抱智的大事，曹植七步成诗，应声而作，我务必好生酝酿发酵。狗畜生，小小一团，茸茸可爱，好歹一家庭成员，赤裸裸随我等姓"马"似乎不合礼数。瞅着它四处撒欢乱逛的鲁莽劲儿，其名已成。曰：闯王。

成功镶进"马"姓，各位看官以为如何，反正弟弟迅速开启海狗模式，拼命拍手叫好："好听！真好听！哥哥取的名字最好听！"Love me, love my dog. 爱屋及乌也好，爱狗及人也罢，我和弟弟的关系从一条狗开始有了灵魂的交融。

我们有共同点，不喜上学。我不喜上学是我的课桌椅生了"刺"，扎得我屁股坐立不安，四十五分钟课时是苦刑是煎熬。我想象"闯王"一边在草地上打滚儿一边学会抓青蛙。

弟弟不喜上学是成绩太稳定，稳居班级第一，倒数。一写作业就头晕要睡觉；一遇难题就尿急要跑厕所；一念书就口渴要喝水。奶奶信奉"棍棒底下出才子"，书桌旁安放一棍棒，劈头盖脸赶"懒鬼"，附加咒语："看你学不学习。奶奶就是吃了没读书不识字的亏。你不好好学习，将来能干什么，饭都找不到一口吃，看我不打得你好。"弟弟怕打，抽泣保证："奶奶，我好痛。我好好读书，你不要打我。"

我和弟弟如同晚清时期的中国，被拉着、拖着、打着、骂着、羞辱着、蛊惑着走上一条情非所愿的改造之路。

承诺好好读书的弟弟，二年级在读生，9+7这类十位数算术题，他依赖十只手指完成，自个儿的姓名常常写得缺横少竖。

弟弟的名字是我见过世面、小有才气的老爸所取，大概是为了弥补我名字胡编乱造的遗憾，为弟弟取名慎始敬终，反复测算生辰八字、金木水火土等命格。弟弟缺土少金，取名"砺鑫"，金碧辉煌的弟弟写起姓名来叫苦不迭。

我的孩子，将来取名"马一"，高兴横着躺，不高兴竖起来站成"马1"也无妨。

✿ 03

其次是我表姐，我小姨姨父的女儿，我老妈妹妹的女儿。

我出生的那一天大雪纷飞，天寒地冻，表姐特意从天津赶往湖南常德，穿越大半个中国恭候我的"大驾光临"，这份情义没齿难忘。

表姐是唯一喊我小名"kaka"的人。使用频率之所以微乎其微，一是老妈超级迷恋巴西国家队中场足球运动员"卡卡"，老爸不堪受辱；二是洋气十足，国人发音不准，解释不清，实用性太低。表姐唤我"kaka"，把记忆拉得恍恍惚惚。

我们两三年见一次面。喜好一致，心领神会，频道对了，一切都对，见面有说不完的话，聊不完的天，忙不完的活，嗨吃嗨喝嗨疯嗨乐，正经事儿没一件。

参加完中考，暑假她计划来常德度假。我莫名兴奋了好几天，一改邋遢，把狗窝拾掇又拾掇，欢迎她的远道而来。深夜绕过大半个城市去车站接她，远远看到她坐在台阶上低头玩手机，我飞奔过去高唤"姐"，她懒洋洋地"嗯"一声，立起身来。

整个人虎背熊腰，牛高马大。三年前的轻盈玲珑消失殆尽，压迫感迎面袭来，一米五的我，在她面前"小鸟依人"。

坐进车，她一路低头玩手机，老爸老妈问一句，她答一句。我找不到能问的话题，尴尬枯坐，全程零交流。

不消几日，我们打成一片，恢复之前的亲密无间。每天傍晚相伴在沿江风光带狂飙电动平衡独轮车，表姐毫不畏惧地挑战弯道、坡道和飞台，英姿飒爽，巾帼不让须眉。我抬出多年压箱底的技术，方能与她打成平手。我们去游泳馆游泳，二十五米的泳道，我使出洪荒之力游个来回已是极限，表姐轻轻松松畅游几个来回，宛若水中鲨鱼。我仅会的一招蛙泳，花费上千元耗时一周由国家级游泳教练培训，表姐的狗刨式，自学成才。

士别三日即更刮目相看。三年不见，表姐脱胎换骨，完成弱不禁风小淑女到剽悍强干女汉子的飞跃。针对她土肥圆的身材，我很是不解，问："你怎么就长这么胖了呢？"姐姐说："爱怎么长怎么长，管它呢！"好似那身躯是别人家的。

走汉子路线的表姐，不爱红装爱武装，不穿裙子，不留长发，抵制女流之辈的装饰品如同反日货，态度强硬，立场坚定。表姐留齐耳短发，着嬉哈街头装，棒球帽、涂鸦T袖、连体工装、吊裆裤、铆钉鞋，等等，风格鲜明，个性独特。

表姐向我透露，她是学校班级老大，男女都得听她发号施令，这让我的仰慕之情"不尽长江滚滚来"。我一生畏手畏脚，委曲求全，在班级混得默默无闻。如何咸鱼翻身，还望表姐不吝赐教。

表姐倾囊相授。首先要"舍"。舍得舍得，没有舍哪来得，舍不得孩子套不住狼。老大者，舍当道。表姐会舍、能舍、敢舍、喜舍，每天下楼在小区超市购回大量零食，口香糖、巧克力、薯片、海苔、牛肉干、无穷鸡翅、RIO鸡尾酒，等等，一股脑儿"舍"予我，我被成功收服，整天围着她团团转。

其次要懂江湖话语。比如喊她"姐"就不合江湖规矩，要称"哥"。我不称"我"，称"老子"，搬出道家创始人"太上老君"，保"道法自然"。江湖段子要顺溜，"人在江湖身不由己""有人的地方就有江湖，人就是江湖""心中有江湖，普天之下皆为江湖""人在江湖飘，哪有不挨刀""出来混总是要还的"，比唐诗宋词、文言文容易得多，无怪乎，前赴后继的人飘江湖。

再次要学习成绩烂。江湖不欢迎优等生。个中缘由，天知地知，你知我知。

我来不及学有所成，表姐结束度假。临走时，背着行囊，一边听音乐一边抖腿，一副闯荡天涯的样子，李白式"挥手自兹去"。

下一次见面又是几年后，是相见更欢？还是相对无语？生活的美妙，就像一盒多口味的巧克力，永远不知道下一块是什么滋味。所以，值得期待！

🐦 04

依次排序，接下来是小姨姨父的儿子，我表弟，小我三岁。对他的感情，爱恨交织。

恨他实在可恨。自打他出生，老嗲一颗全心全意爱我的心，被他无情地掰成了两块。老嗲照顾我好好的，忽然之间要去天津，说是小姨要生宝宝了，要去照顾新生宝宝。

老嗲离开我的消息宛若晴天霹雳！小姨不是有一个宝宝了吗？为什么还要生宝宝？老嗲是不是再也不回来啦？我是不是没人要啦？

没人有闲功夫解开我心底的疙瘩，满心欢喜地期待新生命降临。老嗲到天津没几天，老妈接到报喜电话，兴高采烈地对我宣布："好消息！好消息！生了个大胖小子！七斤多，比你出生时重一斤。皮肤很白，不像你一身红肉。很安静，不像你动不动哭得撕心裂肺。"什么玩意儿？一出生就给我下马威，用装天使这样的下三滥手段拉拢人心。什么狗屁消息，简直就是噩耗！噩耗！我的心情坠入万劫不复的万丈深渊，歇斯底里地吼道："他是个丑八怪！他是个魔鬼！"

处于极度兴奋中的老妈满面和风细雨，柔声道："no no no。老嗲说弟弟长得非常漂亮，眼睛比你大，鼻子比你挺。比你好带多了，吃了就睡，醒了就拉，不吵不闹。"不吵不闹，不就一傻子吗？高兴个什么劲儿！

尊老爱幼是中华礼仪之邦的传统美德，理应恪守弘扬。尊老我没异议，大凡比我长者，即使早生一秒，我从骨子里对他（她）敬畏、诚服、讨好、献媚，在资源有限优胜劣汰竞争激烈的自然界，我是后来者，是"入侵者"的身份，岂容放肆。至于爱幼，我不想昧着良心说话，压根儿办不到。比我晚生，是抢我饭碗夺我地盘，是土匪强盗性质。坚决打压，决不姑息。

表弟比我更离谱。傻傻分不清什么先来后到的长幼尊卑。2014年暑假，我舟车劳顿千里跑去他家，他不但不尊我为客、敬我为大，反倒公然抢我玩具，冲我大吼大叫："你回去！不要来我家！"小样儿，反了，敢在太岁头上动土，不给你点颜色瞧瞧，不知道姜是老的辣。我提起天然武器，三拳两脚解决了他一顿。他不哭不喊转身找到老嗲就是一拳。

我的老嗲，我连手指都舍不得弹一下，他小子竟然敢捶，吃了熊心豹子胆。我一个箭步冲上去，一耳光扇上他的肉脸，他疯了似的对准老嗲拳打脚踢，我欲再上前。老嗲平静地说："是我对弟弟讲的，只要你打弟弟，弟弟就可以打我。你既然没有哥哥的样子，弟弟也可以没有弟弟的样子。你们甚至可以都来打我好了。"我的手软弱无力，我的心山崩地裂。

风水轮流转，第二年暑假，他来我家度假。

　　本想借机在他面前耍耍威风，可那小子一来就掀起"十级台风"，讨好他外婆我老嗲，说："外婆，我叫您老嗲吧！""老嗲"是我的发明专利，是我的知识产权，世界上只有我一个人可以这样叫，想和我平起平坐，你算哪根葱？

　　我警告他："一次都不准你叫'老嗲'，只能叫'外婆'。不然半夜把你扔到楼梯间，让清洁工当垃圾扫走。"他不敢再当面造次。我被各种没完没了的公务作业和应酬娱乐缠身，不能二十四小时紧盯，他私底下还是会找老嗲偷偷卖萌撒娇。在老嗲问题上，我和他有"不共戴天之仇"。

　　反客为主，我的一夜之间统统变成他的。我在小区有一群狐朋党友，几乎每天登门，我家纯开放式，想吃什么吃，想玩什么玩，"四人帮团伙"大力配合。老爸老妈收藏的邮票、钱币，有爱好者说一声，拿走。捉迷藏，可以躲进衣柜，钻进被窝。那小子一来，地盘莫名其妙都成了他的，不准任何人沾边，朋友上门什么都不能玩，满屋子都是他天塌下来的声音，"这是我的！""这是我的！！""这是我的！！！"没得玩谁还来，我辛苦多年建立起来的人际关系，被他几天就化为乌有。

　　我最宝贝的机器人罗本凯特，会唱歌跳舞，会翻滚竞走，会发射作战，会折叠变形，是老爸战友们花费上千元送我的礼物。那小子不把罗本凯特当高智商机器人珍惜，当驴使唤，恨不能二十四小时不休不眠，遥控按钮不停，直到罗本凯特崩溃休克，方才罢休。

　　爱他萌萌哒实在可爱。

　　他所有的精华都集中在了两个圆嘟嘟的肉脸上，像刚出笼的白面馒头，引诱我想捏想掐想大咬一口。他说自己是班级第一帅，他家隔壁奶奶说他帅过整条街，看在一对圆脸长期被我掐红掐紫的份上，我勉强认同他，帅过地球帅过宇宙，帅不过我。

　　表弟跟着他奶奶生活在湖北，偶尔冒出几句湖北话，让我笑得满地打滚。"妈"是"摸"。发现不认识的东西，就问："这是么子东儿？"我们承诺带他去游乐场，他不停询问："么门走？"现场没有翻译人员，不知道他是要问怎么走，还是要问从什么门走。带他去理发，他不肯，喊："我不要剪头毛。"流鼻涕，他说："我流鼻龙。"哪有这么纤细的龙，叫成鼻蚯蚓还差不多。

　　表弟向我们抱怨："我不喜欢外公叫我'小黑宝'。"小黑宝是湖南常德俚语，有小傻瓜的意思。我们安慰他："外公喜欢你啊，他说你好聪明！""不是的，外公说我不聪明。"他坚定地说。这小子，听得出弦外之音，以后混外交官不用带翻译的。

邻居们故意消遣他，"来了外公家就得跟妈妈姓"。那小子略一思索，与大伙谈判："我在这里跟妈妈姓，回到家还是跟爸爸姓。"学蝙蝠见风使舵，"我有足，属于兽""我有翼，属于禽"。卖姓求荣，我不干。我一出生就和外公（老爷）混在一起，我坚决不姓"梁"，梁唯敖，不三不四。

表弟的理想，当大王。大王可以保护公主，他妈妈是他的公主。

前几天，他发来一段微信视频——祝外公、外婆、姨父、大姨和我这个哥哥，春节快乐，万事如意，心想事成。这小子，还算有点良心，不枉我把他写进书中。

05

妹砣，我老妈堂哥的小女儿。血缘关系虽有点远，不敢遗漏，只因从小与她厮混。

我们年龄相差两岁，级别待遇相差十万八千里。她要天上的星星她的爸爸妈妈都设法搭梯去摘，我要地上的石子儿我的老爸老妈都懒得弯腰捡。她是公主，我是乞丐；她是天使，我是恶魔；她是白富美，我是矮穷挫。没办法，人家材料标准，天生丽质。

有诗为证："增之一分则太长，减之一分则太短；著粉则太白，施朱则太赤；眉如翠羽，肌如白雪；腰如束素，齿如含贝。"天生美人胚子，家族的宝贝疙瘩、豆腐块儿、玻璃心儿。

当她躺在摇篮时，她的外婆哼起古老动听的歌谣：

啾起啾，摇泥鳅；

窝窝歪，摇螃铠；

歪歪窝，摇大哥。（湖南常德俚语。螃铠，溪河里的小螃蟹；大哥，宝贝的意思）

腻歪地唤她"狗肝肝""狗肉肉""狗心心"。我老嗲唤我"狗狗"的档次，那是一个满山遍野狗尾巴草的廉价啊。我不甘失宠，匆忙迈着两条短腿滚回家，恰逢老妈闲置在家，我命令道："你，叫我，狗肝肝，狗肉肉，狗心心。"老妈瞪着两只高度近视的鱼泡眼，河东狮吼："就你这塌鼻子歪嘴巴的猴样儿，还肝肝肉肉心心，恶不恶心！"人兽不同级的现实无情又残酷，浇我个透心儿凉。

妹砣名"烁"，闪烁的星星，荧光璀璨。我不敢苟同，赐她专用称呼——妹砣。湘语，泛指女孩子。大人们批判我这样的叫法不符合烁美人的天使气质。本人要的就是这种颠覆性毁灭性效果。妹砣很淡定，身一扭，嘴一翘，说："叫什么都行，反正我长得漂亮。"人美就是任性。

妹砣特能告状，事无巨细，奏上一本。她前辈子准是朝廷言官，未来职业有望发展检察官。平均一小时走趟衙门县府，找大人们击鼓鸣冤一次。"马唯敖哥哥打我""马唯敖哥哥扯我头发""马唯敖哥哥把我的衣服弄脏了""马唯敖哥哥搞坏事"……狼来第一次群起而攻之，狼来多次习以为常。人恰好相反，初犯赦免，再犯严刑，一而再再而三则被永久烙上"罪人"标记。我被妹砣坚持不懈告状多年，一身罪孽跳进黄河也洗不清。

动不动搬出她海军陆战队的哥哥威胁我："等我哥哥回来，罚你跑五公里。"表哥晨跑五公里吃早餐，拉练五公里吃午餐，泅渡五海里吃晚餐。一米八几的身高，魁梧强壮，手臂大腿爬满一道道海蜇蜇伤的疤痕。五公里概念深入妹砣心坎，以为此乃世上最惨无人道之酷刑。

质问我老妈，咄咄逼人："二姑姑，您为什么生了马唯敖哥哥那么讨厌的孩子""马唯敖哥哥天天干坏事，您为什么还要喜欢他？干脆把他扔了""二姑姑，您为什么不打马唯敖哥哥？您要教训他"。圣贤孔子小时候应该与我遭遇类同，不然何以发出"唯女子与小人难养也"的伟大《论语》。同为女子的老妈听信妹砣的一面之词，不搞升堂审案，不问青红皂白，逮住我就是一通猛批："你是哥哥，要让着妹妹""你是男生，欺侮女生害不害臊""你要好好反省自己的行为"。

我没什么好反省的。妹砣只沉迷在童话书籍，把世界想得好纯粹，读点杂书，知晓些杂道理，我们的相处省事多了。比如人际交往的"刺猬法则"，两只刺猬在一起，远则彼此寒冷，近则互相伤害，为了达成共同取暖的目的，双方都得付出扎上几刺的代价。要想不伤，方法只有一种，老死不相往来，井水不犯河水。

说话娇滴滴，走路娇滴滴。娇滴滴的妹砣怕脏、怕累、怕痛、怕痒、怕热、怕冷、怕黑、怕死……说得最多的就是"我怕"。连吃饭都怕，怕什么？怕胖！顿顿嚷嚷着要减肥，不足三十公斤，还减？草上飞，掌中燕。

所谓好伙伴，就是能够陪同共闯风险，关键时刻，妹砣义无反顾地陪我干尽伤天害理的勾当。漫山遍野的暴走、疯转，上树摘果子掏鸟窝荡秋千；下地捅蚁洞捉青蛙抓蚂蚱；下河捡蚌壳摸鱼虾打水漂。不被树枝挂破几件衣服，不被树桩戳破几双鞋子，不摔破点皮，不滴点血，人生怎算尽兴？

在追求美的道路上，无论大小老少，女人孜孜不倦。妹砣的衣服三百六十五天不重样，皇家花园一般的姹紫嫣红。和我老妈臭味相投，一碰面就共同商讨化妆技巧，包包款式，衣服搭配，等等。她们对于手机自拍的研究，如同丁俊晖打台球，讲究角度精准，距离适中。45度低头，侧左脸，微笑八颗牙，配合千年剪刀手。后期美颜处理，粉底、唇彩、腮红、眉毛、眼影、眼线、双眼皮、美瞳，等等，面目全非神助攻，小萝莉娇嫩欲滴的美照满屏飞。

每个周末，妹砣忙碌如同花蝴蝶，穿梭在英语、数学、作文、拉丁舞等补习班。学点随身携带的才艺表演非常有必要，每逢家族聚会，妹砣大展舞技，恰恰、桑巴、伦巴、牛仔、斗牛等连轴转，赢得满堂喝彩。我想跳，四肢僵硬；我想唱，五音不全。只能眼睁睁错失良机，任妹砣出尽风头，博足眼球。

我们搭档共同主持婚礼仪式。我是司仪，负责苦力活，拿话筒背稿子，舞台上一站半小时，灯光烤得眼冒金星，汗流浃背。妹砣长发及腰，媚眼如丝，扮演爱的天使，递个婚戒，亮个来回，轻轻松松，光芒万丈。酬劳五五分账，不要问我为什么，妹砣彪悍的人生不需要解释。

假期我们俩结伴旅行，两个瘦削的身子站在川流不息的人群中，孤寂又炫目。坐高铁、乘飞机，为了谁提行李，谁执据票，谁管钱财，谁坐窗边，谁上厕所，谁买盒饭，我们据理抗争，大打出手。

高晓松说："生活不只是苟且，还有诗和远方。"我和妹砣一起去了许许多多的远方，诗没捞到半句，鸡毛蒜皮的琐事撒一地。

🐦 06

这一位，就血缘关系而言，八竿子打不着。出现在我日记、作文里的频率和我亲爱的老嗲旗鼓相当。

隆重介绍：博子，我的好兄弟、好哥们儿、好基友。

博子学说话那会儿本要喊我"敖哥"，只因常德某县城腔太浓，任凭大家无数次地纠正，他还是把我叫成了血统不伦不类的"娃锅"。看在他多年来，忠我忠到骨灰级，跟我跟到天涯海角的份上，算了，好歹"娃"也是人的一种表现形式，此等小事，忽略不计。

博子小我四岁，一切行动复制我的发展模式。上我上的幼儿园，读我读的小学。我五岁学书法，他五岁学书法。我下军棋他下军棋，我下跳棋他下跳棋，我下围棋他下围棋，我下象棋他下象棋，我玩陀螺他玩陀螺，我拼积木他拼积木，我打篮球他打篮球，我做平板支撑他做平板支撑，我拉单杠他拉单杠，我背唐诗他背唐诗，我记三国名将他记三国名将，我喝水他喝水，我上厕所嘘嘘他上厕所嘘嘘，我放屁他没有屁放，习惯性抬一抬屁股，以示步调一致。我和博子，是伯牙叹钟子期："子之听夫志，想象犹吾心也。"

他坚决拥护我的决定，高度贯彻我的部署，切实把思想统一到我的精神上来。我说往前冲他决不后退，我说向左侧进攻他决不瞟一眼右侧，各种游戏的规则、步骤、局数，都是我说了算。从政治上讲，我必须站在公正、公平、公开、透明的角度来履行"娃锅"职责。但从面子角度上讲，我就没有那么高风亮节了，会因为喜欢的玩具或不怎么光彩的游戏结局，耍滑头、动手脚、谋私利、指鹿为马。

他拥护我，并不表示眼瞎耳聋，我悔了十步棋才勉强将掉他的军，他不服气，我不退让，双方不可避免地发展一场武力冲突事件。他矮我一头，自然干不过我，哭哭啼啼跑回家，短则几分钟，长则几小时，他一边捶着我家防盗门，一边高喊"娃锅"。门应声而开，我们抱作一团，基情满满，激情荡荡。

吃的喝的玩的用的，我们基本雷同。我有的他有，我没有的他不沾染。在我家，有他的专用水杯，专用碗筷，专用书桌，专用坐凳。他可以任意享用我的玩具、零食，甚至招待他的狐朋狗友，当然，他的人就是我的人。

召集小区一帮和我俩般的"无业游民"成立了"探险队"，负责探索和开发小区里的各个未知角落，口号喊得威武雄壮："铲除妖魔鬼怪，保我小区平安。"我自封队长，将"探险队"指挥所设在小区花园凉亭，遮阳挡雨，四面无墙，视野开阔。按出生年月排列队伍成员的辈分大小，从老大到老十二，每三人一组，每组设小组长一名，每周召开一次集体大会，要求成员畅所欲言，为队之"江山社稷"出谋划策。博子既是小组长，又是队长助手，积极附和我的每项决议。有他的肝脑涂地，摇旗呐喊，探险事业风生水起，依次开发了配电房、电梯深井、公共厕所、物业监控室、地下停车场等区域。

随着探险区域的不断扩大，人员编制不但得不到有效扩充，反而日渐消瘦，像吴三桂的队伍，越玩越少，七零八落。二组组长因家务缠身，要带妹妹，不得不缺席常务理事会；三组组长因补习繁忙，要学英文，时常请假不理政务；四组组长干脆杳无音信，玩起失踪。

"探险队"剩下一对难兄难弟，队长和队长助手。我筹划大干一票，登陆三十二层顶层，近距离观察高耸的避雷塔。博子恐高，可为了探险事业甘愿赴汤蹈火，陪着我颤颤巍巍爬过仅供一人钻过的天窗，上到大厦顶层，来不及品味"会当凌绝顶"的豪气，小区保安随后赶到现场控制了我们。小区业主委员会大张旗鼓地召开了一次大会，表扬监控捕捉到位，保安出动及时，要求再接再厉，排查监控死角，增加监控探头，进一步加强保安责任心，保我小区平安。

"登顶"事件后，"探险队"彻底解散，我和博子"失业"蜗居在家。

博子老妈长期将其寄存我家，我负责陪吃陪玩、陪聊陪读，甚至陪睡，托他的福，我成为五陪先生，比三陪小姐多两陪。

他懂得巧妙地搬出我，加快与他老妈的谈判进程。下雨上学不打伞，搬出我，"娃锅下雨从来不打伞。"不想理发，搬出我，"娃锅说今年不理发，要留成海贼王的发型。"

姜还是老的辣。他老妈催他写家庭作业，搬出我，"你看，娃锅多自觉，家庭作业早写完了。"催他吃饭，搬出我，"你看，娃锅吃得好快，吃了一大碗。"催他加油学习，搬出我，"你看，娃锅的奖状贴一满墙。"多亏了博子，我成为别人家的孩子，苍天有眼。

所谓知己，话要投机。在我的强烈栽培下，博子花了半年时间啃完《三国演义》原著。我们食则同桌，寝则同榻，共论天下大势事，共话巴山夜雨时。

阅读余秋雨的《文化苦旅》，我效仿大师的艺术风格为博子撰文一篇：

晚风起了，拂过脸颊，夜空的月亮分外明亮。我坐在小区假山前，一泓清泉在月色下波光闪烁，我的思绪拉回到和好友博子在一起的美好时光。

我们是邻居，他住五楼，我住六楼。他有张光洁白皙的圆脸，透着有趣的憨厚；乌黑明亮的眼睛，泛着可爱的光泽；浓密的眉毛，小巧的鼻子，圆润的嘴唇，闪着一股呆萌气息。

除了各自回教室上课，回家睡觉，我们几乎每时每刻混在一起，形影不离，就像共同体似的。我们一起快乐着、悲伤着、兴奋着、哭着、笑着，共同分享和感受着成长的点点滴滴，但这并不意味着他愿意无原则地和我一起同流合污。

我们平时喜欢在小区探险，有一次，我对小区的变压箱房产生了浓厚的兴趣，想要打开来一探究竟。博子双手叉腰，圆眼一瞪，义正词严地说："不行！有电危险！"说完，抛下我迈开双腿跑向值班室，将此事报告给了小区保安。保安将我批评教育了一通，责令父母严加管教。

表面上这件事让我很没面子，但心里我比谁都清楚博子是为了我好，担心我的生命安全，已经把责任包罗在里边了。我们肩并肩走在路上，远远看上去普通不起眼，外人却哪里知道里面所蕴藏的，却是两个伟大友谊的精彩。

月光把我的影子拉得很长很长，我的心情也被友谊拉长了，延伸到整个世界。

博子几乎每晚都要来我家例行公事报个到。这不，他进门了，抱着家庭作业本，问："娃锅，'不是，而是''依然，依然'要怎么造句？帮我想一个。""四人帮团伙"都在，提议每人造一句以供他参考。

我一马当先：很简单，你就写"老师给我们出了个'不是，而是''依然，依然'的造句，我不知道怎么写好。"

老妈冷笑一声：今天终于发现，娃锅不是我的偶像，而是我呕吐的对象。

老爸乐了：博子，反正你妈不管你，你干脆这样写，"我不是姜姑娘的儿子，而是梁阿姨的儿子。"

轮到老爷，扭扭捏捏开了腔：我生病了，依然喝酒，依然抽烟。

老嗲继续了老爷的写实风格，借机向老爸老妈透露敌情：娃锅不管家庭作业写没写完，依然看电视，依然玩游戏。

博子呆立在客厅中央，哭丧着脸说："这样写，老师要罚抄课文十遍。"可怜我的好兄弟，遇到我们这样蛇鼠一窝、沆瀣一气的一家，玉体受惊了。

老妈告诉他："娃锅在写书，写你，好不好？"博子从不会让我失望。他拍手高呼："娃锅最厉害，他最会写小说，他是最牛逼的小说家。"

07

既没有血缘关系，又无缘发展出基情的，是我的同班同学们。

过完这个暑假，小学生、儿童……包裹浓厚幼稚色彩的身份、等级、地位，统统卸载，扔进回收站，永久性删除，game over。取而代之，初中生！青少年！华丽丽黄袍加身。

岁月是把杀猪刀，刀刀似箭。回首六年，我们每周一测评，每月一小考，半期一大考，多少较量，煮豆燃萁，手足相残。最后一役"小升初"大战，我们转辗多处考场，浴血奋战。在上万人的小学生大军里，我一鼓作气考出了个人历史最好成绩，语、数、外平均99分，手执高分正自鸣得意，惊传九年义务教育，实行按区划片升初，尊重人性，不重分数。呜呼，老鼠啃石头——白费劲。

老爸为了名正言顺的与战友们终日厮守，高调定义他和战友们的新关系：战友战友，互相占有。所谓同学，同师授业，其关系不存在占有和被占有的浓烈，纯粹地，共同学习调侃。

他们调侃我"二维码"，"马唯敖"一把倒提过来"敖唯马"，继而延伸"二维码"。网络大数据时代新式产物，加微信，求关注，扫一扫，免费获取优惠券、小礼品，腾讯大群主马化腾称"二维码是线上线下的一个关键入口"，简而言之，是桥接现实与虚拟的通道，类似阴阳之间的奈何桥，古今之间的时光隧道。

"二维码"表面庞杂的几何图形与我凌乱的大脑思维大体相近，此称谓深得我心。如果我的人生注定是个逗比，能在世上撒下点乐子，不枉此遭。老爸老妈要是知道他们煞费苦心的才情，被一帮新时代屌丝秒杀得尸骨无存，大概要效仿岳飞痛失江山的怒发冲冠，仰天长啸。

"江山代有才人出，各领风骚数百年"，同学们三教九流，拍案而起者，随波逐流者，在班级江山上各自霸占一席之地。共同走完六年之后回头一看，真正有趣的日子寥寥无几，真正无法忘却的人屈指可数，捡几个刺头兵调侃娱乐一下。

阿柔同学。我尝不知情为何物时，他号称已多年不过双十一。写过N封情书，唱过N首情歌，追过N位女同学，被断然拒绝过N次。屡战屡败，屡败屡战，竹篮打水一场空，小学毕业时孤家寡人一枚，也好，无需经历生不如死的分手相思之苦。最近两年，他身体发福，像吹气球一般得圆润起来，说话柔声细气，走路扭臀摆胯，整日滥竽充数地和女同学混在一起，成为班上最受女同欢迎的男票。

阿磊同学。我们毗邻而居，他的卧室窗户与我的卧室窗户相对，每天早上喊我一同上学，我有幸得了不少好处，蹭他老爸专车，着实威风。阿磊是《王者荣耀》骨灰级玩家，舍得下血本充值购买"英雄及皮肤"，技术菜鸟，郁闷不得志，长期处于戒游、冲级的恶性思想斗争中。成绩中等，野心勃勃，意志薄弱，每次考试完毕皆发毒誓下次必考进前三名，坚持不到三天，被游戏俘虏。

阿翼同学。自封黑社会老大，擅长散打拳击，师从无名氏，无门无派，乱招乱术。招募一群凶神恶煞的小跟班对付一群弱不胜衣的小喽啰，作秀式的武装冲突无一死伤，横行霸道的影响浩大。因长期受邀宵夜，孕育出浑圆啤酒肚，打不了几拳便气喘吁吁，索性将帮主荣耀传承给最忠诚的"二代目帮主"兄弟，洒脱退役黑帮。瘦死的骆驼比马大，借助余威，闲暇之余组团开黑打《英雄联盟》《王者荣耀》，饱受战败之辱的阿磊同学跟着混赢了几场，感动得声泪俱下。

阿莫同学。纯正日漫迷，《火影忍者》《银魂》《死神》《海贼王》等，往者亦追，来者不拒，美少年、机器、战斗、刀剑、魔法、超能力等题材不限。正宗火影迷，自夸阅游无数，技艺超群，高调甩出"无敌的忧伤"，结果在我的生日派对上被一名低年生无情终结，一败涂地，郁闷数日不得释怀。作为一名火影发烧友，怎能不拥有"写轮眼美瞳隐形眼镜"，哭爹喊娘地求爹娘网购了一对三勾玉，视如珍宝，带去学校装逼，不幸掉落，同桌恰巧"不小心"踩上一脚，毁之乎？毁矣！阿莫同学面目狰狞，呜呼崩溃。

阿涵同学。四肢发达、头脑简单一旷世尤物。一米七以上的海拔身高，傲立群雄，在学习政策和课堂纪律上敢与老师试比狠，公然旷课、罢课，搞得老师威严荡然无存，时时动怒；搞得自己穷途末路，天天留校。全部精力耗在了对抗现行教育体系上，成绩羞涩，年级垫底，戴一黑框近视眼镜，学知识分子玩高调内涵。存在价值，每年校运动会上发热一次，骁勇善战，所向披靡，群雄惮之。

阿鑫同学。顾名思义，金多，名副其实"土豪"一枚，每个月零用钱高达八百，全部精力投入到小卖部业务往来和嘴巴张合咀嚼事业上，成绩像爆饮爆食拉出来的大便，臭气熏天。用实际行动向我们辩证钱的多面性：钱不是万能，不能买一分成绩；同时，钱能买贫者所不能，诸如，小学毕业他将移民美国，甩开我等一辽阔太平洋。

阿瀚同学。货真价实胖墩一枚，圆头圆脑圆肚皮，里面是不是如同《猪猪侠》所唱"具备生命的真谛"，属解剖学范畴，个人不作定论。成绩摇摆不定，随气温高低、心情好坏、同桌调换等外界因素在中下游区域来回浮动。是老师和班干部忠贞不二的群众基础，人云亦云，苟且偷生，不敢一鸣惊人，从未名噪一时，六年如一日默默无闻的存在感，属泛泛众生代表，一老态龙钟儿童。

老妈好言提醒，本书出版后将有望对外发售，同学们看了会不会对号入座、引起公愤、集体讨伐，灭三代、诛九族。危言耸听了，我们多年上厕所互比小丁丁地坦诚相待，情比金坚。

08

没有血缘关系的陪伴，也可以是时间无法拆散的长情。

为了这份陪伴，我想成为更好的人。在未来之旅，同手同脚同走下去。

万物生而平等

01

寄养乡下那年，我不到三岁，整日与狗猫等动物为伍。生物圈具有生命动能的物体，借助《简·爱》的名句："穿过坟墓，站在上帝脚下，彼此平等。"

和沈从文《边城》的翠翠一般，我在风日里长养，把皮肤晒得黝黑，触目尽是青山绿水，一对眸子清明如水晶，处处俨然如同一只小兽物。

02

和我一道不请自来的，是一条来路不明的流浪狗。

骨瘦如柴，一身黄灰皮肮脏蓬乱，散发一股难闻的臭味。老嗲以貌取狗，强烈嫌弃，用扫帚轰了它出门。老爷悄悄将它带在身边，捕鱼时专挑鲜肥的大鱼供它享用，不出数日，毛发油光发亮，身子圆润丰腴，容光焕发。老嗲默许它加盟我们的团伙，赐名"泥巴"。

出落得几分姿色的泥巴，很快吸引了一只情郎，鞍前马后当起了护花使者。很快，它们的爱情结晶呱呱坠地。

在生养繁衍方面，低级动物比高级动物顽强省事。从泥巴坐窝待产到老嗲捧出三只小狗崽，一顿饭工夫而已。老妈生我，从发作到分娩，闹腾一天一夜，医生监听到我心脏跳动减弱，最后采取紧急措施，用力挤压老妈腹部，强行将我赶入世。陪产的老爸光荣挂彩，脸抓破、发撕脱、指掰断。

三只刚出生的小狗一身茸毛，耗子大小，闭着眼睛，晕头晕脑乱爬，你撞我、我压你。一个多星期之后，三只小狗大变样。一双圆溜溜的琥珀眼，东瞧瞧、西瞅瞅；四只小短腿东跑跑西逛逛，一刻不停；一身黄灰毛发绒绒软软；屁股后面翘着一只灵活的小尾巴，左右摇摆。我一伸手，它们争先恐后地伸出粉嫩小舌头舔遍我的手指，湿湿凉凉的感觉，把我的魂儿都勾走了。根据三只小狗黄灰棕毛的深浅，我分别为它们取名稻草、树枝、砖头，不过使用率为零，统称狗崽。

我爬进狗窝，学狗崽们龇牙低咆，仰面朝天打滚，追着尾巴转圈，恣意享受快乐的"狗孩子"时光。依偎着它们，心中总能涌起一股难以置信的亲切，迫切渴望成为它们的一分子。

亲戚们来家做客，老嗲拉我出场表演高大上的节目，吟诵自作的打油诗，背诵十大元帅、中国朝代，等等。我主动加戏，表演狗吠，四肢趴地，屁股后翘，脖子仰天，调动全身细胞，用生命发出一连串的汪汪声，引得观者抚掌大笑。

我找到当"狗"的满足感，干脆从直立行走退化为四肢爬行，与狗崽们同进同出，导致膝盖变形，大如磐石。老爷老嗲疑心我双腿发育畸形，押往医院照X光，遵从医嘱被迫恢复直立行走。不久，我故伎重施，学狗崽们抬起一只腿，靠着树干、墙角解决撒尿，被老嗲发现后用树枝抽打才改邪归正。

只有深入，才能浅出；唯有浅出，才能继续深入。英国动物学家肖恩·埃利斯比我幸运，他为了研究狼，深入狼群，同吃生肉，咆哮呜咽，不洗澡不刷牙，无人管制，日子惬心，拍成纪录片《狼群中的男人》，野性十足。

有子万事足。泥巴当了妈妈，寸步不离地守着它的三个得意作品，喂奶、舔理毛发、清理粪便。狗崽们活泼好动，争先恐后往狗窝外爬，狗妈泥巴不厌其烦地用嘴叼、用爪拍、用头拱，将狗崽们连滚带爬地赶回窝。

动物界宝宝几乎全由妈妈一手拉扯大，爸爸完成交配任务后就分道扬镳。人类受文明洗礼，进化成高等动物，有了社会道德约束的义务和责任，爸爸们不得已参与共同养育工作。可妈妈们仍占主流，超市、公园、小区溜孩子的，学校家长会参会的，妈妈党比例居高。

狗妈泥巴清理狗崽们的皮毛，顺带用大舌头把我的脸上上下下、左左右右舔个透彻。老嗲不在身边，侍候我上大号的重任，由狗妈泥巴担当，我边拉，它边清理，灵活的大舌头把我的屁股舔得光溜洁净，省了冲便水和纸巾。有几次狗妈泥巴操作幅度过大，差点把我胯下的一砣肉团一口卷进狗嘴，社会主义没有太监岗位谋职，我只能学金星发展"脱口秀"了。

对狗兵团伙伴，我毫不吝啬，喜爱的零食共同分享，自己吃一口，狗崽们轮流咬一口，狗妈狗爸再舔上几舌头。

开饭时间一到，人兽平等，狗兵团一窜，蜂拥向餐桌，你推我搡，哪还有什么闲空管我这个小主人，好一通人仰狗翻。老嗲护孙心切，大声呵斥狗群，狗妈狗爸识趣离场。狗崽们狗眼看人低，继续对我纠缠不清。老嗲欲扬手打狗，原本站在一旁默许狗崽们抢食行为的狗妈泥巴，马上进场领走狗崽们。

只有老爷在场，每顿饭都开成狂欢派对，现场直播人狗大战。我单枪匹马，怎敌身强力壮的狗兵团。好不容易夹起一块肉，被狗兵团半道打劫，一口吞进肚。

我饥肠辘辘，伤心得号啕大哭。

老爷对我的苦情计无动于衷，在他的自然宇宙生存概念里，万物生而平等。狗和人享有上桌就餐的同等权利，优胜劣汰，护不护得住饭碗全凭自个儿本事。他甚至为狗兵团的大获全胜，龙颜大悦，赏肉数块，加爵一等，乐得狗妈泥巴率领全家老小对他集体行"摇尾巴"叩谢礼。

在吃的问题上，狗兵团没有进化到人的虚情假意，诚实遵从身体最原始的本能需求，不只是对我翻脸不认人，夫妻也会反目成仇。狗爸狗妈平日里你侬我侬，打情骂俏。狗饭时间一到，恩断义绝。

老嗲刚把狗饭倒进狗盆，狗崽们的三只脑袋一并扎进饭盆，狗妈泥巴在一旁拉开守卫架式，弓起身子，紧绷皮毛，撑直前腿，压低狗头，双目怒瞪，不容许任何生命体靠近半步，随时准备拼死一搏。狗爸仗着夫妻情分，嬉皮笑脸凑上前，狗妈泥巴口脚并用，打它个落花流水没商量。狗爸慌不择路，落荒而逃，狗爱情瓦解冰消。

狗妈狗爸在外找到好吃的，吞进胃，回家悉数呕出，狗崽们蜂拥而上，抢食干净。感动狗妈狗爸的伟大无私，可其卫生状况让人心有余悸。

老妈倒不以为然，说："人类哺养孩子的很多经验，都是向动物学习得来的。食物经过唾液、胃酸的浸泡后喂养年幼的宝宝更有助于消化。以前市面上没有牛奶、米粉这类精细化食品，给孩子断奶添加辅食，都是父母先将食物在嘴里嚼烂后喂给孩子，妈妈的唾液还有抵抗病毒的免疫功能呢。你很小的时候我们也这样喂过你。"我的胃一阵阵翻滚。

可怜天下父母心。狗妈泥巴耐心等到狗崽们一个个撑得肚皮滚圆，才去舔食狗盆里的残羹冷炙。

狗崽们衣食无忧，加之没有任何学业压力和精神虐待，如同田间地头疯长的野草，几月就窜成精壮魁梧的大狗。在动物世界里，子女成年后一般都要被父母毫不留情地逐出家门，一是让孩子开辟更广阔的生存领域；二是接触外来优良基团繁殖更强后代。

狗妈狗爸一反常态，并没有流露逐赶它们的半点意思，一如既往地庞爱有加，照顾小糊涂虫一般，每天用舌头为它们精心清理毛发，好像老爸老妈永远不放心我的着装一样，狗爸狗妈也想把孩子们培养成最出色的绅士，鹤立狗群。

长成大狗的狗崽们对狗妈泥巴依然言听计从，偶尔调皮捣蛋，追赶鸡鸭，吓唬猪猫，狗妈泥巴站出来辞严义正地教训一通，狗崽们前腿趴地，低头乖乖受训。玩耍时间，狗崽们仍和小时候一样，围在狗妈泥巴身上又撕又咬，狗妈泥巴望着它们，眼里蓄满宠爱。

狗爸就没有这样的好雅量，狗崽们偶尔咬重了，立马翻身回咬。我老爸虽不至于回咬，态度同样蛮横粗鲁，我长牙那会儿，历经牙板痒和断奶的双重折磨，误把他的乳头当奶头咬，被他一把拎起差点抛出屋外。

我出巡，狗兵团保镖阵势豪华，浩浩荡荡如同乾隆皇帝下江南。和小朋友们玩耍，狗保镖们守在一旁严阵以待。我一摔跤，狗兵团立马冲过来，前后左右围住，我用手抱紧它们的身子或拽着它们的皮毛站起来，即使拽掉一把毛发，它们也绝不退却。要是有小朋友不识相，推了我一把，狗兵团箭一般冲出来，挡在肇事者前面，龇牙瞪眼，喉咙里发出一阵阵毛骨悚然的低吼声。

我从外面回家，狗兵团早早恭候在外，欢迎仪式热烈隆重，上窜下跳，左亲右舔，浑身印满狗爪子LOGO，只差在我身上撒泡尿宣告领地归属了。

玩了大半辈子猎枪的老爷，自封"狗司令"，训练狗兵团和我跳跃障碍物，远距离叼接抛物，嗅找隐藏的食物。训练结果，我一败涂地，做人有什么意义？我再一次强烈地萌生做狗念头。

天上无鸟，林里无兔。狗兵团竭尽全力的训练无用武之地，纯属娱乐。

老爷老嗲随我进城，走得犹豫不决，留恋村子，留恋亲人，更牵挂狗兵团。大狗难养熟，更何况五只，每天的口粮都是一笔不小开支，没人敢收留。

泥巴举家沦为流浪汉。最初几个月，我们返乡回家，它们从屋子一旁窜出来热烈欢迎。半年之后，它们站在远远的田野上，怯生生望向我们，眼神流露着困惑、怨怜、乞求，让人不忍回望。再后来，它们彻底散了。

这样的分离太过疼痛，我们不敢再养狗。

观看电影《忠犬八公的故事》，小秋田犬八公为了等待从火车站归来的主人，无论春夏秋冬，孤零零坐在花坛边，一守十年，直至去世。我疯狂地想念狗妈泥巴、上门女婿狗爸和三只早已长成大狗的狗崽们。

03

对狗兵团和我不屑一顾的是一只10岁老猫，其高龄堪称猫中"姥姥"。

老猫一身灰毛密实厚重，身强体壮，浑圆健硕，与好莱坞"靴猫"神似。年轻时性感苗条，名字风情万种，"咪咪"；步入老年，生活安逸，营养丰富，身子吹气球般鼓胀。家中建房时特地预留了一个门洞供猫狗进出，老猫发福后，钻洞费力，总是卡在洞口进退两难，冷眼旁观着狗兵团进退自如，它恼羞成怒，干脆镇守洞口，禁止五狗由此出入。

普通猫爱做的事儿老猫一概不干，不趴在人身上卖萌撒娇，不喵喵叫，不追着尾巴打转，不玩球跳圈。它喜欢站在危险的高墙上冷眼俯视苍生，或干脆假寐，闭目养神，谁也不理睬。来无影去无踪，无声无息，独来独往，两只琥珀眼聚集着诡异的寒光，像魔法世界的巫猫，不怒自威。

老猫踱起步来两片肥臀左右扭摆，人们笑称它"肥肥"。老猫非常反感这种明显带有侮辱性质的称呼，选择临时性失聪，不予理会。它越是不搭理人们叫得越欢，老猫忍无可忍，猛地腾身，扑将过来，躲闪不及者，衣服瞬间撕烂，或皮破血流。

老猫不吃老鼠，只玩老鼠。

常常在宽敞的操坪为我们表演玩鼠拿手好戏。老猫把捕到的老鼠叼到草坪，等老鼠逃出二三米，它再以电闪雷鸣般速度扑上去，用两只锋利的爪子使劲按住。老鼠四脚乱蹬，发出"吱吱"的求饶声，老猫随后放开，没等老鼠战战兢兢地逃出几步，老猫又一跃而起，一口咬住老鼠脖子。再放开，等老鼠歪歪斜斜走不远，又扑上去像抛乒乓球一样的将老鼠高高扔起，"啪"地摔向地面，反复几个回合，老鼠魂飞魄散，软绵绵躺在地上，彻底断了气。

老猫心满意足，扬长而去。

杀鸡给猴看，老猫的杀戮表演起到了绝对性的震慑作用。狗兵团怕它，绕道而行。我怕它，敬而远之。别人家哄孩子是"老虎来了"，我们家搞威胁论是"老猫来了！"

老猫仗着自己劳苦功高，骄傲任性、目中无人。除了鱼以外，不吃其他食物，伙食营养级别甩狗几条街，和我不相上下。夏天它怕热，午休要独占一张竹躺椅；冬天它怕冷，霸占烤火炉最佳烤火位置，闲杂人等禁止近身。

人们都说猫有九条命，我相信，重若铅球的老猫经常从高楼上跳下来，安然无恙。

04

老爷家建有一座甲鱼池。傍晚时分，我们的休闲节目，集体趴在矮围墙边，观赏甲鱼。

甲鱼的背壳圆圆扁扁，像书法案头的砚台；锥形小脑袋上嵌镶一对机灵的小眼睛；两只小鼻孔像针眼；四只小短腿又粗又壮，忙着在水里划啊划，像遨翔浩瀚宇宙的飞碟。甲鱼自我保护意识强，对周围的环境变化非常敏锐，只要有一丝动静，马上把脑袋缩进壳内，快速潜入水中。

有几只母甲鱼深夜爬上岸，挖开泥土，产下甲鱼蛋。第二天一早，老爷带我循着翻新泥土的痕迹，悄悄扒开卵巢。甲鱼妈妈真是强悍，一口气下了二十多枚蛋卵，晶莹雪白，像一颗颗宝石。三个月后，小甲鱼孵化出来，铜钱大小，胸脯粉红，飘在水面上像一个个小精灵，可爱得没有办法与成年甲鱼笨重的身形相提并论。

老爷反复叮嘱我，不要用手指戳甲鱼的嘴巴，它的牙齿锋利，咬住猎物不松嘴。好奇害死猫，越不让干的事越想尝试。趁人不注意，我伸手就戳，甲鱼脑袋像按了弹簧一般快速弹出，张嘴一口咬住我的手指，任凭我如何拉扯就是不撒嘴，我吓得嗷嗷大叫。老爷闻声赶来，扯下一根头发，插进甲鱼鼻孔，甲鱼立即松嘴。我被老爷魔术般的技艺吸引，顿然忘了伤口的疼痛。

甲鱼其貌不扬，饲养其目的不在观赏，而是垂涎其营养和美味。常德水域面积广阔，适合甲鱼生长，甲鱼成为餐桌上的一道美味佳肴，上等筵席必设"甲鱼钵"。甲鱼周身均可食用，特别是背壳四周下垂的"裙边"，柔软飘逸如同美女裙子，是甲鱼最鲜最嫩的部位，被誉为"淡水鱼翅"。甲鱼汤汁，乳白透黄，浓烈糯稠，拌米饭或面条而食，入口生香，唇齿生津。

《日用本草》记载甲鱼营养功效："补劳伤，壮阳气，大补阴气不足。"月满则亏，水满则溢，我大概是从小补阳太奢，大了反而不见阳气。

05

养甲鱼是为了享受营养美味，那养癞蛤蟆呢，难不成是想吃天鹅肉？

那一年桃红微雨，家中好生蜈蚣，无孔不入，甚至爬上床，让人胆战心惊。

老爷在屋子台阶周围用水泥彻了许多小洞，放进去几只蜗牛，没几天就引来一批新住户——癞蛤蟆，蜈蚣的天敌。

夜间光线暗，走路本就摇晃的我，频频踩到一坨软疙瘩的癞蛤蟆，重心不稳，摔个满地找牙。

差点忘了，没牙可找。我发育迟缓，一岁零一个月断了奶才冒出第一颗牙米米，两岁多仅长齐门牙。现即将年满十二岁，门牙还剩两颗没换。皇帝不急太监急，老爸老妈日夜揪心，担忧道："你不会长了喉结，遗了精，还不换牙吧？"成长密码的美妙就在于出其不意，无可预知。这等小事顺其自然，何足挂齿。

言归正传。癞蛤蟆的尊容要时间适应，属动物界的矮穷挫。披一身疙瘩皮，像染上毒疣皮肤病；两只鼓突的黑眼如同地狱死神，一张比例完全不协调的阔嘴，发出"咯咯"的怪叫声。令人闻而生厌，望而生畏。

癞蛤蟆过着宅男宅女的生活，白天睡觉，夜晚出动，入夜之后匍匐爬行，或跳跃前进，在房间内四处巡逻。发现猎物，后腿一蜷一蹬，身躯轻松跃起，同时伸出细长的舌头将猎物一口卷进嘴，捕食动作疾如雷电，无愧于"捕虫能手"称号。

我正处于和筷子搏斗的吃饭阶段，特羡慕癞蛤蟆的长舌头，如果能在我的嘴里稼接一条伸缩自如的蛤蟆长舌，吃饭无须费事筷子、勺子、叉子，何等快哉。与老爸老妈亲亲，不用走近，可以远程来场热辣的蛤蟆湿吻。

癞蛤蟆让我们免遭蜈蚣之灾，上帝赋予生命，总有其存在的价值。

🐦 06

老爷闲暇时钓鱼，用陶钵大缸专门饲养一种身体暗红的细蚯蚓，做鱼饵之用。

蚯蚓没有骨骼，是条黏乎乎的肉虫子。蚯蚓"行"如其名，前端先向后伸，堆起一丘再向前行，丘丘引引。

蚯蚓生活在泥土里，钻洞是必备技能，身子一弓一缩，很快就消失在泥土里。老爷说生活在泥土里的蚯蚓天空晴朗的夜晚会唱歌，肝胆俱全、四肢健全的我五音不全，肉管子似的蚯蚓能唱歌？真想化作一只蚯蚓钻进土里听个究竟。

蚯蚓身体湿滑，酷热难耐的夏天，我自创消暑良方，从陶缸里翻出一堆蚯蚓铺满手臂、肚皮，凉爽指数五颗星。

听闻蚯蚓切开身子可以再生长。切成两段对打乒乓球，切成四段凑成一桌麻将，切成肉末组队踢足球。如果我是蚯蚓，我要号召大家把自己切成肉浆，组成庞大的蚯蚓军团，向脊椎类动物发动"第三次世界大战"。好莱坞动画大片，没有一部蚯蚓主题的，我想兜售这个题材。

世界之大，无奇不有。蚯蚓吃土拉土。如果人吃土，超市里出售的就是清一色土产品了。下水道天天被土堵，疏通工业务繁忙，不再有时间对着楼道狂贴小广告片了。形似巧克力的土是不是如同巧克力美味呢，我悄悄抓起一把土塞进嘴里，沙涩难嚼。

荀子对吃土饮水的蚯蚓赋予高度美誉，"蚓无爪牙之利，筋骨之强，上食埃土，下饮黄泉，用心一也。"蚯蚓无爪无牙，泥里来去自如；我有手有笔，脸皮铜墙铁壁，心脏不畏强权，心无二用地写个小说，还不是易如反掌。

❧ 07

动画片主角大多宠物伴身，蜡笔小新这类的脑残粉都有"小白"可溜。

我要养个宠物，满足我的主角梦。

人生的第一个宠物是一只小老鼠，不是花鸟市场的小白鼠，是老爷用捕笼抓获的田老鼠。小眼睛叽哩咕噜乱转；小爪子晶莹剔透；一身黑灰毛发梳理得油光干净。不是大人口中邋里邋遢的流浪儿形象，我猜想它应该来自一个有家教的乡绅家庭，父母指不定是个文化人。

想和小老鼠建立亲密关系，我将手指穿过铁笼缝隙，与它握手。来不及得逗，老爷眼疾手快，一把扯开我，惊恐喊道："老鼠牙齿里携带狂犬病毒，咬到会得疯病。"

央求老爷让我豢养小老鼠，老爷不赞成，教育道："老鼠是四害，专门搞破坏，我们人类的责任就是要想办法消灭它，养老鼠天理不容，对它再好也不买账。"我不相信。动画片里的老鼠都是机灵、智慧、勇敢和善良的化身。《猫和老鼠》的杰克鼠，《料理鼠王》的雷米鼠，《精灵鼠小弟》的斯图亚特鼠，《鼠来宝》的三只花栗鼠，等等。它们和人类彼此扶持理解、相互鼓励帮助，是人类真诚的好伙伴。

我要和老爷老嗲、老爸老妈，一家五口做一家幸福的老鼠，依偎在向阳的洞口晒太阳。晒晒后背，再翻过来晒晒肚皮，清脆的笑声一路从草地滚向高空，穿过云端，飘向无垠的天际。

我喊不出"研究敌人是为了更好地消灭敌人"这类有力的毛泽东语录，只好发挥满地打滚的泼妇招术，老爷无奈同意。

我搬出心爱的零食，掰成小块塞进铁笼，催促小老鼠快快吃，它的身子缩成一团，瑟瑟发抖，完全不理会食物。可当我一旦离开，它马上生龙活虎，围着铁笼上上下下的疯狂转圈，一圈又一圈，越转越快，不知疲惫。

我对小老鼠的自虐行为颇为不解，问它是不是想妈妈了？是不是想回家了？可是天这么黑，一个人回去要是迷路了怎么办？明天早上一定放你回家，你就吃点零食，好好睡觉，养足精神。我不打扰你了，晚安，做个好梦。

躺在床上，我整个心思都被小老鼠牵绊着，夜不能寐。第二天起了个大早，兴冲冲跑去问候小老鼠，它侧躺在铁笼一角，一旁的零食一口未动。老爷用棍子拨了拨它的身子，扭头对我说："死了。"我呆立原地，心之悲，盖不能以寸管形容之。

不说老鼠专偷人类的粮食吗，为什么我送给小老鼠的零食它不吃，宁肯活活死去。人类眼中的"偷"，于老鼠而言是凭了自己的本事在努力觅食，馈赠形同施舍，是一种侮辱。小老鼠宁死"不受嗟来之食"。

🐦 08

不久，我在池塘里捕获了一只龙虾，小东西劲头十足，举着两把大钳子，冲我张牙舞爪；两只细圆的小眼睛突在脑袋外面，随时闪动着愤怒的火花。戴盔披甲舞长须，钳剑随身一勇夫。龙虾像极了小人书上张飞的画像，我为它取名"张飞"。

张飞仗着自己腿多，一有机会就往外逃。我找来一根小细绳系住它的腿脚，很快，它就自断腿脚继续逃跑，这一招，是上岸偷学壁虎先生自断尾巴吗。断腿逃生的勇气，我是不可能有，承受不了生理的痛苦。

改用细绳系住张飞的身子，绳子另一端系住我的耳朵，张飞盘踞在我头顶的毛发丛，横行霸道。我们一起串门、坐车、逛集市。"虾子头上顶坨屎不知道香臭。"我身穿皮袄，头顶大虾，左牵黄狗，右扯肥猫，威风凛凛。

公交车售票员漠视我的威风向我索要车票："小朋友，你的龙虾坐车要买票啊。"我尚处于寄生阶段，哪有什么闲钱开支车费，回道："龙虾没有坐车，它坐我的头，我的头就是它的车。"

早餐店肥头大耳的老板心怀不轨，打张飞主意："小朋友，把你的龙虾炸了下酒，好不好？"我横眉怒视，聚玄气于丹田，大喝道："不行！它是我弟弟，它叫张飞。"满店食客哄堂大笑。

张飞丝毫不念及兄弟情分，趁我午休之时，拖着绳子一并逃走了。

动物的生命，从未依附人类，它们生来特立独行，桀骜不驯。

09

移居城里，困在寸土寸金的铁笼子商品房，人倒成了被豢养的动物。

我从菜市场捧回两只异常活跃的小乌龟，分别取名"动动""爬爬"。从幼儿园一回家，我们就泡在一块儿。写家庭作业放它们在书桌；吃饭放它们在饭桌；看动画片放它们在沙发上排排坐；玩大富翁游戏，它们担当爬格定输赢的重要角色；洗澡一起泡泡浴；晚上一起钻被窝睡觉。

小朋友们来家里，我献宝似地捧出它们，表演翻滚、叠罗汉、爬行比赛等节目。我把它们的身子翻过来，胸脯朝天，刚开始它们惊慌失措、四脚乱蹬，像个陀螺般的原地打转。翻的次数多了，它们慢慢掌握了技巧，有了丰富的经验，脖子一伸，四脚一蹬，轻而易举就翻了回来。

有时，我把它们立在墙角排排站，身着铠甲的小乌龟像等待检阅的古代士兵，威仪肃然。我故意用小棍敲打它们的脑袋，刚开始还躲避缩回壳，后来听之任之，再后来双目圆瞪一口咬住小棍不撒嘴，似乎在警告："你丫，老虎不发威当我是病猫。"

老爸老妈看不惯我和小乌龟的亲密互动，好言相劝："你这哪里是养宠物，简直是虐待。我们这样玩你，看你舒不舒服？"

我们形影不离，上洗手间也要一道。提裤子的时候手一滑，爬爬掉进正在冲水的马桶，卷入旋涡，瞬间没了影踪。我脑子一片空白，灵魂跟着卷进漆黑无底的下水道。正值我在家练习幼儿园新歌《小毛驴》，老爸老妈幸灾乐祸，改编歌曲打击我悲痛的心。

我有一只小乌龟我天天把它整，
有一天我心血来潮带着上厕所，
我手里提着小裤叉我心里正得意，
不知怎么哗啦啦啦乌龟掉进下水池。

没有了爬爬的陪伴，动动行动似乎有所缓慢，我担心它生病，急得像热锅上的蚂蚁。大人们提醒我："冬天来了，乌龟要冬眠了。"我赶忙从阳台上铲来一袋沙，厚厚的铺进鱼缸。没多久，动动就开始用两只前爪慢条斯理地往外刨沙，一点点把自己成功埋进沙层。

中国古代把龟尊为吉祥神奇的图腾，儒家《礼记》记载龙凤麟龟，谓之四灵。传说中的"灵"飞腾升潜，变化莫测，智慧非凡。在没有父母教导和外力帮助的情况下，动动自己解决了钻沙冬眠的生存难题，真是个聪明的好孩子。

动动埋在密不透气的沙层里能确保呼吸吗，我不放心，总是频频扒开沙子，拨弄它是否还有生命体特征。大人们告诫我，不要再去打扰它休息，只有冬眠充足，明年春天才能顺利醒来有精力陪你玩。

我压制住好奇，苦苦熬到第二年春天小草发芽，迫不及待翻出动动。它身子硬邦，冰凉，捏它脑袋，扯它脚丫，完全没有反应。

动动永远沉睡在了冬天的梦里，不再醒来。

🐤 10

阳台上的小菜园突然光临一波蜗牛，几晚时间就将满园的菜叶啃得精光，老嗲发起捕获行动。我对这群背着房子旅行的小家伙，一见钟情，一股脑儿将它们全捧回我的卧室，安顿在一个大玻璃容器中。

每天清早上学前，我不忘从菜园里扯几片沾着露水的新鲜菜叶，作为蜗牛一天的食物。蜗牛的食量不大，可拉便便的频率和分量让人惊叹，清理粪便成了料理它们的主要事务。

蜗牛身子像一根煮熟的面条，软软绵绵，摸上去有一层黏黏稠稠的液体，像胶水像鼻涕。头部的两对细触角，前后左右摆动，像是信息探测仪；触角顶端的小黑点传说是蜗牛眼睛，真好奇它能看见什么，还以为是颗不起眼的小黑痣呢。

蜗牛像含羞草，轻轻触碰它身体的任何部位，都会迅速缩进壳。接着等上很长一段时间它才小心翼翼地将小脑袋一点一点往外探。

所有动作就像电视慢镜头回放，迟缓慢悠。在一旁看着干着急也没有用，稍微一打扰它干脆躲进壳里不出来，处世信念绝对"大隐"级：惹不起躲得起。

动画电影《极速蜗牛》的主角turbo，可能是蜗牛界唯一不躲的主，不畏讽刺和嘲笑，努力追求梦想，成为世界上最快的赛车手，诠释一种伟大的精神：梦想再大都不嫌大，追梦的人再小都不嫌小。

我的蜗牛队伍，虽然行动缓慢，却丝毫不笨拙，它们围着玻璃瓶壁上下翻滚，左右打转，身躯柔软灵活，表演无限长的伸展和无限快的收缩，像个调皮又好奇的宝宝。

我指定一名体积最大的蜗牛担任队长，用彩笔将它的背壳涂成醒目的红色，把其余的"虾兵蟹将"分别涂上橙黄绿青蓝紫等缤纷色彩。队长开路，由大到小，依次排列，在我的手臂、肚皮、大腿等处练习极速爬行，所到之处留下一条条银白色的痕迹，好像喷气式飞机穿过云层形成的凝结尾迹。

看电视得知，蜗牛分泌的黏液含有天然胶原蛋白、弹力蛋白等元素，能有效增加皮肤营养。老妈下班，我捧出蜗牛团队，讨好她："老妈，您再也不用花钱买面膜了，蜗牛黏液就是最天然的护肤品。"掏出蜗牛在自己脸上示范爬行敷脸。

老妈竟然避而远之，责令我赶快扔掉这堆令人作呕的脏东西。动物是最干净最纯洁的生灵，哪里脏了？老妈您不是爱美如命吗？怎么上演"叶公见龙，弃而还走，失其魂魄，五色无主"的滑稽戏？看来老妈爱美不过是虚情假意故作姿态罢了，"是叶公非好龙也，好夫似龙而非龙者也。"

11

老嗲从菜市场买回几斤泥鳅，准备做泥鳅腊肉钵。我偷偷捞出一条，转行养起了泥鳅。

泥鳅体形圆短，颜色青黑，布满黑色斑点；嘴周长有几对胡须，像个满腹学问的学士；头部后侧的两扇鳍像两只翩翩起舞的小蝴蝶。泥鳅浑身沾满黏液，湿滑难抓，越是心急得到紧握不松手，泥鳅越是挣扎逃离。

身子滑溜溜，眼睛转溜溜，我给泥鳅取名"溜溜"。

溜溜不喜欢热闹，大部分时候独善其身，静静地栖息缸底，像一艘休整的潜水艇，对我热情洋溢地呼喊视而不见、充耳不闻。

即使如此，我宠溜溜如同宠我自己的亲生骨肉，调拨一笔私房钱购置彩色雨花石，种植铜钱草，为它装饰居所；骑车去郊外的河堤挖土蚯蚓，作为它的专用营养美食。活蚯蚓一入水，一直装文雅的溜溜立马不淡定了，迅速弹转身体，溅起阵阵水花，标枪一般的一口射中蚯蚓，犹如身段灵活的海洋霸王大鲨鱼。

我为溜溜改编经典民歌一曲，作为它的餐歌：

跑马溜溜的马家，一条溜溜的泥鳅。
端端溜溜的躺在，玻璃溜溜的缸底。
蚯蚓弯弯，味道溜溜的香哟！

溜溜陪伴了我半年之久，没有任何前兆，第一次，也是最后一次，将整个身子浮出水面，肚皮朝天，香消玉殒。

🐦 12

动物的傲气，人类无从理解，"不自由，毋宁死，直到气绝""士可杀，不可辱"。可杀可辱，不可养。

如果有一天，我遇到一个灵魂相通的它，其他都成为将就。

后记

十二岁生日如期而至，《我行我素》顺利付梓。

貌似写了许多，再无话可写；又貌似什么都没写成，忐忑不安。

用第一人称"我"叙述，是我开具的写书条款，其司马之心昭然若揭：我的地盘我做主。

像墙角的蘑菇，我兀自生长。老爸老妈扔给我的只有几柜子能读的书，读着读着，就开写，写是东一榔头西一棒子，自娱自乐，热血沸腾。

2016年暑假，整理十多部夭折的玄幻小说稿，心有戚戚然。老妈建议我脚踏实地写写身边熟悉的人和事，慢慢形成《我行我素》。

写书之前，天天嚷嚷写书，以为简单玩一文字积木，由着性子随意堆砌即可。真正付诸行动，困难如影随形，甫升初中，学业繁重，时间难挤。最根本，生活阅历和文化素养单薄如纸，经不起折叠，很难支撑一部文学作品的长度和厚度。

无数次想放弃，掷笔一了百了。

无数次地庆幸，我不是一个人在战斗。

我有众多的亲朋好友，我有满纸生香的书籍。活跃三街六市的行者和潜伏字里行间的智者，用包容和开放，激励我勇敢地丰富，这个扑面而来的世界里小小的自我。让我清晰认知，唯有努力行进，方可真实素净。

人生能有几个十二年，第一个，我过得无与伦比。

接下来的若干十二年，有书有您，有恃无恐。

马唯敖

2017年2月6日

WO
XING
WO
SU
我行我素

特别感谢：

中国当代著名书法家钟明善先生为本书题字！

中国人民武装警察8645部队原副政委赵昌法先生（三表舅）为本书筹资出版！

常德市和悦文化发展有限公司总经理梁秋琳女士（老妈）对本书的文字编辑、校稿！

二百六十九位"轻松筹"爱心人士对本书的预售订购！马启进、马启红、梁秋苹、李远振、赵昌贵、彭宏、陈慧、郭存梅、杨雅雲、王建忠、徐小艳、梁德红、梁德力、沈健、赵昌甲、吴慧琼、赵亮、彭青青、刘萍、梅光元、胡典波、王章龙、沈春娥、杨军、万静、曾令先、孙明见、孙霞、雷芳、王一平、明禅法师、鲁由新、卜隆、唐诗球、秋海棠、张侃、黄毅、周静青、姜协武、吴丽芬、雷立红、子琴、小鲁、奔腾……（因篇幅有限，仅刊登部分人员名单，敬请见谅！）